AF521336

हिन्द पॉकेट बुक्स

रिश्तों में नयी रोशनी

Three step magic formula to break the glass in relationships

तेजगुरु सरश्री की आध्यात्मिक खोज उनके बचपन से प्रारंभ हो गई थी। अपने आध्यात्मिक अनुसंधान में लीन होकर उन्होंने अनेक ध्यान-पद्धतियों का अभ्यास किया। उनकी इसी खोज ने उन्हें विविध वैचारिक और शैक्षणिक संस्थानों की ओर अग्रसर किया। सत्य की खोज में अधिक-से-अधिक समय व्यतीत करने की प्यास ने उन्हें अपना तत्कालीन अध्यापन कार्य त्याग देने के लिए प्रेरित किया। जीवन का रहस्य समझने के लिए उन्हें एक लंबी अवधि तक मनन करते हुए अपना अन्वेषण जारी रखा, जिसके अंत में उन्हें आत्मबोध प्राप्त हुआ और इसी आत्मबोध को उन्होंने अपने लेखन का आधार बनाया, ताकि जन सामान्य को इससे लाभान्वित किया जा सके।

रिश्तों में नयी रोशनी

Three step magic formula to break the glass in relationships

तेजगुरु सरश्री

हिन्द पॉकेट बुक्स
पेंगुइन रैंडम हाउस इम्प्रिंट

हिन्द पॉकेट बुक्स

यूएसए | कनाडा | यूके | आयरलैंड | ऑस्ट्रेलिया | सिंगापुर
न्यू ज़ीलैंड | भारत | दक्षिण अफ़्रीका | चीन

हिन्द पॉकेट बुक्स, पेंगुइन रैंडम हाउस ग्रुप ऑफ़ कम्पनीज़ का हिस्सा है,
जिसका पता www.hindpocketbooks.com पर मिलेगा

पेंगुइन रैंडम हाउस इंडिया प्रा. लि.,
चौथी मंजिल, कैपिटल टावर -1, एम जी रोड,
गुड़गांव 122 002, हरियाणा, भारत

हिन्द
पॉकेट
बुक्स

प्रथम संस्करण 2007 में हिन्द पॉकेट बुक्स द्वारा प्रकाशित
यह संस्करण 2019 में प्रकाशित

10 9 8 7 6 5 4 3 2

इस पुस्तक में व्यक्त विचार लेखक के अपने हैं, जिनका यथासंभव तथ्यात्मक सत्यापन किया गया है, और इस संबंध में प्रकाशक एवं सहयोगी प्रकाशक किसी भी रूप में उत्तरदायी नहीं हैं।

ISBN 9789353490652

मुद्रकः रेप्रो इंडिया लिमिटेड

www.penguin.co.in

MIX
Paper from
responsible sources
FSC® C047271

सेल्फ शिविर
DAY 1 TO DAY 30

DAY 1

हर रिश्ते को सही तरीके से निमित्त बनायें,
हर रिश्ते में नयी रोशनी की किरण जगायें।

अध्याय 1

रिश्तों में रोशनी की पहली किरण - प्रस्तावना

कुदरत की व्यवस्था और कुदरत के हाथ को पहचानें

ईश्वर आपके साथ में, नयी पुस्तक आपके हाथ में तो नयी रोशनी मिलना कठिन नहीं। रिश्तों में नयी रोशनी की एक किरण तुरंत महसूस करने के लिए एक छोटी सी कल्पना करें।

यदि आपके हाथों की सारी अंगुलियाँ एक समान होतीं तो आपके सारे कार्य किस तरह से हो रहे होते? एक समान यानी सारी अंगुलियाँ एक आकार, एक नाप की होतीं तो लिखने से लेकर खाना खाने तक की आपकी सारी क्रियाएँ कैसी हो रही होतीं? अपने मन में हर कार्य को ऐसी एक जैसी अंगुलियों वाले हाथों द्वारा करते हुए देखें। अब आप यह बतायें कि वे कार्य कितनी सहजता या असहजता से हो रहे थे?

क्या कहा, सारे कार्य कठिनाई और बेतरतीब से हो रहे थे? टायपिंग, ड्रायविंग, कुकींग इत्यादि जैसे आसान कामों में भी आपको अड़चनें महसूस हो रही थीं? ऐसा क्यों हुआ? हम सब एक हैं कहने वाली सारी अंगुलियाँ आपको

पूरा सहयोग क्यों नहीं दे पा रही थीं?

हर अंगुली दूसरी अंगुली से न मोटी थी न पतली थी, न छोटी थी न लंबी थी तो फिर अड़चन किस बात की थी? शायद आप कुछ-कुछ बातें समझ पा रहे हैं। क्यों नहीं! आखिर आप तो रोशनी (समझ) के पुजारी हैं।

पुस्तक का काम है 'रिश्तों में नयी रोशनी कैसे लायें' और उदाहरण में है 'हाथों की अलग-अलग अंगुलियाँ' तो बात बिलकुल साफ है। अंगुलियाँ अलग-अलग रिश्तों की प्रतीक हैं। सभी अंगुलियाँ अलग-अलग हैं तो कार्य सुंदरता से हो रहे हैं और सब अंगुलियाँ एक जैसी बनकर सुंदरता और सहजता खो रही हैं। एक घर (हाथ) में पाँच सदस्य छोटे-मोटे, लंबे-नाटे या आगे-पीछे हो सकते हैं लेकिन यह भेद उन्हें एक-दूसरे से हीन या श्रेष्ठ नहीं बनाता। यह भेद उन्हें एक-दूसरे की सहायता करने में काम आता है। जरूरत है केवल उन्हें एक जलती हुई तेज* मशाल की। ऐसी मशाल की जिसे पकड़कर सारी अंगुलियाँ मिलकर अपनी यात्रा पूरी कर पायें। ऐसी रोशनी की जो उन्हें एक लक्ष्य, एक हाथ, एक साथ दिखाये।

इंसान जब नासमझ है तब वह अँगूठे की ताकत से प्रभावित होकर सभी अंगुलियों को मोटा, तगड़ा देखना चाहता है या मध्यमा से प्रभावित होकर सभी अंगुलियों को लंबा, ऊँचा देखना चाहता है। कभी-कभी वह यह चाहता है कि 'यदि दाहिना हाथ ज्यादा काम में आता है तो बायें हाथ का अँगूठा भी दाहिने हाथ में आ जाय तो मैं वर्ल्ड रेकॉर्ड तोड़ूँ।' ऐसी इच्छा उसे जीवनभर संघर्ष में डाल देती है। जिस दिन उसके हाथ में समझ की मशाल आती है, उस दिन से वह सभी अंगुलियों को, वे जैसी हैं रहने की अनुमित देता है। यह स्वीकारभाव उसे नयी रोशनी जैसे लगता है। जब तक वह अनुमति देने में देर कर रहा था तब तक वह वाद-विवाद, लड़ाई-झगड़े का कारण बन रहा था। जिस दिन उसने कुदरत के हाथ को पहचान लिया, उस दिन से उसने अस्वीकार करना छोड़ दिया। अब उसे हर अंगुली स्वीकार है, हर अंगुली का स्थान भी स्वीकार है।

अगर मध्यमा (बड़ी अंगुली) खुद को ब्राह्मण और अँगूठा खुद को क्षत्रिय समझने लग जाय तो क्या वे आपस में मिलकर काम नहीं कर सकते? अगर अनामिका खुद को वैश्य और छोटी अंगुली (कनिष्ठा) खुद को क्षुद्र समझने लगे तो क्या वे मिलकर झाडू नहीं उठा सकते? जरूर उठा सकते हैं और मिलकर लगा भी सकते हैं। ऐसा करने से धर्म, जाति, वर्ण की सारी मान्यताएँ टूट सकती हैं।

जमीन से मिट्टी समेटते वक्त किसी न किसी अंगुली को सबसे नीचे रहना होगा तब ही सफाई, सफाई से होगी। मिट्टी उठाते वक्त कनिष्ठा अगर सबसे नीचे रहती है तो वह उसका बड़प्पन है, न कि उसकी कमजोरी है। परिवार में कोई सफाई का काम करेगा तो कोई परिवार की रक्षा का काम करेगा। परिवार के भरण-पोषण के लिए कोई पैसा कमायेगा तो परिवार के भविष्य के लिए कोई योजना बनायेगा। सारे लोग सारे कार्य एक परिवार के लिए करेंगे। प्रेम और प्रज्ञा की मशाल लेकर सारे सदस्य खुश रहेंगे। जिस दिन यह मशाल बुझ जायेगी, उस दिन से वे खुद को दूसरों से श्रेष्ठ मानने लग जायेंगे। ब्राह्मण, क्षुद्र, क्षत्रिय, वैश्य शब्द जो सुविधा के लिए बनाये गये थे, वे फाँसी का फंदा बन जायेंगे। लोग श्रेष्ठ बनने की होड़ में एक-दूसरे को सतायेंगे, हरायेंगे। ऐसी अवस्था आने से पहले पुरानी व्यवस्था को समझना होगा। हर अंगुली का अलग-अलग रोल (काम) है, जो उसकी खूबसूरती है, कमजोरी नहीं। छोटी, बड़ी या मोटी हर अंगुली की थाप ढोलक से लय और ताल में संगीत निकालती है। संगीत की झंकार सुन इंसान झूम उठता है, नृत्य अभिव्यक्ति करने लगता है। क्या यह कुदरत का करिश्मा नहीं है? कुदरत की इस व्यवस्था को समझें, परखें और जीवन में उतारें तो आपके रिश्ते नयी रोशनी से जगमगा उठेंगे।

ऊपर दी गयी हाथ की कल्पना से आप रिश्तों में सुधार लाने की कीमिया सीख रहे हैं। जो जैसा है, उसे वैसा स्वीकृत करना सीख रहे हैं क्योंकि स्वीकृति के बाद ही रिश्तों में मधुरता आती है। हर अंगुली को अनुमति दें कि वह जैसी है, वैसी रहे। हर रिश्ते को अपने समय और क्षेत्र में खिलने और खुलने के लिए

अनुमित दें। नयी रोशनी के प्रकाश में हर रिश्ते को देखना सीखें और तेज प्रेम* से हर रिश्ते में रंग भर दें।

जब भी आपको ऐसा लगे कि आपको रिश्तों की वजह से चिड़चिड़ाहट हो रही है तब अपने आपसे यह पूछें कि 'क्या मुझे चित्रकार (ईश्वर) का पूरा चित्र (लक्ष्य) पता है कि मैं पृथ्वी पर क्यों हूँ और यहाँ क्या चल रहा है? अगर पूरा चित्र मुझे पता है तो निश्चित मुझे क्या पता है?' अपने आपसे ये सवाल पूछते ही आप देखेंगे कि आपकी चिड़चिड़ाहट बंद हो जायेगी। आपको पता चलेगा कि मन को निर्मल, प्रेमन और अकंप बनाने के लिए पृथ्वी पर रिश्ते-नातों जैसी विशेष व्यवस्था की गयी है। जैसे आप कोई फल फ्रीज में इसलिए रखते हैं क्योंकि उसे वैसा ही वातावरण चाहिए, वैसी ही व्यवस्था चाहिए ताकि वह ताजा रह सके वरना बाहर रखने से वह फल सड़ जायेगा। उसी तरह आपके लिए भी पृथ्वी एक फ्रीज है, जहाँ रिश्तों में ठंडक (शीतलता) लाने के लिए, विशेष व्यवस्था की गयी है।

पृथ्वी फ्रीज है, जिसमें आपको सदा ताज़ा (सजग) और सतेज रहना है। आपके लिए यहाँ रिश्तों द्वारा एक व्यवस्था की गयी है। आपको कई सारे रिश्तेदार दिये गये हैं, जो आपके चारों तरफ एक विशेष वातावरण तैयार कर रहे हैं। इसकी आपको खुशी होनी चाहिए कि हमें इतनी अच्छी व्यवस्था मिली है वरना यह मन रिश्तों में तपकर निर्मल और अकंप कैसे बनता! आप पृथ्वी पर अपने मन पर काम करने के लिए आये हैं। मन पर काम होने के बाद आपके द्वारा जो अभिव्यक्ति होगी वह अनोखी होगी। तब आप औरों के लिए भी आनंद, प्रेम और संतुष्टि पाने के लिए निमित्त बनेंगे। तब रिश्तों के तनाव में भी आप खुश रह पायेंगे।

जब परिवार में सब कुछ अच्छा-अच्छा और मन-मुताबिक चल रहा होता है तब आपके मन पर विशेष काम नहीं हो रहा होता है। जब परिवार में कुछ ठीक नहीं चल रहा होता है फिर भी अंदर से आप आनंद में होते हैं तब वाकई जो रिश्तों

में समझ होनी चाहिए, वह आपको मिल रही होती है।

हर परिस्थिति में आपको पता चले कि पृथ्वी पर जो व्यवस्था है, उसका हम फायदा ले रहे हैं या उस पर दुःखी हो रहे हैं? फ्रीज में रखा हुआ सेब ताज़ा होना चाहिए या मुरझाया हुआ होना चाहिए? यदि आप रिश्तों को सही निमित्त बना पाये तो आपको उनसे परेशानी नहीं होगी क्योंकि इन्हीं रिश्तों में रहकर आपको असली लक्ष्य पाना है।

रिश्तों में आपको चिड़चिड़ाहट हो रही है यानी आपकी ही प्रार्थना पूरी हो रही है। आप गुस्से से मुक्त होना चाहते हैं, इस वजह से रिश्तों में तनाव हो रहा है। जब आपको यह बात सचमुच समझ में आयेगी तब आपको स्वयं पर हँसी आयेगी। फिर आप क्रोध से मुक्ति पाकर रिश्तों के तनाव से भी मुक्त हो जायेंगे।

प्रेम और विश्वास के लिए संसार व्यवस्था है

संसार इंसान के लिए व्यवस्था है, अभ्यास का मैदान है, जहाँ पर वह प्रैक्टिस करके सत्य प्राप्त कर सके। जिस लक्ष्य प्राप्ति के लिए इंसान पृथ्वी पर आया है, उसे प्राप्त करके ही पता चलता है कि 'अगर यह लक्ष्य नहीं पाया होता तो कितना बड़ा आनंद खोया होता।' संसार बनाया ही इसलिए गया है ताकि इसमें रहकर इंसान कुल मूल उद्देश्य (स्वबोध) प्राप्त कर पाये। जिसे अपना लक्ष्य स्पष्ट होता है, वह जानता है कि मृत्यु क्या है, मृत्यु उपरांत जीवन क्या है और पृथ्वी पर क्या नाटक चल रहा है। इसी कारण वह संसार के नाटक में नहीं अटकता, बिना अटके नाटक देखता है, आनंद लेता है और आनंद देने के लिए निमित्त बनता है। वह अपने असली दो गुण - तेजविश्वास* और तेजप्रेम*, जो पृथ्वी पर खोलने थे, उन्हें खोल पाता है, रिलीज कर पाता है।

अगर हम एक दूसरे पर विश्वास रख पायें और प्रेम दे पायें तो ही असली आनंद प्रकट होता है। थोड़ा प्रेम और विश्वास जगा तो इतना आनंद आता है, अगर यह पूर्ण प्रकट होगा तो कितना आनंद होगा! इंसान को कहीं तो इसका

स्वाद मिले इसलिए पृथ्वी पर व्यवस्था की गयी है। यह स्वाद इंसान को कभी-कभी मिलता भी है मगर अन्य बातों में उलझने की वजह से वह असली उद्देश्य भूल जाता है। फिर उसे कोई याद दिलाता है कि 'तेजविश्वास और तेजप्रेम जगाने के लिए ही इंसान पृथ्वी पर आया है, जिसके द्वारा मन निर्मल, प्रेमन* और अकंप बनता है।

संसार के जिस घर में आपको भेजा गया है, वह आपके लिए व्यवस्था है। वहाँ जाकर आपको मूल लक्ष्य प्राप्ति के लिए प्रैक्टिस करनी है। रिश्ते तो आसानी के लिए दिये गये हैं ताकि आपका विश्वास प्रकट हो, आपमें प्रेम जागृत हो। इस व्यवस्था का लाभ लेना हमें इस पुस्तक द्वारा जिसे सेल्फ शिविर भी कहा गया है, सीखना है।

यह केवल पुस्तक नहीं बल्कि फैमिली शिविर भी है। आप इस पुस्तक के केवल पाठक ही नहीं बल्कि इस शिविर के सत्य आचार्य, सत्य प्रबंधक भी हैं। शिविर में प्रवेश पाने के लिए आपको बधाई हो। ऐसे ही नये विषयों पर शिविर करने के लिए हम मिलते रहेंगे।

सरश्री ...

नयी रोशनी शिविर का लाभ कैसे लें

1) यदि किसी के साथ आपके रिश्ते में दरार आ चुकी है, उदा. माँ, पिताजी, बहन, भाई, मित्र, पड़ोसी, सास इत्यादि तो उस दरार को मिटाने के लिए पुस्तक के भाग 6 का अध्याय पहला, दूसरा और तीसरा तुरंत पढ़ें। जिससे आपके रिश्तों में बनी काँच की दीवार तुरंत मिट सकती है। *(Day 23 to 25)*

2) यदि आप लोकव्यवहार की कला सीखना चाहते हैं, समाज में एक प्रतिभावान इंसान बनकर जीना चाहते हैं तथा सफलता हासिल करना चाहते हैं तो इस पुस्तक का पाँचवाँ भाग पढ़ें। जिसमें दिये गये तीन जादुई कदमों द्वारा आप निश्चित ही अपना मुकाम हासिल कर सकते हैं। *(Day 20 to 22)*

3) यदि आप अपने रिश्तों से अंधकार मिटाना चाहते हैं तथा यह जानना चाहते हैं कि रिश्तों में क्या हो और क्या न हो तो पुस्तक का भाग 2 पढ़ें। *(Day 5 to 11)*

4) रिश्तों में होने वाले गलत संप्रेषण को रोकने के लिए पुस्तक का भाग 3 पढ़कर रिश्तों में सही वार्तालाप एवं पूर्णता कैसे करें, इसका रहस्य जानें। *(Day 12 to 15)*

5) यदि आप अपने पारिवारिक रिश्तों की नींव मजबूत करना चाहते हैं और अपने घर को स्वर्ग बनाना चाहते हैं तो पुस्तक का भाग 4 पहले पढ़ें। *(Day 16 to 19)*

6) यदि आपमें किसी के प्रति नफरत है या किसी और के मन में आपके प्रति नफरत है तो भाग 6 में से अध्याय 3 'नफरत में भूलने और माफ करने की कला' जरूर पढ़ें। *(Day 26)*

7) रिश्तों और विचारों के रिश्ते का महत्त्व तथा जीवन का नियम समझने और रिश्तों में विकास करने के लिए भाग 6 से अध्याय 3 पढ़ें, जो पढ़ना हर इंसान के लिए आवश्यक है। *(Day 27)*

8) यदि आप पुस्तक का भरपूर लाभ उठाना चाहते हैं तो पुस्तक पढ़ने से पहले 'पुस्तक शब्दावली', जो अगले पृष्ठ पर दी गयी है, अवश्य पढ़ें।

9) * चिन्ह वाले शब्दों के अर्थ 'पुस्तक शब्दावली' में दिये गये हैं।

पुस्तक शब्दावली*

तेज	: दो से परे, उदाहरण - शोर और शांति से परे है तेज मौन
तेज प्रेम	: तेज प्रेम यानी बेशर्त प्रेम, प्रेम और नफरत से परे का प्रेम
तेज क्षमा	: सज़ा और क्षमा दोनों से परे, पूर्ण स्वीकार
तेज रिश्तेदार	: कल्याण मित्र, तेज मित्र, शुभचिंतक, मददगार
तेज रिश्ता	: जो रिश्ता हमें बदल दे, हमारे अंदर परिवर्तन लाये, हमें रूपांतरित करे
तेज विश्वास	: विश्वास और अविश्वास से परे तेज विश्वास
तेज संसारी	: संसार और संन्यास से परे, दोनों का लाभ लेते हुए जीवन जीने वाला इंसान, जो संसार और संन्यास जीवन के दुष्परिणामों से सुरक्षित है, जो रिश्तों की व्यवस्था का लाभ सत्य प्राप्ति के लिए करता है
शिविर	: सेमिनार, दिनभर किसी विषय पर श्रवण (पठन), मनन और प्रयोग करना
प्रेमन	: प्रेम से भरा हुआ मन
प्लेटफॉर्म	: उच्च संवादमंच, एक ही समझ दिलाने वाला मंच
ग्लास ब्रेकिंग	: रिश्तों में बनी काँच की दीवार तोड़ना, दरार मिटाना
अतेज रिश्तेदार	: नकली आनंद में फँसाने वाला, दूसरों की बुराई, चुगली करने वाला
बॉडी लैंग्वेज	: देहभाषा, हाव-भाव से वार्तालाप होना
महाभारत	: एक धार्मिक पुस्तक, युद्ध
महाभारत के पात्र	: दुर्योधन, गांधारी, दुःशासन, शकुनी, धृतराष्ट्र, कर्ण
मकर संक्रांति	: हर साल 14 जनवरी मकर संक्रांति का त्योहार मनाया जाता है, इस दिन सूरज मकर राशि में प्रवेश करता है
स्ट्रेस लेवल चार्ट	: तनाव स्तर विवरण, जिससे घर के सदस्य की मानसिक अवस्था समझती है
महाजागरण	: बेहोशी और होश के परे की अवस्था
याचक	: सत्य की माँग करने वाला सबसे बड़ा ग्रहणशील
माया का आकर्षण	: बाहरी जगत के मनोरंजन, मोह और आसक्ति
चैतन्य	: सेल्फ, अनुभव, ईश्वर, सत्य
पैटर्नस्	: गलत आदतें, टेन्डेंन्सी, गलत संस्कार
पूर्णता करना	: खुलकर, उचित शब्दों में वार्तालाप करना या दिल की बात कह पाना
संप्रेषण	: वार्तालाप, संवाद, कम्युनिकेशन, प्रसारण, बातचीत
आसक्ति	: चिपकाव, मोह, लगाव
पृथ्वी लक्ष्य	: पृथ्वी पर आने का मकसद
अवैध	: अयोग्य, नियम विरुद्ध, गैर-कानूनी

भाग एक

रिश्तों का महत्व और प्रेम संदेश

DAY 2

विश्वास के फूल की महक से
रिश्तों की दुनिया को प्रेम के
रसायन से फुल (पूरा) भर दें।

अध्याय 2

रिश्तों को सदा बरकरार रखने के लिए पूर्वजों का प्रयास

प्रेम का संदेश, त्योहारों का उद्देश्य

'विश्व की हर बड़ी सफलता रिश्ते-नातों और सहयोगियों के सहयोग से ही पायी जा सकती है।' क्या आप इस विचार से सहमत हैं? यदि हाँ तो यह पुस्तक आपको लोगों का सहयोग प्राप्त करना सिखायेगी। यदि आप उपरोक्त विचार से असहमत हैं, जिसकी संभावना कम है तो पहले इस अध्याय को छोड़कर पूरी पुस्तक पढ़ लें, फिर अंत में इस अध्याय को पढ़ें।

असफलता के जहर से बचने के लिए हमें अपने रिश्तों में सुधार लाना अत्यंत आवश्यक है। जो लोग रिश्तों का महत्त्व नहीं समझते और लोकव्यवहार नहीं जानते, वे जीवन में बड़ी सफलता प्राप्त नहीं कर सकते। इसलिए रिश्तों को बखूबी बनाये रखने और उनमें सुधार लाने के लिए इस पुस्तक की सहायता से एक महीने का सेल्फ शिविर* करना आवश्यक है। यह शिविर आप जल्दी भी पूरा कर सकते हैं, लेकिन हर दिन एक अध्याय पढ़कर उस पर विस्तार से मनन करने से आप उसे अपने जीवन में उतार सकेंगे।

लोगों के साथ कैसे उठें, बैठें और कैसे बातें करें, काम करें तथा कैसे मिल-जुलकर तेज प्रेम* के साथ जीने की योजना बनायें, इन सब सलीकों को व्यवहार में लाने के लिए रिश्तों में नयी रोशनी को प्रकाशित करें।

रिश्तों में सुधार लाने के लिए दो तरीके इस्तेमाल किये गये हैं - पहला तरीका है बलपूर्वक, जबरदस्ती सुधार लाना और दूसरा तरीका है - प्रेमपूर्वक और धीरता से परिवर्तन लाना।

वर्षों से मनुष्य का बरताव जंगल के कानून की तरह ताकत द्वारा दिशा और गति पाता रहा हैं किंतु अब समय आ चुका हैं कि हम मानवीय विकास के खातिर रिश्तों में सुधार लाने के लिए प्रेम पूर्वक प्रयास करें और कुछ समय देकर मनन करें। हम सबको यह सीखना चाहिए कि लोगों से कैसे व्यवहार किया जाय, लोगों से कैसे काम लिया जाय और कैसे हम दूसरों को प्रेरित करने में सहायक बनें।

पूर्वजों का प्यार और प्रयास

इंसान का पृथ्वी पर आने का मूल उद्देश्य पूरा करने के लिए, जो आप प्रस्तावना में पढ़कर आये हैं, अपने मकसद में कामयाब होने के लिए और हर रिश्ते का भरपूर लाभ लेने और देने के लिए हमारे पूर्वजों ने, जो मान्यताओं और अज्ञान से मुक्त थे, कुछ त्योहार बनाये। उन्होंने त्योहार के बहाने रिश्तों में सुधार लाने के बेहतरीन उपाय खोज निकाले। अलग-अलग त्योहार हमें याद दिलाने के लिए बनाये गये कि *'कैसे हम लोगों, रिश्तेदारों को प्रेम-भाव से आपस में जोड़ें, कैसे रिश्तों में प्रेम और मिठास तैयार करें, जो अहंकार को झुका दे और मन को प्रेमन* बना दे।'*

हमारे पूर्वजों ने बहुत सारी चीजें सोच-समझकर बनायीं हैं, जैसे कि कौन से मौसम में कौन सी चीजें खाना आवश्यक है या स्वास्थ्य के लिए क्या खाना जरूरी है? कौन से रिश्तों में सुधार लाने के लिए कौन से कर्मकाण्ड किये जायें? हमारे पूर्वजों द्वारा त्योहारों के साथ कुछ कर्मकाण्ड, खान-पान जोड़ दिये गये

ताकि हम कुल मूल उद्देश्य के साथ स्वास्थ्य भी प्राप्त कर सकें। अगर इंसान केवल ऊपर-ऊपर का स्वास्थ्य प्राप्त करे लेकिन उसकी बुद्धि मलिन ही बनी रहे तो उसे कभी भी पूर्ण स्वास्थ्य प्राप्त नहीं होगा। बुद्धि और रिश्तों में अगर जंग लग गयी हो तो वह त्योहार के बहाने मिट सकती है।

जिसका मन मैला है, जिसके रिश्ते ठीक नहीं हैं, उसे ऐसा साबुन मिलना चाहिये, जिससे मन का सारा मैल मिट जाय। ऐसा साबुन (ज्ञान) हमें त्योहारों से मिलता है, जिससे हमारा मन सुमन हो सकता है। मन सुमन होने के लिए उसे नमन होने का संदेश त्योहारों द्वारा दिया गया है। त्योहार को केवल एक कर्मकाण्ड समझकर न मनायें बल्कि रिश्तों में नयी रोशनी, नयी ए.बी.सी.डी. और संपूर्ण स्वास्थ्य लाने के लिये मनायें।

जो इंसान स्वास्थ्य से प्रेम करता है, वह चाहता है कि उसका शरीर पूर्ण रूप से तंदुरूस्त रहे। वह चाहेगा कि 'कोई छोटी सी बीमारी भी न रहे। इतनी बड़ी-बड़ी बीमारियाँ दूर हो गयी हैं तो यह छोटा सा रोग भी क्यों रहे? बहुत सी गलत आदतों से निजात पायी है तो यह गलत आदत भी क्यों रहे? कभी-कभी मुझे सिर्फ अमुक इंसान को देखकर क्यों गुस्सा आता है? बाकी सभी को देखकर प्रेम आता है। यह एक रिश्ता अधूरा क्यों रह गया है? इस रिश्ते में भी पूर्णता कैसे मिले?' इत्यादि।

जिसे स्वास्थ्य से प्रेम है या जिसे स्वास्थ्य लाभ होने लगता है, वह रोग से प्रेम नहीं करता। उसके जो रिश्ते रोग लाते हैं, जो अयोग्य हैं, अवैध* हैं, उन्हें वह मिटाता जायेगा। स्वास्थ्य प्रेमी सदा प्रेम से जीना चाहेगा।

इंसान की बुद्धि, शरीर, मन और रिश्ते रोगग्रस्त हैं इसलिए रिश्तों में आरोग्य लाने के लिए साल में कई सारे दिवस पूर्वजों द्वारा दिये गये हैं। जैसे शिक्षक के सम्मान में शिक्षक दिवस (टीचर्स डे) मनाया जाता है। इस दिन शिक्षक व विद्यार्थी के रिश्ते में लगा रोग दूर होता है।

दादा-दादी दिवस (ग्रैन्ड पैरेन्ट्स-डे) के दिन लोग अपने दादा-दादी के प्रति ज्यादा भावुक होते हैं, उनका आदर करते हैं। जब कोई ऐसा विशेष दिन आता है तब लोग उस पर गहराई से मनन करते हैं।

त्योहारों की ए.बी.सी.डी. रिश्तों में सुधार लाने के लिए ही है। जैसे *A*-अम्मा डे है, *B*-बाबा (पिता) डे है, *C*-चिल्ड्रेन डे है, *D*-डॉक्टर डे है। डॉक्टर डे यानी उस दिन हम अपने फैमिली डॉक्टर को यह कहते हैं कि 'आपकी वजह से हमें स्वास्थ्य प्राप्त हुआ है, आपका बहुत-बहुत धन्यवाद।' ताकि उस रिश्ते में यदि कोई रोग है तो वह भी दूर हो जाय। यह रोग मिटेगा तो हमारे बाकी रोग मिटेंगे।

इसी तरह *E*-एलिफैंट डे है यानी एनीमल डे है, *F*-फ्रेंडशिप डे है, *G*-गुरुपूर्णिमा और ग्रैन्ड पैरेन्ट्स डे भी है। *H*-हजबैंड डे है, जिसे करवा चौथ भी कहते हैं। इसी तरह *H* पर होली डे (पवित्र दिवस) है। इन सभी दिनों के अंतर्निहित आशय को समझकर उसे सही तरीके से क्रियारूप में लाना जरूरी है।

कुछ त्योहार ऐसे बने हैं जिनमें सारे रिश्तों का सुधार करने के लिए व्यवस्था की गयी है। मकर संक्रांति* का त्योहार ऐसा ही एक त्योहार है। इस दिन सुबह बहू नारियल तोड़कर ससुर को नींद से उठाती है। अगर ससुर को उठना है तो सिर्फ नारियल के टूटने की आवाज पर ही उठना है। नींद से उठाकर बहू उन्हें शाल देगी। ऐसा करने पर ससुर उसे खर्ची देंगे, पैसे देंगे। मजेदार व्यवस्था!

इस तरह सास, ससुर, देवर, भाभी, ननद, भाई, बहन, सभी रिश्तों से संबंधित आप कुछ न कुछ शगुन करेंगे। लोग एक-दूसरे के लिए तिल-गुड़ लेकर जायेंगे। बड़े उन्हें आशीर्वाद देंगे तो छोटे पैर छूकर आदर देंगे। अपनी उम्र के अनुसार हर इंसान योग्य व्यवहार करेगा। इस उत्सव में बड़े बुजुर्ग बच्चों को आदर देंगे। इस तरह यह बाल दिवस (चिल्ड्रेन्स डे) भी हो जाता है।

इस दिन बड़े बच्चों को आदर देते हैं और होना भी यही चाहिए। हमेशा उगते हुए सूरज को ही आदर देना चाहिए। बच्चों को आदर की आवश्यकता है। बड़ो को आदर की आवश्यकता नहीं होती है क्योंकि उन्होंने पूरा जीवन देख लिया होता है। उन्हें मालूम है कि 'इंसान के मन में कैसे दूसरों का ध्यान पाने की चाहत होती है और ध्यान पाने के लिए उससे क्या-क्या गलतियाँ हो सकती हैं। हर इंसान को अपने अंदर जो केंद्र है, ध्यान का सोर्स है वहाँ पर जाना चाहिए।'

बुजुर्ग- वृद्ध का अर्थ है जिसने अपने अंदर वह ज्ञान और केंद्र प्राप्त कर लिया है, जो सबका लक्ष्य है। इंसान के बड़े होने का अर्थ है उसने अपना लक्ष्य जान लिया है। जिसने स्वअनुभव प्राप्त कर लिया है, वही सही मायने में बड़ा हुआ है। सिर्फ शरीर से बड़े हो गये मगर स्वअनुभव प्राप्त नहीं किया तो उस इंसान को बड़ा नहीं कह सकते।

किसी बड़े को अगर आदर नहीं मिला और वह बुरा मान गया तो उसका अर्थ यह है कि *'वह बड़ा नहीं हुआ है, वह अभी बच्चा ही है।'* अभी उसे बहुत कुछ सीखना है।

जब भी आपको लगे कि आदर न मिलने पर अंदर से बुरा लग रहा है तब समझ जायें कि हम अभी बड़े नहीं हुए हैं। बच्चों को आदर चाहिए। बड़े तो समझ चुके हैं कि *'आदर मिले या न मिले, इससे कोई फर्क नहीं पड़ता, फर्क पड़ता है तो आदर देने वाले पर पड़ता है।'* किसी बड़े को बच्चों द्वारा आदर मिल रहा है तो उसकी यही चाहत होती है कि *'आदर देकर बच्चे में सकारात्मक परिवर्तन आये, उसे झुकने का महत्त्व समझ में आये। हमें आदर की आवश्यकता नहीं है मगर सामने वाला झुकना सीखे, उसके अंदर का अहंकार पिघले इसलिए वह आदर दे।'*

बच्चों को बड़ों द्वारा आदर मिले, किशोर बड़ों से आशीर्वाद लें मगर उलटा तब हो जाता है, जब बच्चों को आदर नहीं ऑर्डर (आदेश) मिलता है। जैसे

ये करो, वो करो, ऐसे बैठो, ऐसे उठो, मेहमान आयें तो ऐसा करो, ऐसा मत करो, ऐसे बोलो, वैसे मत बोलो, पढ़ाई करो, ज्यादा मत खेलो इत्यादि। बच्चों को सिर्फ आदेश ही मिलता है। जो किशोर हैं, उन्हें तथाकथित बड़े लोग 'आउट ऑफ ऑर्डर' *(Out of order)* समझते हैं। उन्हें लगता है कि 'ये तो हमारी सुनते ही नहीं, ये तो आउट ऑफ ऑर्डर (अनुशासन से बाहर) हो चुके हैं।'

नये युग की नयी सोच को समझें और नौजवानों को नयी रोशनी दिखायें। रिश्तों में नयी रोशनी लाने के लिए और रिश्तों को बरकरार रखने के लिए ही पूर्वजों ने अनोखे प्रयास किये हैं। ये प्रयास यदि नाकाम हो रहे हैं तो हमें नये सिरे से रिश्तों में रोशनी लाने के लिए समझ की मशाल जलानी है। आइये इस मशाल को जलाने का प्रयास मिलकर करें और अगले अध्याय में जानें कि हमारे पर्वों, हमारे बड़े लक्ष्य और हमारे रिश्तों में क्या रिश्ता है।

DAY 3

जो लोग रिश्तों में झुकना ही नहीं जानते,
वे कभी प्रेम, आनंद और
सफलता प्राप्त नहीं कर सकते।

अध्याय 3

बड़े लक्ष्य के लिए ज्यादा शुभचिंतकों की आवश्यकता है

लोग उतने बुरे नहीं हैं, जितना हम उन्हें समझते हैं

जब आप प्रेम और समझ से लोगों का आशीर्वाद प्राप्त करेंगे और झुकेंगे तब लोग आपके शुभचिंतक बनेंगे। आपको जीवन में अपना लक्ष्य प्राप्त करने के लिए बहुत सारे शुभचिंतकों की आवश्यकता है। अगर अकड़ और अहंकार की वजह से आप किसी के सामने झुकते ही नहीं हैं तो कोई भी आपका शुभचिंतक नहीं बनेगा।

अगर इंसान को आशीर्वाद लेने की आदत है तो वह लोगों से खुलकर मिलेगा। वह आदर देगा और आशीर्वाद लेगा। आशीर्वाद देने वाला उसे उसके कार्य में सहयोग भी करेगा। बहुत बड़ा लक्ष्य पाने के लिए बहुत बड़ा कदम यह हो सकता है कि आप अपने लिए शुभचिंतक बना पायें। जितना बड़ा आपका लक्ष्य है, उतने ज्यादा आपको हाथ और आशीर्वाद चाहिए।

जो सबसे ऊँची दही हंडी फोड़ना (लक्ष्य पाना) चाहता है, उसे सबसे ज्यादा लोगों के सहयोग की जरूरत होती है। दही हंडी की मटकी जितनी ऊपर

होगी, उतने ज्यादा उसे मददगार हाथ चाहिए। सबसे नीचे कई लोग अपनी ताकत के साथ खड़े होंगे, उनके ऊपर अन्य सहयोगी खड़े होंगे, फिर उनके ऊपर कुछ और लोग खड़े होंगे और अंत में वह इंसान खड़ा होकर अपना लक्ष्य प्राप्त करेगा। लक्ष्य पाकर वह इंसान सभी को अपने लक्ष्य में भागीदार बनायेगा। तात्पर्य यह है कि इतने सारे लोगों का सहयोग पाकर ही अपना लक्ष्य पाया जा सकता है।

अगर आपका लक्ष्य बहुत ही छोटा है तो आपको बहुत ही कम लोगों का सहयोग और आशीर्वाद चाहिए। अगर आपका लक्ष्य बहुत बड़ा है तो आपको सबसे ज्यादा लोगों का सहयोग चाहिए। इस उदाहरण से आप सफलता प्राप्त करने और रिश्तों में सुधार लाने का रहस्य सीख सकते हैं।

इसी रहस्य का पूरा लाभ लेने के लिए दूसरों में सदा गुण देखें क्योंकि जिस गुण पर आप ध्यान देते हैं, वह आपमें आने लगता है। अपना विकास करने के लिए सभी के साथ प्रेम-प्यार से, मिल-जुलकर, गुण देखते हुए रहना सीखें। दूसरों में गुण देखने से मन को झुकने में आसानी होती है। जो लोग झुकना ही नहीं जानते, वे बड़ी सफलता प्राप्त नहीं कर सकते।

मन को पहले लगता नहीं हैं कि किसी के पाँव पड़े जायें या किसी के आगे झुका जाय। मन की अकड़ के कारण यह संभव नहीं लगता। झुकने के लिए इंसान को अंदर से दिक्कत होती है मगर जिसके सामने वह झुकता है, वह उसे आशीर्वाद देता है और उससे अच्छा व्यवहार करता है। तब उसे यह समझ (शिफ्टींग) मिलती हैं कि *'वह इंसान इतना बुरा नहीं है, जितना बुरा मैं उसे समझ रहा था।'*

अकसर लोग आमने-सामने आने से कतराते हैं। जब तक वे आमने-सामने आयेंगे नहीं तब तक वे एक-दूसरे को कैसे जानेंगे? कई सारे रिश्तों में लोग एक-दूसरे का सामना ही नहीं करते। सामने वाले को देखा नहीं कि मुँह फेरकर चले गये। जिन रिश्तों में दरार आ चुकी है, वहाँ पर एक ही घर में रहने वाले लोग घर में रहने का ऐसा समय निश्चित कर लेते हैं कि सामने वाले का मुँह देखना ही

न पड़े। फिर जब कोई त्योहार आता है तब प्रथा के अनुसार उस रिश्ते में कुछ कर्मकाण्ड करने पड़ते हैं। जैसे किसी को शॉल देना, किसी को जिलेबी देना, किसी को रसगुल्ला खिलाना, किसी को साड़ी देना, किसी को उपहार देना, किसी को गुलाल लगाना इत्यादि। ये रस्म और रिवाज लोगों के दिलों की दूरी को कम करने में महत्त्वपूर्ण भूमिका निभाते हैं। विशेष दिनों पर लोग एक-दूसरे को अपने घर पर बुलाते हैं कि 'हमारे घर आइये, हमने ये बनाया है, हमने गुड़ की रोटी बनायी है, तिल का हलवा बनाया है। हलवे के गहने बनाये हैं, उसे पहनकर फोटो खिंचवाने हैं' इत्यादि।

इन दिनों पर लोगों को एक-दूसरे के सामने आने का एक बहाना मिलता है। वे एक-दूसरे के सामने आयेंगे तो प्यार बढ़ेगा, आशीर्वाद मिलेगा और आशीर्वाद मिलने के साथ ही इंसान यह जान पायेगा कि *'लोग इतने बुरे नहीं हैं, जितना हम उन्हें समझते हैं।'* होता यह है कि हमारे अंदर लोगों के प्रति एक तरह की गलत मान्यता बैठ जाती है। फिर हम उन्हें उसी मान्यता के चश्मे से देखते हैं। इंसान कभी अपना चश्मा बदलना ही नहीं चाहता। 'मैं ही सही हूँ', उसके दिमाग में यही मान्यता रहती है। वह यह मान्यता छोड़ना ही नहीं चाहता।

नयी रोशनी में नया इंसान देखें

समय के साथ हर इंसान में बदलाव आ जाता है लेकिन जब हम उससे मिलते हैं तब हमें वह पुराना वाला इंसान ही दिखायी देता है। मानो कि कोई इंसान पहले बुरा था मगर अब इतने सालों के बाद आप उससे मिल रहे हैं तो क्या हम उसे वही इंसान समझें? नहीं, 'पता नहीं बीच में उसने कितने अनुभव लिए होंगे, कितनी पुस्तकें पढ़ी होंगी, शायद वह इंसान बदल चुका होगा।' यही समझ हमें रखनी चाहिए। मगर ये सब सोचने के लिए कोई तैयार ही नहीं कि शायद वह बदल गया हो। लोग हमेशा सोचते हैं, 'नहीं, वह वैसा ही रहेगा।' जो पुरानी बात दिमाग में बैठ चुकी है, वही हम देखते हैं। हम भूतकाल में ही जीते हैं, वर्तमान का इंसान देखते ही नहीं।

अगर हम सोच रहे हैं कि वह इंसान जैसा पहले था आज भी वैसा ही होगा तो इसका अर्थ है कि हम नया, ताजा और तेज देखना ही नहीं चाहते। हम पुराना और बासी ही देख रहे हैं।

सास और बहू होश के साथ नाटक करना सीखें

संक्रांति के दिन रिवाज के मुताबिक सास बहू से रूठकर पड़ोसी के घर चली जायेगी। सास रूठने का नाटक करेगी और बहू उसे मनाने का नाटक करेगी। बहू सास को मनाने के लिए पड़ोसी के घर जायेगी लेकिन सास कहेगी, 'जा, मैं घर वापस नहीं आती।' तब बहू माफी माँगने का नाटक करेगी और कहेगी, 'आगे से मुझसे यह गलती नहीं होगी, आप घर वापस चलिए।' यह वाद-विवाद का नाटक रिश्तों में सुधार लाने के लिए जानबूझकर तैयार किया गया है। सास-बहू यदि झगड़ने का नाटक कर रहे हैं तो उस नाटक का दोनों अपने अंदर आनंद ले रही हैं। दोनों को मालूम है कि यह भी नाटक कर रही है, मैं भी नाटक कर रही हूँ। इसे कहते हैं होश के साथ नकारात्मक अभ्यास *(Negative practice with awareness)*, जिससे उनके रिश्ते आगे भी सुंदर रहेंगे।

सास और बहू का यह नाटक उनके रिश्ते में प्रेम बढ़ाने के लिये बनाया गया है। होश में उन्होंने झगड़ा किया लेकिन उसका आनंद लिया। इस नाटक का लाभ आगे यह होगा कि कल जब उनमें सचमुच किसी बात पर झगड़ा होने लगेगा तब वाद-विवाद करते वक्त उन्हें याद आयेगा कि 'मैं ये वाक्य होश में बोल चुकी हूँ।' इस तरह खुद-ब-खुद होश जगेगा, झगड़ा मिटेगा।

अगर किसी को नाखून चबाने की आदत हो और उसे उससे मुक्ति प्राप्त करनी हो तो उसे कहें, 'आप होश में रहकर, जानते हुए नाखून चबाओ कि मेरा हाथ अभी मुँह में जा रहा है, अब मैं नाखून चबा रहा हूँ।' कुछ देर उसे यह अभ्यास करने के लिए कहें। फिर ऐसा होगा कि दूसरे दिन जब उसका हाथ मुँह की तरफ नाखून चबाने के लिए उठेगा तब उसमें खुद-ब-खुद होश जागेगा कि

'अरे, मैं यह क्या कर रहा हूँ?' और उसका हाथ नीचे आ जायेगा।

अगर कोई होश में रहकर यह अभ्यास करे तो कोई भी बुरी आदत समाप्त हो सकती है। जब हम होश में काम करते हैं तब जो गलत है, वह छूटता है, जो योग्य है, वह होने लगता है। होश पूर्वक काम करने से हमें दिखायी देता है कि हम वर्तमान में क्या कर रहे हैं? इस भाव, विचार, वाणी और क्रिया से हमें क्या मिलने वाला है? अगर सिगरेट पीने वाला होश में सिगरेट पीने लगता है तो सिगरेट पी पीकर वह महसूस करेगा कि 'यह मैं कर क्या रहा हूँ? इतनी मूर्खता मैं कैसे कर पा रहा हूँ?' अगर वह होश में सिगरेट पीता रहा तो उसकी वह आदत छूट जायेगी।

कृपया मुसकराइये

रिश्तों में सदा सजगता रखने के लिए मनन करने की अति आवश्यकता है। हमारा मनन समय-समय पर होता रहे इसलिए बहुत सारे त्योहार बनाये गये, जो महीने दो महीनों के बाद आते रहें, ताकि इंसान रिश्तों की मधुरता को हरदम बरकरार रख सके। इस व्यवस्था के बहाने हमारे रिश्ते मधुर हो जाते हैं, हम मीठा बोलने लगते हैं क्योंकि अब हमने मधुर रिश्तों का स्वाद ले लिया है। अब औपचारिक तौर पर 'गोड गोड बोला...या मीठा बोलो' कहने की आवश्यकता नहीं है।

हम 'गोड गोड बोला', ऐसा कह रहे हैं, इसका अर्थ ही है कि हम मीठा बोलना भूल गये हैं। 'कृपया मुसकराइये' *(Smile please)* कह रहे हैं, इसका अर्थ ही है कि हम मुसकराना भूल चुके हैं। जिनके चेहरे हमेशा लटके हुए ही रहते हैं, उन्हें फिर से हास्य और प्रेम याद दिलाना आवश्यक है। लाफिंग क्लब्स (हास्य सभाएँ) क्यों खुल रही हैं? क्योंकि लोग हँसना भूल चुके हैं। जब भी ऐसे बोर्ड देखें कि 'कृपया मुसकराइये' तो समझ जायें कि हम हँसना भूल रहे हैं या फिर से भूलने की संभावना है।

रिश्तों में आदर देना, आशीर्वाद लेना कम होता जा रहा है इसलिए आदर और आशीर्वाद भूलने की संभावना है। रिश्तों में जो गलत संभावना है, वह टूट जाय, जो योग्य संभावना है, वह प्रकट हो जाय, वह वास्तविकता बन जाय। यही नयी रोशनी है, जिसे जलाने के लिए जीवन में जीने का सलीका सीखें।

DAY 4

रिश्तों में जब अपूर्णता का शोर पैदा होता है
तब पूर्णता की शांति रिश्तों
को छोड़कर चली जाती है।

अध्याय 4

जीवन में जीने का सलीका सीखें

मैं बढ़िया हूँ, तुम भी बढ़िया हो

जीवन में जीने का सलीका आना, प्रेम में नफरत की सिलवटें मिटाना बहुत आवश्यक है। सलीका आना यानी अपनी चीजें और नये विचार ठीक ढंग से सही जगह पर रखना। कुछ ही लोग चीजें सलीके से रखते हैं, अच्छे ढंग से योग्य स्थान पर रखते हैं। अच्छी हाऊस कीपिंग का पहला नियम है - 'हर चीज के लिए निश्चित स्थान हो और हर चीज अपने स्थान पर हो।' यह नियम जानने वाले लोग हर चीज के लिए जगह निर्धारित करके रखते हैं और हर चीज उसी जगह पर रखते हैं। जो लोग यह नियम नहीं जानते, वे चीजों को यहाँ-वहाँ फेंकते रहते हैं। ऐसे लोगों के साथ क्या होता है ? जरूरत के वक्त वे चीजें ढूँढ़ने में समय गँवाते हैं, बाद में वे चीजें उन्हें मिल भी जाती हैं मगर इस तरह जीने से उनमें गलत आदत विकसित होती है। वे चीजों को लापरवाही से रखते हैं। ऐसे लोग जिस तरह चीजों के साथ लापरवाह होते हैं, उसी तरह रिश्तों को भी लापरवाही से लेते हैं। ऐसे लोग जब किसी विषय पर विचार करते हैं तब वह भी वे लापरवाही से

करते हैं। उन्हें कैसे भी विचार आते हैं, उनके विचारों में कोई तारतम्य नहीं होता है। उनके विचारों में कोई तरतीब (ढंग) या कोई सलीका नहीं होता है, जो उन्हें समस्या का समाधान दे सके। कौन सा विचार पहले आना चाहिए, कौन सा विचार बाद में आना चाहिए, यह सलीका न होने की वजह से उनके विचारों को दिशा नहीं होती है, जिस कारण उनके मन में कोई भी विचार घुस आता है। उन विचारों में वे इतना खो जाते हैं कि वे खुद की और उनके साथ रहने वाले रिश्तेदारों की भी हानि कर लेते हैं।

अगर आप बाहर की चीजों को तरतीब से नहीं रखते हैं तो इसका असर अंदर के जगत पर भी होता है यानी आप बाहर की दुनिया में जो करते हैं, उसका असर अंदर की दुनिया पर भी होता है। बाहर यदि हम लापरवाही से रहते हैं तो हमारे अंदर भी सब कुछ अस्त-व्यस्त होने लगता है। इसलिए चीजों को सही ढंग से रखने की अच्छी आदत विकसित करें, जिससे आपके रिश्तों में भी सलीका आये। जब आपके जीवन में सलीका आयेगा तब आपको हर जगह उसका असर दिखायी देगा। जीवन में सभी घटनाएँ समय पर होंगी वरना सब काम आधे में लटके रहेंगे,चाहे फिर वह आत्मसाक्षात्कार (सत्य दर्शन) ही क्यों न हो।

कोई भी चीज समय पर न करने के कारण मरते वक्त लोगों को याद आता हैं कि वे सिर्फ नाम के लिए जिंदा थे, उनके जीवन का कोई फायदा नहीं हुआ। जिंदा होने के बावजूद भी उन्हें कभी यह याद ही नहीं आया कि 'हमें इंसान का जन्म मिला तो क्यों मिला है? हमें इस जीवन से किस तरह का लाभ लेना था?'

रिश्तों में डार्निंग करना सीखें

रिश्तों में सुधार लाने के लिए हर कार्य हमें होश के साथ करना होगा। जो भी कार्य आप करें, उस वक्त अपने आप से पूछें कि यह कार्य करने के पीछे क्या उद्देश्य है? वह उद्देश्य पूरा हो रहा है या नहीं हो रहा है? हमारे पूर्वजों और इस पुस्तक का उद्देश्य है, रिश्तों में डार्निंग हो। डार्निंग का अर्थ है रफू करना। रफू

वहाँ करते हैं, जहाँ कपड़ा फट जाता है। जिस तरह कपड़े पर डार्निंग की जाती है, उसी तरह सुनहरे नियम और कुछ सुनहरे उपायों द्वारा, जो पुस्तक में आगे दिये गये हैं, रिश्तों में डार्निंग की जाती है। रिश्तों में रफू (सुधार) होने के बाद हमारे आपसी संबंध प्रेम और आदर युक्त होंगे। वरना पहले के संबधों में इंसान कहता है, *"I am right, you are not right"* यानी 'मैं सही हूँ, सामने वाला सही नहीं है, उसमें खराबी है।' कुछ लोग कहते हैं, *"I am not right, he is right"* यानी 'सामने वाला ठीक है, मैं ठीक नहीं हूँ।' इस तरह की सोच रखने वाले लोग खुद को दूसरों से हीन महसूस करते हैं। वे कहते हैं, 'दूसरे हमसे अच्छे हैं, दूसरे जो कार्य कर रहे हैं, वे कार्य अच्छे हैं, हमसे इस तरह के कार्य नहीं होते।' वे अपने आपको दूसरों से ज्यादा हीन *(Inferior)* महसूस करते हैं। फिर जब उनकी समझ बढ़ती है और उनके जीवन में विवेक जागृत होता है तब वे कहते हैं, *"I am right, you are also right"* यानी दोनों सही हैं। दोनों अपनी जगह पर, अपने दृष्टिकोण से सही हैं। फिर वे जल्दी एक-दूसरे की बात काटते नहीं हैं।

इस अवस्था के बाद आगे की अवस्था आती है, 'मैं बढ़िया हूँ, तुम भी बढ़िया हो।' अब वे एक-दूसरे के साथ आसानी से घुल-मिलकर रह सकते हैं। सब बढ़िया है तो सभी सही हैं। इस तरह की समझ आने के लिए, सही होने से आगे बढ़िया होने के लिए हर एक को अपने रिश्तों की गहराई समझनी होगी, उस पर काम करना होगा। फिर आसानी से सभी एक-दूसरे के साथ घुल-मिल कर कार्य कर सकेंगे वरना एक-दूसरे से वे हमेशा झगड़ते ही रहेंगे।

जैसे एक क्रोधी इंसान सबके साथ रोज झगड़े करता है। एक दिन जब कोई विशेष दिन आता है तब उसे पहले ही बताया जाता है कि 'इस दिन बिलकुल झगड़ा नहीं करना चाहिए वरना तुम साल भर झगड़ते रहोगे।' उसे जब इस तरह का विचार दिया जाता है तब वह ठान लेता है कि 'आज के दिन मुझे बिलकुल नहीं झगड़ना है। आज के दिन तो कम से कम इस नियम का पालन कर ही सकते हैं, एक दिन नहीं झगड़ेंगे। यह नियम पूरे जीवन के लिए तो नहीं कहा गया है,

केवल एक दिन के लिए कहा गया है तो चलो इस एक दिन न झगड़ने का संकल्प लेते हैं।' अब वह क्रोधी इंसान उस एक दिन झगड़ा न करने का स्वाद लेगा तो उसके साथ दिन भर में क्या होगा! उसे बिना झगड़ा किये दिनभर सुकून महसूस होगा, संयम महसूस होगा, उसे न झगड़ने का स्वाद मिलेगा। वह यह सोचेगा कि 'आज एक दिन मैं बिना झगड़ा किये रह पाया तो हमेशा ऐसे क्यों नहीं रह सकता।' उसे प्रेम और मौन का चस्का लग जायेगा तो वह हमेशा ही शांति पूर्वक जीवन जीना चाहेगा। इस तरह एक इरादा (इन्टेंशन) इंसान के जीवन में रिश्तों की नींव मजबूत करने के लिए बहुत बड़ा मौका बन सकता है।

किसी विशेष उत्सव में लोग सभी सब्जियाँ मिलाकर एक सब्जी बनाते हैं। ऐसा क्यों किया गया होगा? कई लोग बिना प्रयोग किये ही कहते हैं कि 'फलाँ सब्जी हमें पसंद नहीं है, हम नहीं खायेंगे, चाहे कोई कितना भी, कुछ भी कहे।' तब उससे कहा जाता है, 'जब तुमने पहली बार यह सब्जी खायी थी तब उस वक्त की अवस्था अलग थी। हो सकता है कि उस दिन तुम्हारा पेट पहले से ही खराब रहा हो और यह सब्जी खाने के बाद तुम्हें तकलीफ हुई हो इसलिए तब से तुम कहते आये हो कि मुझे यह सब्जी पसंद नहीं आती लेकिन अब वैसा नहीं है, तुम एक बार तो फिर से यह सब्जी खाकर देखो।' मगर उस इंसान के दिमाग में यह बात बैठ ही गयी है कि 'फलाँ सब्जी अच्छी नहीं है अथवा वह खाने से तकलीफ होगी।'

उत्सव के बहाने लोग प्रयोग करते हैं कि जो सब्जी वे नहीं खा पाते थे, उसे वे खाते हैं। यह प्रयोग करना आवश्यक है। बच्चे प्रयोग करते हैं मगर बड़े प्रयोग करना भूल जाते हैं। एक दिन पसंद न आने वाली सब्जी खाकर देखें, वह सब्जी इतनी बुरी नहीं है, जितनी आपको लग रही थी। उस सब्जी में जो पोषकतत्त्व हैं, वे पोषकतत्त्व आप कब प्राप्त करेंगे? स्वास्थ्य कब प्राप्त करेंगे? अगर सभी पोषकतत्त्व अंदर रहेंगे तो स्वास्थ्य मिलेगा। आपके शरीर में कुछ पोषकतत्त्व हैं, कुछ नहीं हैं तो कैसे शरीर स्वस्थ रहेगा? शरीर को सभी स्वाद मिलने चाहिए, कड़वा स्वाद

भी मिलना चाहिए। इसलिए इंसान को करेला भी खाना चाहिए, कड़वे लोगों के साथ व्यवहार करना भी सीखना चाहिए।

उत्सव के बहाने सभी चीजों को मिलाकर सब्जियाँ बनायी जाती हैं, यह याद दिलाने के लिए कि रिश्तों में कैसे एक-दूसरे के साथ घुल-मिलकर जीना चाहिए ताकि हम प्रेम का अलग-अलग स्वाद लेते हुए मोह, अहंकार, कपट और शंका का अंधकार दूर कर सकें। अगले भाग में इसी अंधकार को नयी रोशनी द्वारा समाप्त करें।

रक्षा बंधन

'जागे हुए इंसान
के लिए रिश्ते
रक्षा हैं
और
सोये हुए के
लिए रिश्ते
बंधन हैं।'

भाग दो

रिश्तों से अंधकार कैसे दूर करें

DAY 5

आज़ाद बनकर जीना यानी
दूसरों को आनंद देकर आनंदित रहना।

अध्याय 5

रिश्तों में क्या हो

रिश्तों की सीढ़ी के छः पायदान

आइये जानें कि रिश्तों में क्या हो? रिश्तों में 'मोहन' हो मोह मिटाने के लिए...उच्च चेतना (कृष्ण) हो समझ तथा विवेक जगाने के लिए। कृष्ण ने बताया था कि महाभारत का युद्ध कैसे टल सकता है। उन्होंने हमेशा सही मार्गदर्शन दिया। जिन्होंने उच्च चेतना की आज्ञा का पालन किया, वे हमेशा खुश रहे और जिन्होंने उच्च चेतना की आज्ञा का उल्लंघन किया, वे हमेशा दुःखी रहे। महाभारत की कहानी हमारे लिए बहुत बड़ा संकेत है। इस सत्य संकेत और सीख के आधार पर यदि आप हर पल होश में रहें तो रिश्तों में बनी दरारें मिट सकती हैं, रिश्तों में बनी शीशे की दीवारें✓ टूट सकती हैं।

समाज में अकसर देखा जाता है कि अपने सगे-संबंधियों के गुजर जाने पर इंसान अज्ञान व मोह के कारण जीवनभर दुःखी रहता है। यदि उस इंसान को अपने रिश्तेदार से प्रेम होता, न कि मोह होता और मृत्यु उपरांत जीवन का ज्ञान

✓ *शीशे की दीवारे तोड़ने के लिये पढ़ें खण्ड 6, अध्याय 1, 2 3*

होता, तो वह दुःखी नहीं होता। इसका अर्थ है कि हर दुःख की जड़ में मोह और अज्ञान छिपे बैठे हैं।

अपने चारों तरफ जी रहे लोगों पर जब हम निर्भर (मोहताज) रहते हैं तब हम धीरे-धीरे गुलाम बनने लगते हैं। हर काम के लिए जब हमें किसी के सहारे की आवश्यकता पड़ती है तब हम सुस्त व कामचोर बन जाते हैं। इसका फायदा दूसरे लोग उठाते हैं। वे हमसे मनमानी करवाते हैं और हम मोहताज बन जाते हैं। मोहताज न बनें, सहारों के प्रति मोह का त्याग करें। इसका अर्थ यह नहीं है कि हम दूसरों से सहायता न लें बल्कि हम स्वावलंबी (आत्मनिर्भर) बनने के मार्ग पर चलें। जरूरत पड़ने पर सहायता लें और सहायता दें। यदि आप आज़ाद बनकर जीना चाहते हैं, दूसरों को आनंद देकर आनंदित रहना चाहते हैं, दुःख को सदा दूर करके, आनंद को सदा पास रखना चाहते हैं तो आपको इस मोह से जल्द से जल्द मुक्त होना है।

हर रिश्ता हमारे लिए आइना है। किसी रिश्ते में हमें अपने अंदर दबे हुए क्रोध का दर्शन होता है तो किसी रिश्ते में हमें अपने अंदर छिपे हुए लोभ का दर्शन होता है। कोई रिश्ता हमारे अंदर की नफरत को उजागर करता है तो कोई रिश्ता हमें मोह का रूप दिखाता है। कुछ रिश्ते ईर्ष्या जगाते हैं तो कुछ रिश्ते अहंकार पर चोट पहुँचाते हैं। कोई रिश्तेदार डर के रूप में सामने आता है तो कोई रिश्तेदार घृणा व द्वेष का दीदार कराता है। ये सब देखकर हमें निराश नहीं होना है बल्कि समझ के साथ स्वयं का साक्षात्कार करना है। समझ का यह प्रकाश आपके अंदर दबे हुए अंधेरे को दूर करके आपको सत्य की रोशनी प्रदान करेगा। यह समझ प्राप्त करने के लिए तथा स्वयं का दर्शन करने के लिए हर रिश्ते पर मनन करें।

हमारे जीवन के हर मोड़ पर रिश्ते कैसे बनते हैं, रिश्तेदारों को क्या समझकर हम व्यवहार करते हैं? इसे नीचे दी गयी रिश्तों की सीढ़ी से समझें :

पहली पायदान : बच्चा जब छोटा होता है तब उसका रिश्ता हर चीज से *'मैं और वस्तु - मैं और वस्तु'* का होता है यानी वह हर चीज को बेजान

समझता है। एक वस्तु उठाकर दूसरी वस्तु पर फेंकता है। शीशा टूटे या दिल टूटे उसे कोई फर्क नहीं पड़ता, अज्ञान की वजह से उसके लिए तोड़-फोड़ करना साधारण सी बात है।

दूसरी पायदान : बच्चा जब थोड़ा बड़ा होता है तब उसका रिश्ता हर चीज से *'मैं और वस्तु - मैं और तुम'* का होता है यानी वह अपने माँ-बाप, भाई-बहन को वस्तु (निर्जीव) समझता है और वस्तुओं को जानदार (सजीव) समझता है। वह अपनी चीजों (पेन, घड़ी, कंप्यूटर, बाईक, नेल पॉलिश, ड्रेस, शैम्पू इत्यादि) से प्यार करने लगता है और जिद्द करके लोगों का वस्तुओं की तरह इस्तेमाल करता है। लोगों की भावनाओं का वह कोई खयाल नहीं रखता।

तीसरी पायदान : बच्चा जब थोड़ा समझदार होता है तब उसका रिश्ता हर चीज से *'मैं और तुम - मैं और वस्तु'* का होने लगता है यानी वह रिश्तों और इंसानों को वस्तुओं से ज्यादा महत्त्व देने लगता है। वह लोगों की भावनाओं को समझने लगता है। उसके अंदर दूसरों के प्रति प्रेम जागता है। अब वह इंसान को इंसान और वस्तु को वस्तु जानकर व्यवहार करना सीख चुका होता है। इस पायदान पर उसका व्यवहार सही दिशा लेने लगता है।

चौथी पायदान : बड़ा होकर जब वह काफी समझदार होता है तब उसका रिश्ता हर चीज से *'मैं और तुम - मैं और तुम'* का होता है यानी वह इंसानों को तो आदर देता ही है, साथ ही साथ बेजान चीजों को भी आदर देने लगता है। 'वस्तुओं में भी वही तरंग है, जो इंसानों के अंदर है', यह मानकर वह चीजों को फेंकना बंद करता है। उन्हें सलीके से रखने लगता है, दरवाजे को पटकने की बजाय धीरे से बंद करने लगता है। उसके अंदर हर चीज के प्रति तेज प्रेम* जागने लगता है।

पाँचवीं पायदान : ज्ञान प्राप्त करके जब वह भरपूर समझदार होता है तब उसका रिश्ता हर चीज से *'वस्तु और वस्तु - वस्तु और वस्तु'* का होने लगता है

यानी वह यह जान जाता है कि आज तक वह अपने शरीर को ही मैं मान रहा था और सामने वाले शरीर को तुम मान रहा था। असल में 'मैं और तुम' शरीर नहीं थे लेकिन शरीर मानकर ही व्यवहार होता रहा। इसका अर्थ यह हुआ कि वस्तुएँ वस्तुओं से व्यवहार करती रहीं। अब वह साक्षी बनकर रिश्तों में होने वाले व्यवहार को तटस्थ भाव से देखना सीख लेता है। इस अवस्था में पहुँचकर वह आखिरी अवस्था को समझने लगता है।

छठवीं पायदान : तेजज्ञान प्राप्त करके जब वह संपूर्ण रूप से समझदार होता है तब उसका रिश्ता हर चीज से 'तुम और तुम - तुम और तुम' का होता है यानी वह हर चीज में ईश्वर का साक्षात्कार करता है। अब वह यह जान जाता है कि हर शरीर से ईश्वर ही व्यवहार कर रहा है और ईश्वर से ही व्यवहार किया जा रहा है। इस अवस्था में मोह का पूर्ण विनाश होता है।

रिश्तों की सीढ़ी के छः पायदान जानकर हम यह जान लें कि हमारी मंज़िल कहाँ तक जाती है। आइये अब सीखें हम कैसे सदा उच्च चेतना (समझ) के साथ रहें और कैसे रिश्तों में आसक्ति* तोड़ें।

DAY 6

अहंकार अज्ञान की परछाईं है,
अज्ञान दूर होते ही परछाईं विलीन हो जाती है
और रिश्तों में नयी रोशनी आ जाती है।

अध्याय 6

रिश्तों में क्या न हो

रिश्तों से आसक्ति कैसे जा सकती है

रिश्तों में अज्ञान की वजह से आसक्ति आ सकती है, जो सबसे बड़ी परेशानी है। मोह मिटाने के लिए अपने आपसे ये सवाल पूछें कि 'यह आसक्ति मुझे क्या देने वाली है? जीवन के अंत तक मुझे इससे क्या लाभ मिलने वाले हैं? रिश्तों में अनासक्त रहकर ज्यादा लाभ हैं या आसक्त रहकर ज्यादा लाभ हैं? इस पर गहराई से मनन करेंगे तो आपके रिश्तों में आसक्ति नहीं, केवल तेजप्रेम होगा।

रिश्ते-नातों में आसक्ति* की वजह से परिवारजनों को लगता है कि उनका बेटा, बेटी, बहन, भाई जल्दी से सारी बातें सीखकर कुछ बनकर दिखायें। इंसान को लगता है कि वही एक मेरा बेटा है, वही एक मेरा परिवार है या वही एक मेरा रिश्तेदार है, बाकी कोई मेरा नहीं है, सभी बेगाने हैं। पृथ्वी लक्ष्य* से अनजान इंसान के मन में ही ऐसे विचार आते हैं। जो इंसान सत्य जानता है, उसकी सोच एक परिवार तक ही सीमित नहीं होती। वह सभी को हेलिकॉप्टर के (उच्च) दृष्टि-कोण से देखता है। उसके लिए सारा विश्व एक परिवार है।

रिश्तों में यदि महाभारत* (युद्ध) होती है तो उसका कारण क्या है? रिश्तों में लड़ाई होती है क्योंकि लोग भूल गये हैं कि रिश्तों में क्या नहीं होना चाहिए। महाभारत के हर पात्र से रिश्तों में सुधार कैसे करें, क्या करें, क्या न करें, यह सीखा जा सकता है। महाभारत के पात्रों को देखकर, जो युद्ध का कारण बने, आप समझ जायेंगे कि रिश्तों में क्या नहीं होना चाहिए। महाभारत के पात्रों में जब दुर्योधन* हमारे सामने आता है तब हमें झट से पता चलता है कि रिश्तों में अहंकार नहीं होना चाहिए क्योंकि रिश्तों में अहंकार अशांति लाता है। रिश्तों में अहंकार होगा तो झगड़े होने ही वाले हैं।

शकुनी* को देखकर पता चलता है कि रिश्तों में कपट और शंका नहीं होनी चाहिए। रिश्तों में शंका होगी तो इंसान ऐसा सोचकर कि 'मेरा रिश्तेदार इससे बात कर रहा है, उससे बात कर रहा है, यह ऐसा क्यों है, वैसा क्यों है', अंदर ही अंदर कुढ़ता रहेगा, जलता रहेगा। उसकी तुलना चलती रहेगी, उसे हरदम शंका आती रहेगी कि 'मुझे यह नहीं दिया, उसे क्यों दिया।'

रिश्तों में जब शंका आने लगती है और कपट होने लगता है तब रिश्ते टूटने लगते हैं। परिवार के सदस्यों में शंका की वजह से एक दूसरे के साथ संवाद बंद हो जाता है। अंदर ही अंदर इंसान शक करता रहता है। यदि वह सामने वाले को बतायेगा ही नहीं कि क्यों उसका मन शंकालु हो गया है तो उस रिश्ते में कैसे सुधार आ सकता है? रिश्तों में जो दरार आ गयी है, वह कैसे मिट सकती है? अगर दरार नहीं मिटी तो वह दीवार बन जाती है। इस दीवार की वजह से लोग एक दूसरे से अलग हो जाते हैं।

अगर आप धृतराष्ट्र* के किरदार को समझने का प्रयास करेंगे तो जान पायेंगे कि वह जो नहीं बन पाया, वह अपने बेटे को बनाना चाहता था। जो इंसान अपनी जिंदगी में डॉक्टर नहीं बन पाता है, वह चाहता है कि उसका बेटा डॉक्टर बन जाय। उसकी हमेशा यही कामना होती है कि मुझे यह-यह नहीं मिला

इसलिए मेरे बेटे को मिलना चाहिए। हालाँकि वह बच्चा तो बचपन से बढ़ई (कारपेंटर) बनना चाहता था मगर पिताजी ने जबरदस्ती डॉक्टर बना दिया। अब वह ऑपरेशन करेगा तो कैसे करेगा? पिता की जिद के कारण उस बच्चे का तो नुकसान हुआ ही, पर उसके साथ और कितने लोगों (मरीजों) का नुकसान भी हुआ।

धृतराष्ट्र के पात्र से यह सीख मिलती है कि व्यक्ति की महत्त्वाकांक्षा कैसे काम करती है। वह जो नहीं बन पाया, वह अपने बच्चों पर थोप देता है क्योंकि उसे लगता है कि बच्चे हमारी जायदाद हैं। हम उनके मालिक हैं, हम जैसा चाहें उन्हें बना सकते हैं।

दुर्योधन जैसा था उसे वैसा बनने के लिए धृतराष्ट्र भी जिम्मेदार था क्योंकि धृतराष्ट्र भी यही चाहता था कि उसका बेटा राजा बने। उसने आग में तेल डाला। दुर्योधन चाहता था कि उसे सिंहासन मिले और धृतराष्ट्र ने हमेशा उसी का साथ दिया। उसकी महत्त्वाकांक्षा भड़कती रही और यहाँ तक भड़की कि महायुद्ध हुआ और उसमें पूरा परिवार भस्म हो गया। व्यक्ति के अहंकार की महत्त्वाकांक्षा दुर्योधन के साथ जुड़ी थी। दुर्योधन का अहंकार और ऊपर से महत्त्वाकांक्षा, दोनों जुड़ेंगे और साथ में है शकुनी तो रिश्तों में और क्या हो सकता था? रिश्ते बिगड़ने के लिये फिर और क्या चाहिये?

दुर्योधन की माँ गांधारी*, जो आँखें होते हुए भी आँखों पर पट्टी बाँधती थी। आँखें होते हुए भी कोई आँखों पर पट्टी बाँधे तो वह अज्ञान और आसक्ति का प्रतीक है। पति तो ठोकर खा रहा था, उसे बचाने की बजाय गांधारी आँखें बंद कर खुद भी रिश्तों के बीच डगमगाती रही। अज्ञान में कैसी मूर्खताएँ होती हैं! ऐसे परिवार का भविष्य अंधेरे में ही होगा, हर एक मोहताज होगा।

लोग तब मोहताज हो जाते हैं जब वे असलियत (पृथ्वी लक्ष्य*) भूल जाते हैं। किसी को जब लगता है कि 'सब मुझे हरदम ध्यान दें' तब यदि उसे ध्यान

नहीं मिला तो वह कुछ कर ही नहीं पाता। मोह में लोग हमेशा मोहताज हो जाते हैं। सब गलत चल रहा है, देखते हुए भी वे यह बोल नहीं पाते कि 'ऐसा नहीं होना चाहिए, दूसरों का अधिकार छीनना गलत है, सभी के लिए भरपूर प्रेम, आनंद, खाना, कार्य उपलब्ध है।'

इसी कहानी में कर्ण* का पात्र मजबूरी और कर्ज की वजह से होने वाली मोहताजी और लाचारी का प्रतीक है। रिश्तों में लाचारी और मजबूरी भी न हो। सिर्फ मजबूरी और कर्ज की वजह से असत्य का साथ न दें। प्रेम की वजह से बलिदान, त्याग किया जाय, न कि कर्ज की वजह से या मोहताज होने की वजह से असत्य का साथ दिया जाय।

जब रिश्तों में दुःशासन* आयेगा तो वह कैसा शासन चाहेगा ? वह दुराचारी शासन ही चाहेगा। दुःशासन द्रौपदी के बाल पकड़ने ही वाला है, खींचातानी करने ही वाला है क्योंकि वह द्रोपदी को वस्तु समझ रहा है। जैसे लोग घर में सोफा सेट, टी.वी देखते हैं, उसी तरह से कई लोग परिवार के सदस्यों को देखते हैं। जैसे टी.वी है वैसे ही बीवी है, उसे वस्तु समझते हैं। वस्तु को जैसे वे चाहें वैसे उठायें, बैठायें। रिमोट कंट्रोल जैसे वे दबायें, वैसा होना चाहिए। अगर परिवार में दुःशासन है तो परिवार में तनाव, परेशानी, दुःख और झगड़े यही सब होता रहेगा।

महाभारत के इन पात्रों को देखकर आपको यही विचार आयेंगे कि मजबूर, शंकालु, लालची, कपटी, आसक्त और अहंकारी लोग जब एक परिवार में मिलेंगे तो महाभारत होने ही वाला है। परिवार में शंका, अहंकार, कपट, दुराचार, मोह तथा व्यक्ति की महत्त्वाकांक्षा न हो। परिवार रूपी वृक्ष को कटने से बचाने के लिए - परिवार में सुख, शांति, प्रेम और संतुष्टि पाने के लिए, इन सभी दुर्गुणों से हमें मुक्त होना है।

DAY 7

प्रेम से भरे रिश्ते भरपूर
आनंद का संकेत देते हैं।
प्रेम से खाली रिश्ते खाली डिब्बों
की तरह केवल बजते हैं।

अध्याय 7

परिवार रूपी वृक्ष कटने से कैसे बचायें

अहंकार की आरी, कपट की कुल्हाड़ी

परिवार एक वृक्ष की तरह है, जिसकी छाँव में समाज का चरित्र निर्माण होता है। लोभ-लालच से पीड़ित लोग इस वृक्ष को काटने लगते हैं। ये लोग अहंकार की आरी और कपट की कुल्हाड़ी से प्रेम वृक्ष को नष्ट करते हैं। हमें अपने परिवार रूपी वृक्ष को इन हथियारों से बचाना चाहिए।

परिवार में रिश्ते बिगड़ने का मुख्य कारण है अधिकार प्राप्त करने की भावना। इस भावना के वशीभूत होकर लोग झूठ का भरपूर इस्तेमाल करते हैं। एक झूठ को सत्य बनाने के लिए अनेक झूठ परिवार में प्रवेश पाते हैं। इनसे मुक्त होकर ही परिवार के सभी लोग आनंदपूर्ण जीवन जी सकते हैं।

परिवार का कोई भी सदस्य यह महत्त्वाकांक्षा न रखे कि परिवार में उसे ही सबसे ज्यादा अधिकार (पॉवर) मिले। ऐसी बातों में उलझने से इंसान की चेतना का स्तर कम हो जाता है और वह अनावश्यक बातों में उलझ जाता है।

जहाँ इंसान को अपना अहंकार प्रकाशित करने और खुद का महत्त्व बढ़ाने की इच्छा होती है, वहाँ इंसान अपने मूल लक्ष्य से दूर हो जाता है। ऐसी अवस्था में इंसान सिर्फ अपनी प्रतिमा का खयाल रखते हुए ही कार्य करता है। उसे लगता है कि 'किसी बात के लिए एक बार मैंने हाँ कहा है तो उसी बात के लिए अब मैं ना कैसे कहूँ?' ऐसे इंसान के लिए एक बार 'हाँ' कहने के बाद 'ना' कहना या 'ना' कहने के बाद 'हाँ' कहना बहुत मुश्किल होता है। उस इंसान के लिए यह बात स्वीकार करना बड़ा मुश्किल होता है कि पहले उसकी सोच गलत थी। ऐसा इंसान मुश्किल से यह कह पाता है कि 'मुझसे गलती हुई क्योंकि मुझे उस वक्त पूरी जानकारी नहीं थी।' केवल ऐसा कहने में दिक्कत होने की वजह से वह इंसान अपनी बात तर्क-कुतर्क द्वारा सही सिद्ध करने की कोशिश करता है। उसकी यही कोशिश रिश्तों में अंधेरा भर देती है।

परिवार के हर सदस्य को मालूम होना चाहिए कि अगर किसी बात की जानकारी उसे नहीं है तो वह यह बात खुलकर परिवार के सदस्यों को बताये। इस तरह सच बताने से परिवार के सदस्यों का उसके प्रति विश्वास बढ़ेगा और वे उसे सहयोग देंगे। हकीकत यह है कि जो लोग कपटमुक्त होते हैं, उन्हें लोग ज्यादा सहयोग करते हैं। कपटमुक्त बात कर पाने वाले लोगों को बड़े कार्यों के लिए चुना जाता है क्योंकि बड़े कार्यों के लिए विश्वसनीय लोगों की ही आवश्यकता होती है।

परिवार में कपटमुक्त होकर अपनी गलतियों को बता देने से कोई नुकसान नहीं होता। अपनी 'ना' को 'हाँ' में बदलने से या 'हाँ' को 'ना' में बदलने से कोई बड़ा फर्क नहीं पड़ता। ऐसा करने से आपकी छवि (इमेज) खराब नहीं होती बल्कि लोग आपको आपकी कपटमुक्तता के लिए ज्यादा पसंद करेंगे। वास्तव में इंसान दूसरों से अलग कुछ कर दिखाना चाहता है इसलिए वह अपनी ही बात पर अड़ा रहता है।

अहंकार मिटने पर ही इंसान को इस बात का अहसास होता है कि परिवार के सभी सदस्य एक ही हाथ की अंगुलियाँ हैं। इस बात को पहले लोग बुद्धि से मानते हैं और नयी रोशनी मिलने के बाद अनुभव से जानने लगते हैं। अनुभव मिलते ही हाथ की हर अंगुली फिर वह चाहे छोटी हो या बड़ी, मोटी हो या पतली स्वीकार होती है। स्वीकारभाव में अहंकारभाव मिट जाता है।

परिवार में सिर्फ एक इंसान के कार्य करने की वजह से बहुत अधिक विकास नहीं हो पाता। जब सभी साथ मिलकर काम करेंगे तब परिवार का विकास जल्दी होगा। परिवार में कुछ लोग खुले होते हैं और कुछ लोगों में कुछ बातों को लेकर प्रतिरोध (रेजिसटन्स) की भावना होती है। परिवार में एक साथ काम करने से ऐसे लोग भी खुलने लगते हैं, जो अकेले में अपने आपको कमजोर महसूस करते हैं। जब परिवार में कुछ लोग अपने अहंकार को एक तरफ रख पायेंगे तब दूसरी तरफ सभी लोग खुल जायेंगे।

कई बार परिवार में काम करते वक्त कुछ लोग व्यक्तिगत महत्त्वाकांक्षा की खातिर कुछ कार्य अन्य सदस्यों से छिपाकर करते हैं। वे चाहते हैं कि उस कार्य (प्रोजेक्ट) के लिए उन्हें ही श्रेय मिले। ऐसे समय में ये लोग कहते कुछ हैं और करते कुछ और ही हैं। उनके इस व्यवहार से परिवार में अनेक परेशानियाँ उत्पन्न होती हैं। परिवार के दुश्मन इसका गलत फायदा उठाते हैं।

जैसे-जैसे परिवार के सभी लोग कपटमुक्त होते जाते हैं, वैसे-वैसे लोगों का छिप-छिपाकर, गुप्त रूप से कार्य करना बंद हो जाता है। लोग जैसे बाहर से होते हैं, वैसे ही अंदर से हो जाते हैं। कपटमुक्त होने से लोगों को डर लगना बंद हो जाता है कि 'मेरे बारे में कोई बुरा तो नहीं सोचेगा या मेरे काम में कोई रुकावट तो नहीं डालेगा या मेरी हँसी तो नहीं उड़ायेगा।'

अपने आपसे कुछ सवाल पूछें, जो आपको इस विषय पर नयी दृष्टि देंगे। आप दुनिया से विदा लेने से पहले कितने रिश्तों के साथ कपटमुक्त हो पायेंगे?

लोग आपसे कपटमुक्त बात करें, ऐसा आपने उनके साथ क्या किया है? आप लोगों के लिए ऐसा क्या करते हैं, जिससे लोगों को आप पर विश्वास हो? क्या लोग आपको बेशर्त प्रेम दे पाते हैं? क्या लोग आपको अपने दिल की बात बता पाते हैं? इन सभी सवालों के जवाब पाने के लिए सबसे पहले खुद के बारे में जानें। यह समझें कि किसी भी रिश्ते के बनने या बिगड़ने के पीछे कई पहलू होते हैं मगर हम सिर्फ एक या दो पहलू ही देख पाते हैं। खुद को जानकर ही अपने दृष्टिकोण में बदलाव लाया जा सकता है। जब रिश्तों में हर इंसान आपसे कपटमुक्त बात करेगा तब आप रिश्तों की ऊँचाइयों पर जा पायेंगे।

जब इंसान को जीवन का संपूर्ण लक्ष्य पूरी तरह से समझ में आयेगा तब वह चाहेगा कि उसे पृथ्वी के सभी रहस्यों का पता चले। लोग आपसे कपटमुक्त बात नहीं करते इसलिए आप अज्ञान के अंधेरे में जीते हैं। आप लोगों के बारे में जो अनुमान लगाते हैं, वे सब गलत हैं। आपने आज तक लोगों के बारे में जितने भी अनुमान लगाये हैं, वे लगभग गलत ही सिद्ध हुए हैं। जब लोग आपसे कपटमुक्त बात करेंगे तब आपको पहली बात यह समझ में आयेगी कि *'लोग अच्छे हैं लेकिन कुछ परिस्थितियों में वे बुरा व्यवहार करते हैं। यदि उनके डर, निकाल दिये जायें तो वे बुरा व्यवहार करना बंद कर देंगे।'*

हम सोचते हैं कि 'फलाँ इंसान बुरा है, उसका स्वभाव अच्छा नहीं है' मगर ये सभी गलत अनुमान केवल कपटमुक्त बात सुनने और करने से दूर हो जाते हैं। लोगों ने आपसे थोड़ी भी कपटमुक्त बातें कीं तो आपको उनकी तकलीफें, डर, प्रोग्रामिंग, महत्त्वाकांक्षाएँ, मान्यताएँ और बेहोशी पता चलती है। लोग आपके साथ किस लालच और डर से बातें करते हैं, यह आपको उनकी कपटमुक्त बातों से ही पता चलेगा। जब आपको असलियत और लोगों की भावनाओं का पता चलेगा तब आपको लगेगा कि *'इन लोगों के लिए तो मन में करुणा, प्रेम और दया आनी चाहिए, न कि नफरत।'* सिर्फ लोग आपसे कपटमुक्त बात नहीं करते

इसलिए आप अंधेरे में रहते हैं। इस तरह लोग अंधेरे में ही पूरा जीवन गुजार देते हैं और अंधेरे में ही उनकी मौत हो जाती है। जीवन की यह सच्चाई जब आपकी समझ में आयेगी तब आप रिश्तों में ऊँचाइयाँ और नयी रोशनी प्राप्त कर पायेंगे।

जो इंसान परिवार में भाव, विचार, वाणी और क्रिया से एक हो जाता है, वह यह कह सकता है कि *'मैं कपटमुक्त होकर जीना चाहता हूँ, यह मेरा लक्ष्य है, कृपया मुझे इस लक्ष्य पर पहुँचने में मदद करें। मैं कोई भी कार्य गुप्त रूप से नहीं करना चाहता हूँ, मेरी किताब खुली है, खुली रहे।'* ऐसे लोग सभी रिश्तों में बहुत खुलकर सामने आते हैं और लोगों द्वारा पसंद किये जाते हैं।

जितनी जल्दी आप रिश्तों में कपटमुक्त हो जायेंगे और एकत्व का अनुभव लेंगे, उतनी जल्दी आप यह कह पायेंगे कि *'अब हमें यह याद रखने की जरूरत नहीं है कि कब हमने किसे क्या बताया है, अब आगे उसे क्या बताऊँ ?'* इस तरह आप झूठ के दुश्चक्र से बच जायेंगे क्योंकि एक झूठ को छिपाने के लिए हजार झूठ कहने पड़ सकते हैं। कपट की कुल्हाड़ी इसी तरह परिवार के वृक्ष को काट देती है। अहंकार की आरी और कपट की कुल्हाड़ी को परिवार के वृक्ष से दूर रखें। परिवार को बिखरने से बचाने के लिए - वृक्ष की टहनियों, पत्तों तथा फलों को आपस में जोड़े रखने के लिए प्रेम का पानी देते रहें।

DAY 8

विश्व में जब एक परिवार द्वारा आनंद की
संभावना खुलेगी, बढ़ेगी तो उसकी तरंगें
सारे ब्रह्माण्ड में हर तरफ पहुँचेंगी।
तब विश्व कितना सुंदर होगा!

अध्याय 8

रिश्तों में प्रेम कैसे बरकरार रखें

प्रेम का सबूत और प्रेम की मृत्यु

प्रेम से भरे रिश्ते भरपूर आनंद का संकेत देते हैं, प्रेम से खाली रिश्ते खाली डिब्बों की तरह केवल बजते हैं। रिश्तों को प्रेम से लबालब भरने के लिए प्रेम के रसायन को ठीक से समझें। प्रेम का रसायन शंका की हवा में सिकुड़ जाता है और विश्वास की महक से फूल जाता है। आइये अब विश्वास के फूल की महक से रिश्तों की दुनिया को प्रेम के रसायन से फुल (पूरा) भर दें।

कई लोग अपने रिश्तों में प्रेम की कमी महसूस करते हैं। वे सोचते हैं कि हर एक से एक जैसा प्रेम क्यों नहीं होता? अलग-अलग रिश्तों में अलग-अलग तरह का प्रेम क्यों जताया जाता है? खून के रिश्तों में ज्यादा और दूर के रिश्तों में कम प्रेम क्यों है?

हर जगह प्रेम की अभिव्यक्ति अलग-अलग होती है क्योंकि हर इंसान की चेतना का स्तर अलग-अलग होता है। इसलिए कुछ रिश्तों में इंसान ज्यादा प्रेम महसूस करता है और कुछ रिश्तों में वह प्रेम महसूस नहीं करता। फिर जब वह

उच्च ज्ञान प्राप्त करता है तब उसकी चेतना का स्तर इतना बढ़ जाता है कि उसमें हर एक के प्रति प्रेम और एकम् की भावना जागृत होती है।

जब इंसान की चेतना का स्तर नीचे आता है तब उसमें फिर से नकारात्मक भाव आते हैं, जिसका उसे भी पता नहीं चलता। इस नकारात्मक भाव में वह इन मान्यताओं के साथ रिश्ते निभाता है कि 'फलाँ इंसान मेरा काम करता है इसलिए वह मुझे अच्छा लगता है... फलाँ इंसान मेरा काम नहीं करता है इसलिए वह मुझे अच्छा नहीं लगता है... फलाँ इंसान मेरा काम कभी करता है, कभी नहीं करता है इसलिए वह मुझे सामान्य लगता है... फलाँ इंसान मेरा भाई है इसलिए मुझे वह पसंद आता है... उसके लिए कुछ करना, उसका भला सोचना, मेरा कर्तव्य है... मुझे वह कर्तव्य पूरा करना है... ' इत्यादि।

किसी के साथ आप ज्यादा रहते हैं इसलिए वह आपको ज्यादा पसंद आता है। वहाँ पर आपको कर्तव्य की वजह से प्रेम होता है या फिर उसके साथ नजदीकी का रिश्ता है इसलिए प्रेम होता है। कोई इंसान आपके अहंकार की पुष्टि करता है और आपकी सहायता करता है इसलिए आपको उससे प्रेम होता है। जब इंसान की चेतना का स्तर ऊपर उठता है तब उसे पता चलता है कि असल में हर इंसान अपनी शॉपिंग लिस्ट (इच्छाओं) से प्रेम करता है। हर एक के पास ऐसी एक शॉपिंग लिस्ट (खरीददारी सूची) होती है, जिसे लेकर सभी घूम रहे हैं। जैसे मुझे प्रेम (लोगों का ध्यान) चाहिए, गहने चाहिए, नयी चीजें चाहिए, पैसा चाहिए, मदद चाहिए, अच्छा खाना चाहिए, घूमना चाहिए, मनोरंजन चाहिए इत्यादि। इस तरह एक लंबी शॉपिंग लिस्ट हर एक के पास तैयार ही है। अब वह यह शॉपिंग लिस्ट लेकर लोगों से मिलता है। कभी उसे लगता है कि 'फलाँ इंसान मेरी यह इच्छा पूरी कर सकता है तो यह इंसान मेरी दूसरी इच्छा पूरी कर सकता है।' यदि सामने वाले ने उसकी इच्छा अनुसार उसे वह दिया, जो उसे चाहिए तो वह यह समझता है कि 'उसे मुझसे प्रेम है।' जो उस इंसान की शॉपिंग लिस्ट में से कुछ दे नहीं सकता, उसके बारे में यह अनुमान लगाया जाता है कि 'उसे मुझसे

कोई प्रेम नहीं है।' इस तरह जो लोग हमें उन चीजों को हासिल करने में मदद करते हैं, जो हमें चाहिए, वे हमें अच्छे लगते हैं और जो लोग हमें मदद नहीं कर पाते, वे हमें पसंद नहीं आते। ऐसी शॉपिंग लिस्ट के सहारे ही इंसान का जीवन चल रहा है, जो रिश्तों में संघर्ष, नाराजगी, तनाव और दु:ख का कारण है।

प्रेम का सबूत

लोगों को प्रेम में सबूत माँगने की आदत होती है। उन्हें हमेशा यह शंका रहती है कि सामने वाला हमसे प्रेम करता है या नहीं? लोगों को प्रेम का सबूत देना पड़ता है यानी 'हम आपसे प्रेम करते हैं', यह सामने वाले को कुछ देकर बताना पड़ता है। लोग चाहते हैं कि सामने वाला अगर हमसे प्रेम करता है तो वह हमें इसका सबूत दे। ऐसा इसलिए होता है क्योंकि इंसान हर बात पर शंका लाता है, शंकाओं से घिरा रहता है और बार-बार गलत अनुमान लगाता है।

इंसान को बार-बार यह जाँचना पड़ता हैं कि सामने वाला मुझसे कल जितना प्रेम कर रहा था, उतना ही आज प्रेम करता है या नहीं? कहीं उसका प्रेम खतम तो नहीं हो गया है? ऐसी सोच के पीछे उसे यह डर होता है कि अगर सामने वाले का प्रेम खतम हो गया है तो मेरा क्या होगा? मेरी इच्छाएँ कैसे पूरी होंगी? इसी डर की वजह से इंसान को रिश्तों में प्रेम का सबूत देने की जरूरत पड़ती है।

जैसे एक कंजूस तिजोरी खोलकर एक बार पैसे देख लेता है और फिर उन्हें गिन लेता है तो वह अच्छे ढंग से काम कर पाता है। हर दिन उसे यह काम करना पड़ता है। बार-बार वह नोट गिनता रहता है। उसे रोज सबूत चाहिए कि उसके पास अभी भी वे पैसे हैं क्योंकि उसे डर है कि उसका पैसा चला जायेगा। इसी तरह इंसान को यदि सामने वाले पर विश्वास न हो और उसे असली प्रेम का भी पता न हो तो वह सबूत चाहता है। इंसान सबूत माँग-माँगकर प्रेम को मार डालता है। वह हर बार प्रेम को चेक करता है। इससे सामने वाला भी परेशान हो जाता है कि मुझे रोज-रोज सबूत देना क्यों पड़ता है? उदाहरणार्थ पति ने अपनी पत्नी के

लिए किसी दिन फूल नहीं लाया तो पत्नी सोचती है कि 'पति का प्रेम कम हो गया है।' जब कि वह नहीं जानती कि फूल न लाने के और भी हजारों कारण हो सकते हैं।

लोग आनंद को भी इसी तरह शंका द्वारा दबा-दबाकर मार डालते हैं। इंसान को थोड़ी भी उकताहट हुई तो वह तुरंत कहता है कि 'अब पहले जैसा आनंद महसूस नहीं हो रहा है। कल जितना अच्छा लग रहा था, आज उतना अच्छा नहीं लग रहा है।' इस तरह के विचार आने के बाद वह हताश हो जाता है। तब उसे फिर से याद दिलाया जाता है कि प्रेम और आनंद तो सतत् उपलब्ध हैं, सिर्फ उसकी अभिव्यक्ति कुछ समय पर ज्यादा दिखायी देती है तो कुछ समय पर कम दिखायी देती है।

अपने प्रेम का तरीका हम दूसरों पर थोपना चाहते हैं इसलिए भी कई बार हम प्रेम का सबूत माँगते हैं। आपको ऐसा लगता है कि 'जब मुझे अच्छा लगता है और सामने वाले से प्रेम होता है तब मैं जो शब्द इस्तेमाल करता हूँ, वे ही शब्द सामने वाले को भी इस्तेमाल करने चाहिए।' हम सदा ऐसे ही सबूत चाहते हैं। जब कोई चीज पक्की और सच्ची नहीं होती है तभी सबूत की आवश्यकता होती है। इसी वजह से अदालत में भी सबूत लाये जाते हैं वरना सबूत की आवश्यकता ही नहीं है। किसी भी घटना में यही बेहतर है कि आप अपनी समझ जारी रखें, सामने वाले से सबूत माँग-माँगकर उसे बाँधने की कोशिश न करें। ऐसा करने से ही उसका प्रेम बरकरार रहेगा वरना जोर-जबरदस्ती करने से जो थोड़ा बहुत प्रेम बचा होगा, वह भी खतम हो जायेगा।

ऐसा अकसर देखा गया है कि माँ बच्चे से बेशर्त प्रेम करती है मगर जब बेटे की शादी हो जाती है तब वह बेटे को बहू से बचाने की कोशिश करने लगती है। उसे लगता है कि कहीं बेटा मेरी तरफ ध्यान देना बंद न कर दे। बेटे को पहली बार माँ का यह व्यवहार थोड़ा अजीब लगता है। इतने सालों तक वह माँ से सबसे ज्यादा प्रेम करता था क्योंकि तब माँ खुलकर बेशर्त बात करती थी। तब कोई

छिपे हुए उद्देश्य माँ के पास नहीं होते थे। माँ जैसी है वैसी ही बात करती थी। अब बहू आने के बाद माँ घुमा-फिराकर बातें कर रही है तो बेटे को समझ में आता है कि कुछ तो अलग चल रहा है। उसे महसूस होता है कि माँ पहले कभी ऐसी बातें नहीं करती थी। बेटे को माँ का नया व्यवहार अजीब लगने लगता है। सालों-साल यह व्यवहार लगातार चलते रहने की वजह से बेटे का माँ के प्रति और माँ का बेटे के प्रति प्रेम खतम होने लगता है और दोनों एक-दूसरे से प्रेम के सबूत माँगने लगते हैं। सच्चा प्रेम भी दूषित होने लगता है क्योंकि प्रेम का सबूत ही प्रेम की मृत्यु बनता है। प्रेम को बरकरार रखने के लिए प्रेम को नया जीवनदान दें। प्रेमभरे रिश्तों से शक और अनुमान दूर रखें।

DAY 9

धर्मों के बीच बनी शीशे की दीवारें हिंसा को जन्म देती हैं,
देशों के बीच बनी काँच की दीवारें युद्धों को जन्म देती हैं।
इन दीवारों को आज ही तोड़ें और उनके टूटने की आवाज सुनें,
फिर सारे विश्व को एक बनते हुए देखें।

अध्याय 9

रिश्तों में शब्दों की तलवार से कैसे बचें

अतेज रिश्तेदार के हथियार - शक और अनुमान

एक बहुत बड़ा परिवार था। उसमें सब तरह के रिश्तेदार थे- भाई-बहन, माँ-बाप, दादा-दादी इत्यादि। सभी लोग बेशर्त प्रेम व असली आनंद में जी रहे थे। एक दिन उस परिवार में एक अतेज रिश्तेदार* आया और उसने कुछ ऐसे शब्द कहे, जिसकी वजह से उस परिवार में मनोरंजन और नकली आनंद की बातें शुरू हुईं। परिवार के कुछ सदस्यों को उस अतेज रिश्तेदार की बातें अच्छी लगने लगीं। अतेज रिश्तेदार के शब्दों से उन्हें नकली आनंद आने लगा।

कुछ लोग शब्दों के नकली आनंद में ही खुश होते हैं। ऐसे लोग जहाँ मिलते हैं, वे दूसरों की बुराई और चुगली करना शुरू करते हैं या ऐसे शब्द इस्तेमाल करते हैं, जिनसे सबको हँसी आती है और नकली आनंद का वातावरण तैयार होता है।

हर विद्यालय के हर क्लास में एक-दो बच्चे ऐसे होते ही हैं, जो शिक्षक के पढ़ाते वक्त पीछे से छींटाकशी (कॉमेन्ट पास) करते हैं। जब वे छींटाकशी करते

हैं तब सब बच्चे हँसते हैं और शरारती बच्चे को यह देख अच्छा लगता है। जिस दिन वह शैतान लड़का स्कूल में नहीं आता, उस दिन बाकी बच्चों को लगता है कि 'आज तो स्कूल में कुछ मजा ही नहीं आया!' क्योंकि बच्चे जब पढ़ाई से परेशान होते हैं तब उन्हें शरारती विद्यार्थियों की बातों से नकली आनंद महसूस होता है। मगर जो बच्चा कक्षा में शिक्षकों पर व्यंग करता रहता है वह कुछ सीख नहीं पाता है। वह कक्षा में इसी सोच में बैठा रहता है कि 'अब मैं कौन सी बात करूँ, अब मैं क्या चुटकुला बोलूँ...जिससे लोग हँसें?' वह हर कक्षा में चल रहे हर लेक्चर में यही सोचता रहता है। इस कारण वह कुछ नहीं सीखता, सिर्फ शब्दों के द्वारा मिलने वाले नकली आनंद में उलझा रहता है। उसे पता नहीं है कि उसकी यह आदत उसे किस खाई की ओर ले जा रही है। इस गलत आदत के कारण वह अपने भविष्य को नरक बना लेता है।

इसी तरह उस परिवार में भी जिस दिन अतेज रिश्तेदार आता है, उस दिन से लोग शब्दों पर सोचना शुरू करते हैं। पहले भी वे आपस में बातें करते थे मगर तब वे शब्दों पर ध्यान न देते हुए शब्दों के अर्थ पर ध्यान देते थे। वे जानते थे कि 'शब्द जिस अर्थ की अभिव्यक्ति के लिए बने हैं, वह बात समझ में आनी चाहिए। शब्द तो खाली डिब्बे हैं, उन्हीं में उलझकर रह जाना उचित नहीं है।'

एक बार उस परिवार में कुछ लोग एक साथ खड़े थे। उन्हें एक चीज ऊपर की दराज से नीचे उतारनी थी। उनमें से एक सदस्य ने दूसरे सदस्य से कहा, 'अरे! तू नाटा है और वह ऊँचा है इसलिए वही उस वस्तु को नीचे उतार पायेगा।' यह सुनकर अतेज रिश्तेदार ने उस कम लंबाई वाले सदस्य से कहा, 'देखा, वह तुम्हें नीचा कह रहा है और उसे ऊँचा कह रहा है। उसे ऐसा नहीं कहना चाहिए था। उसे कहना चाहिए था कि वह ज्यादा लंबा है और तुम कम लंबे हो।' अब अतेज रिश्तेदार की बातें सुनकर उस सदस्य को भी लगने लगता है कि 'मुझे दूसरों की तुलना में नीचा समझा जा रहा है।' यह सोचकर वह दुःखी हो जाता है।

इंसान के मन में जब तुलना और गलतफहमी शुरू होती है तब रिश्तों में नफरत पैदा होती है। इंसान का मन जब तुलना करने लगता है तब अनुमान आता ही है। मन जब अर्थ छोड़कर शब्दों में उलझता है तब वह अनुमान लगाता है, जिससे रिश्तों में तुलना शुरू हो जाती है और परिवार में झगड़े शुरू होते हैं।

अनुमान ऐसा बीज है जिसे पानी देने की जरूरत नहीं पड़ती। अनुमान से शक शुरू होता है, जिसे भी पानी देने की जरूरत नहीं पड़ती, जैसा बीज वैसा पेड़। अनुमान और शक खुद ब खुद बढ़ते रहते हैं। जब ये बीज लोगों के अंदर फलते हैं तब लोग अनुमान और शंकित दृष्टिकोण से ही एक-दूसरे को देखते हैं। 'दूसरा इंसान मेरे बारे में बुरा ही सोचता है', इस तरह के अनुमान लगाने से रिश्तों में संदेह की दरार पैदा होती है।

कहानी के अंत में उस परिवार में एक तेज रिश्तेदार* आता है। वह परिवार के सभी लोगों को अपने अनुभव में ले जाकर असली सत्य बताता है। वह सभी को समझाता है कि 'आपने किस तरह से शब्दों में उलझकर असली आनंद खोया था, आप कैसे नकली आनंद में खो गये थे और असली चीज (सत्य) से आपका ध्यान हट गया था।'

तेज रिश्तेदार की बातें सुनने और अमल करने की वजह से अतेज रिश्तेदार का भाँडा फूट जाता है। अब उसकी दाल उस परिवार में नहीं गलती अतः वह किसी और परिवार की तलाश में वहाँ से भाग जाता है। कहीं वह अतेज रिश्तेदार आपके घर में आया हुआ तो नहीं है?

DAY 10

जीवन जैसा है,
वैसा स्वीकार करें तो
आपके अंदर का बेहतर इंसान
बाहर आयेगा और आप
बेहतरीन जीवन की ओर बढ़ेंगे।

अध्याय 10

समझदार परिवार सुखी परिवार कैसे बने

परिवार में तनाव के स्तर की खबर रखें

कच्चे धागे से बँधे रिश्ते लापरवाही के झटके से अकसर टूट जाते हैं। कच्चे धागे को जब सजगता की मरहम लगायी जाती है तब वे माँजे (पतंग उड़ाये जाने वाले धागे) की तरह मजबूत हो जाते हैं। परिवार का कोई सदस्य किस मानसिक कश्मकश से गुजर रहा है, यदि परिवार के सभी सदस्य यह जानते हैं तो वे उसे उस समस्या से जूझने में मदद कर पायेंगे।

हर घर के रिश्तों में, परिवार में शांति रखने के लिए तनाव की परख होनी आवश्यक है। यह तभी हो सकता है, जब परिवार के सदस्यों का तनाव स्तर विवरण (स्ट्रेस लेवल चार्ट*) आपके सामने होता है।

घर के सूचनापट (नोटिस बोर्ड) पर परिवार का दैनिक 'तनाव स्तर विवरण सूचनापट' लगाने से पति-पत्नी, भाई-बहन, दादा-दादी सभी एक दूसरे से खुलकर बात कर पायेंगे। वे आपस में वार्तालाप (सुसंवाद) कर पायेंगे और एक ही प्लेटफार्म (संवाद मंच) बना पायेंगे। इस विवरण द्वारा, जिसका नमूना आगे

दिया गया है, सभी एक दूसरे के मन की अवस्था जान पायेंगे, जिससे एक दूसरे के तनाव को कम करने के लिए वे योग्य कदम उठा पायेंगे।

परिवार के सभी सदस्यों की मानसिक अवस्था कैसी है, यह जानना आवश्यक है। अगर परिवार के सदस्यों की मानसिक अवस्था और परेशानी का सबब एक-दूसरे को पहले से ही पता हो तो सभी योग्य तरीके से एक-दूसरे को तनाव से निकालने में मदद कर सकते हैं। यदि वे एक-दूसरे को तनाव से नहीं निकाल पाये तो कम से कम वे उनका तनाव और नहीं बढ़ायेंगे। तनाव स्तर विवरण के आधार पर ही परिवार के सदस्यों की अपेक्षाएँ व उनके तनावों की जानकारी हमें आसानी से मिल सकती है।

परिवार का सदस्य हमसे सहयोग चाहता है, सलाह चाहता है, प्रेम चाहता है या दिनभर में उसके साथ क्या-क्या घटनाएँ हुईं, यह हमें सुनाना चाहता है, इसका हमें कैसे पता चले ? वह शायद हमसे कोई सलाह भी चाहता है या वह हमें बताना चाहता है कि हमारे किसी व्यवहार की वजह से उसे दु:ख पहुँचा है। इन सभी बातों को जानकर पारिवारिक संबंधों में आया हुआ तनाव कम हो सकता है। आनंद के वातावरण का निर्माण करने के लिए आप घर में सूचनापट पर तनाव स्तर विवरण लगा सकते हैं।

जैसे ही कोई घर का सदस्य कार्यालय से, बाजार से, स्कूल से या कॉलेज से घर में आयेगा तो पहले वह सूचनापट देखेगा। सूचनापट पर परिवार के सदस्यों के नाम लिखे हैं और उनके नाम के सामने एक कागज का टुकड़ा चिपकाया हुआ है। वह लाल, हरा, पीला या अखबार का टुकड़ा भी हो सकता है।

जिस सदस्य के सामने जिस तरह के कागज का टुकड़ा लगा है, वह देखकर हम उस सदस्य की मानसिक अवस्था समझ जाते हैं। इस तनाव स्तर विवरण द्वारा हमें यह बात समझ में आती है कि अब हमें उससे कैसा व्यवहार करना चाहिए।

तनाव स्तर विवरण चार्ट			
Happy Home		आज की तारीख : / /	
क्र.	परिवार के सदस्यों के नाम	पेपर्स	अवस्था
1	**W** पत्नी/पति	लाल	गुस्से में, गंभीर - छेड़ना नहीं है
2	**X** भाई, बहन इत्यादि	पीला	लाल और हरे की बीच की अवस्था सब ठीक है... Ok
3	**Y** माँ/पिताजी	हरा	आनंदमय और ग्रहणशील है
4	**Z** दादाजी	अखबार *News paper*	बहुत परेशान और विचारों में हैं
5	आप	?	

परिवार के सदस्य जब घर में प्रवेश करेंगे तो उपर्युक्त विवरण देखकर समझ जायेंगे कि हमें किसे किस तरह की प्रतिक्रिया देनी है, कैसा व्यवहार करना है। किस सदस्य की अवस्था कितनी गंभीर है ? आज का तनाव स्तर विवरण क्या है ? घर में तनाव कितने प्रतिशत है ?

बाहर से घर में आने वाला सदस्य किसी के नाम के आगे जब लाल कागज देखेगा तो वह समझ जायेगा कि W नाम के इंसान की अवस्था गंभीर है, वह गुस्से में है, उसे हमें बिलकुल नहीं छेड़ना है।

सूचनापट पर तनाव स्तर विवरण में अगर X इंसान के सामने पीले रंग का टुकड़ा है, इसका अर्थ है कि उसके साथ सब कुछ ठीक-ठाक है, सब कुछ नॉर्मल है। वह हरे और लाल रंग के बीच की अवस्था में है।

Y नाम के इंसान के सामने यदि हरे रंग का पेपर लगा है तो इसका अर्थ है कि वह आनंद में है, ग्रहणशील है। वह आपका स्वागत करने के लिए तैयार है। अगर आप उसे आज दिन भर में क्या हुआ यह बतायेंगे तो वह सुनने के लिए

तैयार है। आप उसके साथ मिलकर बाकी लोगों के तनाव को कम करने के लिए कार्य योजना बना सकते हैं।

सूचनापट पर अगर Z नाम के इंसान के सामने किसी अखबार का टुकड़ा है तो वह इस बात का सूचक है कि वह इंसान बहुत परेशान और बहुत गहरे विचारों में है। वह मौन चाहता है। आप उसे कुछ समय अकेला रहने दें।

सूचनापट पर अगर सभी के नाम के सामने पीले या हरे रंग के कागज के टुकड़े हैं तो फिर आप समझ जायें कि सभी आनंद में हैं। फिर आप अपने तनाव की खबर एक कागज के टुकड़े द्वारा अपने नाम के आगे सूचनापट पर लगा दें। इस तरह सभी एक-दूसरे के साथ सही समय पर बिना समय गँवाये, बिना आनंद खोये, बिना किसी की परेशानी बढ़ाये, पूर्णतः मदद कर पायेंगे।

बाहर से आने वाला सदस्य जब यह देखता है तब उसकी पूरी तरह से खिलने की, अभिव्यक्ति करने की संभावना होती है। उस परिवार में आनंद ही आनंद फैल जाता है। उसी दिन उनकी दीवाली है, उसी दिन उनकी होली है। परिवार में यदि सभी आनंद में हैं तो क्या वह दिन त्योहार से कम है! ऐसा परिवार आनंद के लिए दीवाली और होली का इंतजार क्यों करे? उस परिवार के सदस्य वर्तमान में ही अपना आनंद अभिव्यक्त कर सकते हैं। सिर्फ एक सूचनापट पर लगा हुआ तनाव स्तर विवरण इतना बड़ा काम कर सकता है।

इस अध्याय में आपको तनाव स्तर विवरण सहित एक सूचनापट बनाकर दिखाया गया है। इसका अर्थ यह नहीं कि आपको बिलकुल ऐसा ही सूचनापट बनाना है। आपस में मिल-जुलकर आप कुछ और नयी तरकीब ढूँढ़ सकते हैं। अपनी कल्पना शक्ति से, अलग पद्धति द्वारा भी आप इसे बना सकते हैं। जिसमें आप अलग-अलग तरह के चिन्ह, चित्र, शब्दों या सुविचारों का उपयोग कर सकते हैं। रिश्तों में तनाव को नियंत्रित करने के लिए, यह एक अत्यंत प्रभावशाली सूत्र है।

DAY 11

यदि आप दुःखी लोगों की मदद करना चाहते हैं
तो कम से कम खुद दुःखी न बनें।

अध्याय 11

रिश्तों को सुधारने के लिए खुद को सँवारें

सॉरी कैसे कहें

'रिश्तों को सुधारने के लिए दुनिया को सुधारें। सॉरी, दुनिया को नहीं, खुद को सँवारें।' क्या यह वाक्य कहकर वक्ता ने अपनी गलती सुधार ली? क्या सॉरी कहने के पश्चात पश्चात्ताप हो जाता है? रिश्तों में 'सॉरी' कब और कैसे कहना चाहिए?

आप ऐसे परिवार के बारे में सोचकर देखें जहाँ लोग आसानी से सही ढंग से माफी माँग पाते हैं तो वहाँ कितना आनंद और प्रेम होगा वरना 'सॉरी' बोलना भी कई लोगों को कठिन लगता है। उनके अहंकार को चोट पहुँचती है। वे सॉरी न कहकर अहंकार की सेवा करते हैं। अहंकार की सेवा बंद करके रिश्तों को मधुर बनायें, सही ढंग से माफी माँगकर अपराध बोध से मुक्ति पायें।

हर धर्म में, अपराध बोध से मुक्ति पाकर नया जीवन जीने के लिए अलग-अलग मुक्ति दाताओं ने अलग-अलग उपाय बताये हैं। जीज़स भी एक

ऐसे ही मुक्तिदाता थे। जीज़स ऐसे लोगों को भी आशीर्वाद देकर अपराध बोध से मुक्ति दिलाते थे, जो बुरे थे, पापी थे। कुछ वेश्याएँ थीं, उन्हें भी जीज़स ने पाप मुक्त किया, आशीर्वाद दिया। लोगों को उनका यह व्यवहार बुरा लगा। जीज़स ने उन लोगों को अपना व्यवहार सिखाने और समझाने के लिए एक कहानी बतायी।

एक इंसान था। उसके दो बेटे थे। छोटे बेटे को व्यसन ने घेर लिया था, जिसमें उसने अपना सारा पैसा गँवा दिया। जायदाद से अपना हिस्सा प्राप्त करने के लिए उसने अपने पिताजी पर मुकदमा दायर किया। छोटे बेटे के इस व्यवहार से बड़े बेटे को बहुत गुस्सा आया मगर पिताजी शांत रहे। पिताजी ने कहा, 'उसका पैसा, उसका हिस्सा उसे दे दिया जाय।' छोटा बेटा अपना हिस्सा लेकर चला गया। बहुत सालों के बाद छोटा बेटा अपना सारा धन लुटाकर वापस आ गया। पिताजी को जब उसकी वापसी की खबर मिली तो वे उसे लेने गये। उन्हें पता चला कि छोटा बेटा प्रायश्चित्त करने के लिए वापस आ रहा है। पिताजी बड़े आनंद में बैण्ड-बाजे के साथ उसे लेने गये और उसके आने के उपलक्ष्य में गाँव में भोज रखा, पार्टी रखी।

बड़ा बेटा जो खेत में काम करता था, उसे जब मालूम पड़ा कि उसका छोटा भाई आ रहा है, जो व्यसनी था, जिसने सब पैसा लुटा दिया है और पिताजी उसके आगमन पर उत्सव मना रहे हैं तो उसे बहुत अफसोस हुआ। उसने सोचा, 'मेरे लिए तो कभी पिताजी ने भोज नहीं रखा, जब कि मैं अच्छा और आज्ञाकारी हूँ। पिताजी को ऐसा नहीं करना चाहिए था क्योंकि मेरा भाई बुरा और अहंकारी है।' अज्ञान जो सुचवाये कम है।

खेत से लौटने के बाद बड़े बेटे ने पिताजी से पूछा कि 'आप ऐसा क्यों कर रहे हैं? मेरे छोटे भाई ने आज तक इतना बुरा बरताव किया, फिर भी आपने उसके घर वापस लौटने पर भोज रखा और मैंने कभी उसकी तरह बुरा बरताव नहीं किया फिर भी आपने मेरे लिए तो कभी ऐसा नहीं किया!' तब पिताजी ने बड़े बेटे को

उत्तर दिया, 'अरे! तुम्हें तो खुश होना चाहिए कि तुम्हारा भाई जो मर गया था, वह जिंदा हो गया है (जो माया में खो गया था वह वापस आ गया है)।' बड़ा बेटा यह सुनकर चुप हो गया। वह क्या बोलता? पिताजी ने आगे कहा, 'तुम सदा मेरी आँखों के सामने थे इसलिए तुम्हें लगा कि मैंने तुम्हारे लिए कुछ नहीं किया लेकिन ऐसा नहीं है। क्या तुम्हें पता है कि पिता को ज्यादा फिक्र किसकी होती है? जो बुरे हैं, जो पापी हैं, उनकी या जो नेक हैं, पास हैं उनकी?' बड़े बेटे को पिताजी की बात समझ में आ गयी, वह शंका से मुक्त हो गया। जीज़स को सुनने वाले भी शंका से मुक्त हुए।

पापियों को भी प्रायश्चित्त करने का हक है। नया जीवन जीने का मौका हर इंसान को मिलना चाहिये। जीज़स ने कहा, 'प्रभु, परमात्मा पापियों को, यदि वे प्रायश्चित्त करें तो प्रेम से माफ करते हैं।' जो प्रायश्चित्त करते हैं, अपना गुनाह कबूल करते हैं, प्रभु उन्हें माफ करते हैं। प्रायश्चित्त करना यानी इतना कहना काफी नहीं है कि 'प्रभु मेरे पाप क्षमा करो।' प्रायश्चित्त करना यानी ईश्वर को सब कुछ कपटमुक्त होकर बताना कि 'मैंने ये-ये अपराध इस-इस भावना से किये, लोगों को कष्ट पहुँचाया, जिसके लिए मुझे क्षमा करें।' इस तरह अपने पूरे पाप का ब्योरा ईश्वर के सामने रखते हुए क्षमा के लिए प्रार्थना करना ही असली प्रायश्चित्त है।

लोग केवल शब्दों से प्रार्थना तो करते हैं कि 'हे ईश्वर हमारे पाप माफ कर दो' परंतु इसके पश्चात भी वे नहीं सुधरते। वे कहते हैं कि 'ईश्वर को तो सब मालूम है कि हमने क्या किया है, फिर भी हमें अपने पाप विस्तार के साथ बताने के लिए क्यों कहा जा रहा है?' इसे इस तरह समझें कि जब आप अपना प्रायश्चित्त भाव और शब्दों में बतायेंगे, विस्तार से बतायेंगे तब आप पर उससे बाहर आने की जिम्मेदारी आयेगी। यदि ऊपर-ऊपर से आप अपनी भूल कहेंगे तो आप वैसे ही रहेंगे।

लोगों को जब अपनी जिम्मेदारी का अहसास होगा तो वे अपने आपमें सुधार करेंगे वरना लोग एक-दूसरे को पीड़ा पहुँचाकर केवल 'सॉरी' कह देते हैं। यह सही प्रायश्चित्त नहीं है। ऐसे प्रायश्चित्त का कोई परिणाम नहीं आता है। सॉरी कहना काफी नहीं है। सामने वाले को बताना चाहिए कि 'मैंने ऐसा-ऐसा किया, तुम्हें दु:ख पहुँचाया, जिसके लिए मैं शरमिंदा हूँ, मुझे माफ करो।' अगर आप पूरी पंक्ति कह पाते हैं तो आप जिम्मेदार बनेंगे और सामने वाला भी आपके भाव समझ पायेगा। सॉरी कहना केवल मशीनी आदत की तरह न हो, सामने वाले की पीड़ा समझते हुए दिल से माफी माँगनी चाहिए।

माफी माँगते वक्त यह हो सकता है कि सामने वाला आपसे कहे कि 'आपको प्रायश्चित्त करने की कोई आवश्यकता नहीं है, आपके गलत व्यवहार से मैं दु:खी नहीं हुआ हूँ, आप चिंता न करें।' फिर भी आप सामने वाले से कहें कि 'मुझसे गलती हुई है, मैं ऐसी गलती आगे नहीं करूँगा। ईश्वर नहीं चाहता है कि मुझ से ऐसी गलतियाँ हों तो कृपया आप मुझे माफ कीजिये। आपको बुरा लगा हो या न लगा हो इसलिए मैं ऐसा नहीं कह रहा हूँ बल्कि यह ईश्वर चाहता है इसलिए मैं माफी चाहता हूँ, मुझे माफ कीजिये।' यह प्रायश्चित्त करने का सही तरीका है।

लोग आज भी प्रायश्चित्त करने के लिए गंगाजल पीते हैं, गंगा में नहाते हैं ताकि उनके सब पाप धुल जायें। गंगा का पानी इतना शुद्ध है कि उसमें नहाते वक्त पाप धुलने का भाव आ सकता है यानी गंगाजल आपको अपराध बोध से मुक्त करके, नया जीवन जीने का मौका दे सकता है। गंगा में नहाकर इंसान सोच सकता है कि 'आज से मैं नया पवित्र जीवन जीना शुरू करूँगा।' गंगा नदी में नहाकर दरअसल शुद्ध पानी में नहाने का लाभ तो मिलता ही है, साथ-ही-साथ इंसान के अंदर का अपराध बोध भी मिट सकता है। यह छोटी सी क्रिया आपको प्रायश्चित्त का लाभ दे सकती है।

इंसान जब प्रायश्चित्त करता है तब वह नया बनकर फिर से पवित्र जीवन जीना शुरू करता है। प्रायश्चित्त करने की व्यवस्था पुराने जमाने से गंगा नदी के साथ की गयी है ताकि लोग जल्द से जल्द प्रायश्चित्त करके शील, सदाचार का नया जीवन शुरू करें। घर बैठे भी यदि मन में प्रेम, विश्वास और अपराध बोध से मुक्त होने की प्यास हो तो, अपराध बोध से मुक्ति पायी जा सकती है। एक कागज पर सारी गलतियाँ लिखकर होली जलाकर, वह कागज उसमें जला दें। अब अपने आपको मुक्त जानकर नया जीवन शुरू करें। नया जीवन, परिवार में गलती होने पर माफी माँगकर सभी के साथ सही वार्तालाप करना सिखाता है।

भाग तीन

रिश्तों में सही वार्तालाप कैसे करें

DAY 12

जो स्वयं को माफ कर सकता है,
वह दूसरों को भी माफ कर सकता है।
दूसरों की गलतियों पर हँसना तो आसान है
पर अब गलतियों को माफ करना भी सीखें।

अध्याय 12

प्रण लेकर रिश्तों में मधुरता कैसे लायें

मंद और मीठे स्वर का जादू सीखें

भाषा सीखते वक्त लोग शब्दों के सही चयन एवं उच्चारण पर ध्यान देते हैं लेकिन वे ही लोग रिश्तों में इस्तेमाल किये जाने वाले शब्दों पर कभी ध्यान नहीं देते। जिस तरह सच्चे मगर कड़वे शब्द अच्छी भावना निर्माण नहीं कर सकते, उसी तरह बुरी भावना से कहे गये अच्छे शब्द भी योग्य परिणाम नहीं ला सकते। इसलिए रिश्तों में शब्दों के चयन और उच्चारण पर ध्यान देना अति आवश्यक है।

जिन लोगों को रिश्तों के तनाव से मुक्त होना है, उन्हें पहले यह प्रण लेना चाहिए कि *'किसी भी परिस्थिति में चाहे कुछ भी हो जाय मैं गलत शब्दों का इस्तेमाल नहीं करूँगा।'* इसी के साथ यह भी प्रण लेना चाहिए कि *'मैं किसी और की बुराई नहीं करूँगा।'*

रिश्तों में किसी भी कारण तनाव पैदा हो तो कभी भी ऊँची आवाज में बात न करें, मंद स्वर में बात करें। कैसी भी परिस्थिति हो, कितनी भी आफत आयी हो तो भी सामने वाले को गाली न दें वरना तनाव की स्थिति में लोग ऊँची आवाज

में बात करके, अपशब्द बोलकर तनाव बढ़ा देते हैं। कुछ लोगों के मुँह से किसी छोटी घटना में भी तुरंत गाली निकल जाती है। उन्हें बचपन से वैसी आदत पड़ चुकी होती है इसलिए सहजता से उनके मुँह से गाली निकलती है। सामने वाला जब उन्हें कहता है कि 'तुमने ऐसे अपशब्द कहे थे' तब उन्हें याद ही नहीं रहता क्योंकि उन्हें गाली देने की आदत पड़ चुकी होती है। ऐसे लोगों को 'गाली देना' सामान्य बात लगती है।

याद रहे कि आपकी गाली, ताने और अपशब्दों का असर सामने वाले पर गहरा होता है। कई बार यह असर जिंदगीभर याद रहता है। आपके द्वारा कहे गये अपशब्दों से सामने वाले को चोट पहुँची हो तो वह आपको जो थोड़ी बहुत मदद करना चाहता होगा, वह मदद भी नहीं करेगा। इसी से इंसान के रिश्तों में तनाव की स्थिति तथा कार्य की कठिनाई और भी बढ़ जाती है। फिर लोग कहते हैं कि 'परेशानी आती है तो अकेले नहीं आती।' परेशानी अकेले इसलिए नहीं आती है क्योंकि परेशानी में इंसान गलत आदतों की वजह से, जबान पर नियंत्रण न होने की वजह से खुद ही अनेक नयी-नयी परेशानियाँ खड़ी कर देता है।

परेशानी में इंसान ऐसे कुछ शब्द बोल देता है, जिससे सामने वाले को गुस्सा आता है। सामने वाला कहता है, 'मैं तो उससे पूछ रहा था कि वह नाराज तो नहीं है मगर उसने ऐसे शब्द बोल दिये जैसे मैं उसे गाली दे रहा हूँ। अब मैं उससे कुछ नहीं पूछूँगा, उसे अच्छा प्रतिसाद नहीं दूँगा, अब मैं उसका कोई काम नहीं करूँगा।' इस तरह पहले ही आपके कामों में देरी हो रही थी, ऊपर से रिश्तेदारों को भी आपने भला-बुरा कह दिया हो तो वे आपका काम नहीं करते और उससे आपका तनाव और बढ़ने लगता है। इस तरह तनाव और परेशानी का यह दुश्चक्र चलता रहता है। आप यदि इस दुश्चक्र से बाहर आना चाहते हैं तो यह प्रण करें कि '*मुझे थर्ड पर्सन टॉक नहीं करना है यानी जो इंसान उपस्थित नहीं है, उसके बारे में गलत शब्द नहीं बोलने हैं, किसी भी हालत में उसकी बुराई या शिकायत नहीं करनी है। अगर किसी और के बारे में बात करनी ही है तो अच्छी*

बात करनी है।' यह प्रण लेने से तनाव में भी आपसे ऐसी गलतियाँ नहीं होंगी, जिससे आपका तनाव और बढ़े। इसके अतिरिक्त रिश्तों में सुधार लाने के लिए आप यह प्रण भी ले सकते हैं कि *'जिन शब्दों को लिखकर मैं उनके नीचे अपने हस्ताक्षर नहीं कर सकता, वे शब्द मैं नहीं कहूँगा।'* इससे आप हर पल सजग रहेंगे, हर कार्य होश पूर्वक करेंगे और शब्दों का चयन तथा इस्तेमाल सोच-समझकर करेंगे ताकि रिश्तों में गलतफहमी का निर्माण न हो।

DAY 13

अगर हर पड़ोसी, हर मित्र, हर रिश्तेदार
तथा विश्व का हर राष्ट्रपति अपने विचार
बदलकर एक-दूसरे के लिए प्रार्थना करें
तो सभी रिश्तों और देशों से नफ़रत मिट सकती है।

अध्याय 13

रिश्तों में गलत संप्रेषण रोकें

गलतफहमी कैसे दूर करें

'समझाने वाले सदस्य तब समझाने में नाकाम होते हैं जब समझने वाला समझने को तैयार नहीं होता। इसलिए समझाने से पहले यह समझना जरूरी है कि समझने वाला समझने को तैयार है या नहीं। समझाने वाले को, समझने वाले को नासमझ नहीं समझना चाहिए। अकसर समझने वाला गलतफहमी का शिकार होता है।'

ऊपरी बातें पढ़कर कुछ क्षण आपको भी गलतफहमी हो रही होगी कि हम कोई आत्मविकास की पुस्तक पढ़ रहे हैं या मनोरंजन की कोई सामग्री पढ़ रहे हैं।

परिवार में लोग जब एक-दूसरे को समझाने के लिए वार्तालाप करते हैं तब उसे कहते हैं 'संप्रेषण'। संप्रेषण* की कला न जानने की वजह से ही रिश्तों में बढ़ती है दरार। आइये अब फैमिली से गलतफहमी दूर करें।

इंसान के लिए संप्रेषण, संवाद (कम्युनिकेशन) न करना संभव नहीं है!

वह लगातार अपने शरीर, वाणी और हाव-भाव से कुछ न कुछ संवाद कर ही रहा होता है। इसलिए लोगों के बीच कई बार अनजाने में गलतफहमी पैदा होती है। इंसान गलत संप्रेषण* (मिसकम्युनिकेशन) करके रिश्तों में सामने वाले को गलत या अधूरी जानकारी देता है, जिस कारण रिश्तों में तनाव आता है। परिवार के एक सदस्य को तनाव आया हो तो वह तनाव बात करते वक्त दूसरों को भी दे दिया जाता है। इस तरह केवल गलत संप्रेषण होने की वजह से कई बार रिश्तों में मनमुटाव हो जाता है।

रिश्ते-नातों में लोग अकसर एक-दूसरे की शिकायतें करते रहते हैं कि 'फलाँ इंसान ऐसा करता है, वह वैसा करता है' इत्यादि। जो इंसान ये सब शिकायतें सुन रहा होता है, वह तनाव में आ जाता है। फिर जब वह इंसान भविष्य में उस रिश्तेदार से मिलता है, जिसकी शिकायत उसने सुन रखी थी तो उसे गुस्सा आने लगता है। उसे वे सब नकारात्मक बातें याद आती हैं, जो उसने उस रिश्तेदार के बारे में सुन रखी थीं। जब तक उस इंसान को उस रिश्तेदार के नकारात्मक पहलुओं के बारे में मालूम नहीं था तब तक वह उससे बहुत अच्छे ढंग से बातचीत किया करता था मगर अब उसके प्रति कुछ गलत बातें सुनने के बाद उसके मन में क्रोध और नफरत की भावना जागने लगती है। अपने रिश्तेदार को देखते ही उसे सुन रखा, पुराना वार्तालाप याद आने लगता है। इस तरह एक फैमिली में गलतफहमी अपना घर बनाने लगती है।

आपको अनजाने में भी इस तरह का गलत संवाद नहीं करना चाहिए। आपको लगता है कि आप वार्तालाप कर रहे हैं मगर वास्तव में आप शिकायत कर रहे हैं। शिकायत, दूसरे की बुराई, चुगली, परनिंदा एक आदत बन जाती है, इसे तोड़ें। शिकायतें करने और सुनने की आदत तोड़ने से रिंश्ते बिगड़ेंगे नहीं और दूसरों का तनाव आप पर अपनी पकड़ जमा नहीं पायेगा।

रिश्तों में यदि तनाव बढ़ जाय तो कुछ लोग ऐसे समय में चुप बैठना पसंद करते हैं यानी मिस कम्युनिकेशन (गलतफहमी) से नो कम्युनिकेशन (वार्तालाप न

करने) पर चले जाते हैं। हालाँकि उन्हें पता नहीं है कि वार्तालाप न करना भी एक प्रकार का वार्तालाप है! न बोलकर वे सामने वाले को बता रहे हैं कि 'वे उससे नाराज हैं।' अब सामने वाला बार-बार पूछ रहा है, 'क्या तुम मुझसे नाराज हो? क्या हो गया बताओ।' फिर न बोलने वाला इंसान चिढ़ जाता है और गलत वार्तालाप कर बैठता है।

अलग-अलग परिस्थितियों में लोग गलतफहमी का शिकार होते रहते हैं, जिससे परिवार टूटने लगते हैं। ये बातें आप टी.वी धारावाहिकों में भी देखते हैं। टी.वी के कार्यक्रम देखते वक्त आप धारावाहिक के किरदारों को गलतफहमी का निर्माण करते हुए देखते हैं। आपको ये कार्यक्रम इस दृष्टिकोण से देखने चाहिए ताकि आपके जीवन में ऐसी गलतफहमियाँ पैदा न हों।

अगर फिल्मों में रिश्तों में गलतफहमी होने के कारण और उन्हें दूर करने के उपाय सही ढंग से दिखाये गये तो इंसान फिल्मों से भी सीख सकता है। जैसे एक फिल्म में दिखाया गया कि किस तरह दो लोगों ने आपसी गलतफहमी को दूर किया। पहला इंसान बोल नहीं पा रहा था, दूसरे के सामने जा नहीं पा रहा था, उसकी आँख से आँख नहीं मिला पा रहा था इसलिए उसने एक पत्र लिखा। पत्र में उसने सामने वाले को अपना शुभचिंतक कहा, उसकी सभी अच्छाइयाँ लिखीं। बाद में उसने अपनी शिकायत अच्छे शब्दों में लिखी और सामने वाले को वह पत्र दे दिया। इस तरह उसकी समस्या सुलझ गयी। यह देखकर लोग भी सोच सकते हैं कि 'मैं भी अपनी समस्या ऐसे सुलझा सकता हूँ।' लिखित संप्रेषण का जादू अनोखे ढंग से काम करता है। परिवार में एकता बढ़ाने के लिए पत्र और ग्रिटींग्जस् लेने-देने का प्रयोग करते रहना चाहिए।

कुछ प्रयोग करने से पहले मनन करें। मनन द्वारा आपको यह पता चलेगा कि कौन सी बातों पर मुझे सुधार करना है। लोगों के बीच गलतफहमी पैदा होने के छोटे-छोटे कारण हैं। कई बार सामने वाले ने हमें क्या बताया है या हमने सामने वाले से क्या कहा है, यह याद न रहने के कारण आपस में गलतफहमी पैदा होती

है। वार्तालाप में कई बार सामने वाला हमारी बातें नहीं समझ पाता, ना ही वह यह बात बता पाता है कि उसे समझ में नहीं आया है, इस वजह से गलतफहमी अपनी जगह बना लेती है।

वार्तालाप में एक इंसान दूसरे इंसान को व्यस्त मानने के कारण उसे बताया गया संदेश दुबारा नहीं पूछता, जिससे गलतफहमी होने की संभावना बढ़ जाती है। सुनने वाला अगर बताने वाले की भाषा से परिचित नहीं है तो भी कई बार गलतफहमी होती है। एक ही शब्द कई लोग अलग-अलग संदर्भ (रेफरन्स) में इस्तेमाल करते हैं इसलिए गलतफहमी अपना फायदा लेती है।

कई बार लोगों को किसी चीज के बारे में गलत या अधूरी जानकारी होती है इसलिए वे दूसरों को भी गलत जानकारी दे देते हैं, गलतफहमी को फिर और क्या चाहिए! कई बार संबंधित इंसान को कुछ जानकारी देने की आवश्यकता लोगों को महसूस नहीं होती, इससे सामने वाले को परेशानी उठानी पड़ती है। जो जानकारी आपके लिए बहुत छोटी है, हो सकता है वह सामने वाले के लिए बहुत महत्त्व रखती हो। इसलिए जल्द से जल्द हर जानकारी संबंधित इंसान तक पहुँचाने की आदत अपने आपमें डाल दें। वरना फोन, ई-मेल, एस.एम.एस का उपयोग कब करेंगे!

लोगों के बारे में गलत अनुमान लगाने की वजह से गलतफहमी होती है। लोग अनुमान लगाते हैं कि फलाँ इंसान ने ऐसा निर्णय इस-इस वजह से लिया होगा। फिर वे बाकी लोगों को अपने अनुमान वैसे ही बताते हैं, जो कि बिलकुल गलत होते हैं। अपने अनुमान तब तक अपने पास रखें, जब तक वह बात सिद्ध न हो जाय।

कई बार सामने वाला जब बात कर रहा होता है तब हमारे मन में कुछ और विचार चल रहे होते हैं या हम कहीं और देख रहे होते हैं इसलिए सामने वाले ने क्या कहा, यह हम ठीक ढंग से सुन ही नहीं पाते और गलतफहमी मौका पाकर अंदर प्रवेश करती है।

सामने वाले को बातें बताने के बाद हम यह नहीं जाँचते कि उसने हमारी बात सही समझी है या नहीं तथा शब्दों का गलत अर्थ निकालने की वजह से भी गलतफहमी होती है।

चींटी से बचने के लिए लोग चीते को आमंत्रित करते हैं। असुविधा टालने के लिए लोग कुछ बातें सामने वाले को बताना नहीं चाहते, जो आगे चलकर बड़ी समस्या का रूप लेकर सामने आती हैं। चाहे बताते वक्त बात कितनी भी अप्रिय लगे, चाहे सामने वाला डाँटे, मगर सही समय पर संदेश पहुँचा देना चाहिए। इससे आगे चलकर आप बहुत सारी परेशानियों से बच जाते हैं।

गलतफहमी दूर करने के उपाय

ऐसी बातों को टालने के लिए हमेशा सही समय पर, संबंधित इंसान को सही जानकारी देना अति आवश्यक है। जिसके लिए आप कुछ सही शब्द, कुछ मुद्राओं द्वारा जो पहले से ही निर्धारित की गयी हों, सामने वाले को बतायें ताकि उन्हें देखकर वह समझ जाय कि आप नाराज नहीं हैं।

यदि आप कुछ देर मौन में जाना चाहते हैं तो अपने हाथ से एक मुद्रा बनायें और सामने वाले को मुद्रा✓ बनाकर इशारा करें कि आप कुछ देर मौन में रहना चाहते हैं। फिर वह आपको समय देगा, स्पेस देगा और थोड़ी देर के लिए आपको अकेला छोड़ देगा।

गलतफहमी नामक बीमारी को रोकने के लिए बीमारी के कारणों को मिटा दें। इस अध्याय में बताये गये सभी कारणों पर मनन करके एक कार्य-योजना बनायें कि आप आगे कैसे वार्तालाप करेंगे। फिर न रहेगा कारणों का बाँस, न बजेगी गलतफहमी की बाँसुरी।

✓मुद्रा का उपयोग और चित्र देखें पृष्ठ संख्या 103

DAY 14

बेहोशी में बना हर रिश्ता इंसान के
जीवन में उतना ही काम कर सकता है,
जितनी एक बेहोश चीज कर सकती है।

अध्याय 14

न बोलकर सोचें, न सोचकर बोलें

रिश्तों में समस्या का मूल कारण - 'तू मैं बन'

बोलसोच और सोचबोल नाम के दो लोग मिलकर क्या एक घर में खुश रह सकते हैं? यह पढ़कर शायद आप कुछ सोच रहे हैं या बोलकर सोचने के लिए इस वक्त आपको सुनने वाला कोई नहीं है? इस वक्त केवल यही पुस्तक आपके सामने है। चलो! रहस्य खोल देते हैं। बोलसोच का अर्थ है वह इंसान जो बोलकर सोचता है, सोचबोल का अर्थ है वह इंसान जो सोचकर बोलता है।

बोलते-बोलते सोचने वाले लोग

हर घर में दो विभिन्न विचारधारा के लोग रहते हैं। एक इंसान सोचकर बोलता है तो दूसरा इंसान बोलकर सोचता है। ज्यादातर देखा गया है कि परिवार की महिलाओं में बोलकर सोचने की आदत होती है। किसी महिला को अगर यह सोचना है कि उसे आज कौन से काम करने हैं तो वह मन ही मन न सोचकर जोर से बोलकर सोचती है। जैसे वह कहती है, 'कपड़े इस्त्री करने हैं, बच्चों को स्कूल भेजना है, अब तक खाना नहीं बना है, ये सभी काम कब पूरे होंगे? ये सब कब

तक चलता रहेगा?' इत्यादि। यह बोल-बोलकर दरअसल वह हल सोच रही होती है। स्त्री जब बोलना शुरू कर देती है तब बोलते-बोलते ही वह सोचने का काम भी करती रहती है। बोलते-बोलते उसे अपनी समस्या का समाधान मिलता है। यदि उसे कहा जाय कि 'समस्या का हल पहले खुद सोचो, अपने अंदर ही सोचो, बाद में बोलो' तो वह यह नहीं कर पाती। उसे सुनने के लिए कोई न कोई चाहिए, जिसे बोल-बोलकर उसे अपनी समस्या का समाधान मिलता है।

इस तरह घर में काम करने वाली महिलाएँ बोलकर सोचती रहती हैं। उनके आस-पास के जो लोग उनकी बातें सुनते हैं, उन्हें इन बातों की वजह से तनाव महसूस होता है। बोलसोच की बातें सुनकर उन्हें यह गलतफहमी होती है कि घर में बहुत तनाव की परिस्थिति निर्माण हुई है। जब कि उस महिला के लिए बोलकर सोचना बहुत सहज बात होती है। बाकी लोगों के तनाव से बेखबर वह महिला बोलती ही जाती है, 'यह वस्तु यहाँ पर क्यों रखी है? आपको समझता नहीं है कि यह यहाँ नहीं रखनी है। पर्दे मैले हो गये हैं, यहाँ धूल है, यहाँ मिट्टी है, वहाँ कचरा है, कल फलाँ की शादी पर जाना है, उसे कौन सा उपहार दें...' इत्यादि। इस तरह वह बोलती चली जाती है क्योंकि स्त्री बोलकर सोचने वाले गुणों की है।

बोलसोच लोग जब घर में आते हैं तो उन्हें एक के बाद एक विचार आने शुरू होते हैं, जिसे वे बोलकर सोचते हैं... 'कहीं बच्चे स्कूल से भागकर जल्दी घर तो नहीं आ गये हैं... इन्हें छुट्टी मारने का बहाना ही चाहिए... इन्हें कितनी बार कहा है घड़ी देखकर समय पर काम करें, सुनते ही नहीं हैं।' फिर वे बच्चों को बुलाकर डाँटते हैं कि 'तुम लोगों को तो स्कूल से जल्दी घर आने का बहाना ही चाहिए। तुम हमेशा से ऐसा ही करते हो।' ये सुनकर बच्चे नाराज होते हैं और पिताजी से कहते हैं, 'क्या पिताजी! आप हमेशा ऐसा ही बोलते हैं। क्या आपको हम पर जरा भी विश्वास नहीं है? कम से कम सही घड़ी देखकर तो बोलिए, जिस घड़ी में आप समय देख रहे हैं दरअसल वह घड़ी बंद है, हम तो स्कूल से समय पर घर वापस आये हैं।'

फिर वे अपनी गलती पर परदा डालने के लिए पत्नी को यह कहकर डाँटेंगे, 'तुम तो कुछ ध्यान ही नहीं देती हो। घड़ी को ठीक से देखती ही नहीं कब से बंद हो गयी है। घर में आज-कल तुम्हारा ध्यान ही नहीं रहता। बच्चे क्या करते हैं तुम कुछ देखती ही नहीं हो' इत्यादि। अब पत्नी नाराज होकर पति से कहती है, 'आज-कल तुम भी कहाँ मेरी तरफ ध्यान देते हो? तुम्हारी भी कुछ जिम्मेदारी है न! जब देखो तब डाँटते ही रहते हो।' अगर इस तरह एक ही घर में दो बोलसोच हों तो और क्या हो सकता है!

बिना सोचे-समझे बोलने वाले लोगों के मन में जो भी विचार आते हैं, बस वे बोलते चले जाते हैं, फिर चाहे वे व्यर्थ के विचार ही क्यों न हों। ऐसे लोगों की बातें सुनकर सामने वाले को लगता है कि 'मुझ पर यह इल्जाम लगा रहा है।' वास्तव में वह इल्जाम नहीं लगा रहा होता है, उसकी जबान को बोलकर सोचने की आदत हो गयी होती है, उसे सोचकर बोलना आता ही नहीं है। ऐसे लोगों की वजह से भ्रम फैलता है, बहुत सारी अफवाहें फैलती हैं।

बोलसोच परिवारों में बड़ी तकलीफ हो जाती है क्योंकि वहाँ सोचकर बोला नहीं जाता। ऐसे इंसानों में सिर्फ बोलना ही बोलना चलता है। वे कहीं पर भी जायेंगे तो उनकी रिकॉर्डेड कैसेट तैयार ही रहती है। वे सामने वाले को सब घटनाएँ बतायेंगे, बार-बार बतायेंगे। इस तरह के लोग एक बार बोलना शुरू करते हैं तो रुकने का नाम ही नहीं लेते।

सोचकर बोलने वाले लोग

इसके बिलकुल विपरीत सोचकर बोलने वाला इंसान होता है। वह पहले मन में सोचता है, फिर बोलता है। ये लोग हमेशा सिर (बुद्धि) में ही रहते हैं। इस प्रकार के लोग पहले बहुत सोचते हैं, फिर कुछ बोलते हैं। कई बार लोग उनके बोलने का इंतजार करते रहते हैं कि 'यह कब बोलेगा।' इस तरह का इंसान कुछ बोलता ही नहीं या फिर बहुत कम बोलता है। उसके परिवार के सदस्य उसके

साथ बातें करते हैं, फिर भी वह सोचने में व्यस्त रहता है या फिर बहुत देर के बाद सामने वाले को प्रतिसाद देता है, जिस वजह से सामने वाला परेशान हो जाता है।

हमें इन दोनों चरम सीमाओं *(extreme)* में न जाते हुए मध्य में रहकर प्रतिसाद देना है। जब लोग अति में जाते हैं तब बोलकर सोचने वाले कभी सोचते नहीं हैं और सोचकर बोलने वाले कभी बोलते नहीं हैं।

परिवारों में पति-पत्नी के स्वभाव अलग-अलग होते हैं। पति अकसर सोचकर बोलने वाला होता है तो पत्नी बोलकर सोचने वाली होती है। जिस कारण परिवारों में समस्याएँ निर्माण होती हैं, पति-पत्नी में विवाद होते हैं। उन दोनों में एक प्लेटफॉर्म* (संवादमंच) नहीं बन पाता। इसका असर उनके जीवन पर तथा बच्चों पर भी पड़ता है। अपने परिवार में शांति लाने के लिए पति-पत्नी को एक दूसरे के स्वभाव के बारे में जानना आवश्यक है।

अलग-अलग स्वभावों की वजह से दोनों के आचार-विचार में भिन्नता दिखायी देती है। स्त्री और पुरुष दोनों अलग-अलग पद्धति से जीवन का अर्थ लगाकर जीवन व्यतीत करते हैं। जब स्त्री एवं पुरुष साथ में रहने लगते हैं तब अलग-अलग स्वभावधर्म, विपरीत आचार-विचार, पद्धति के कारण उनमें विवाद शुरू होते हैं। पुरुष यदि यह बात जान लेता है तो वह स्त्री से यह उम्मीद करना कम कर देता है कि उसकी बीबी उसी की तरह सोचे। स्त्री यदि यह बात समझ लेती है तो वह पुरुष से यह उम्मीद करना कम कर देती है कि उसका पति उसी की तरह भावुक होकर सोचे।

'सामने वाला हमारे जैसा नहीं है, उसका स्वभाव अलग है', आज तक हमने इस बात पर कभी ध्यान ही नहीं दिया है। परिवार में आपस में झगड़ने का मूल कारण है कि घर के सदस्य इस बात से अनजान होते हैं कि सामने वाला किस स्वभाव का है। एक-दूसरे का स्वभाव न जानने की वजह से इंसान चाहता है कि 'तू मैं बन' यानी 'मैं जिस तरह से सोचता हूँ, तुम भी उसी तरह से सोचो। जिस

तरह मैं समस्या का समाधान करता हूँ, उसी तरह तुम भी करो। मैं जैसे चीजों को ठीक जगह पर रखता हूँ, वैसे ही तुम भी रखो। मैं जैसे बच्चों के साथ बातें करता हूँ, वैसे ही तुम भी बातें करो। मैं जैसे सोचकर बोलता हूँ, वैसे ही तुम भी करो।' फिर जब इंसान रिश्तों में नयी रोशनी प्राप्त करता है तब उसे यह समझ में आता है कि 'तू मैं बन' ही मूल समस्या है। परिवार में आयी हुई यह नयी समझ उनके रिश्तों में बल प्रदान करती है।

यह रहस्य जान लेने के बाद अब आपको बोलसोच और सोचबोल के अतियों से बचना है और मध्यम मार्ग अपनाकर समझ के साथ प्रतिसाद देना है। न बोलकर सोचें, न सोचकर बोलें बल्कि जहाँ जैसी जरूरत है, वहाँ उस तरह दिल की बात कहकर पूर्णता करें।

DAY 15

प्रेम से कहा गया एक शब्द भी किसी के लिए
प्रेरणा बन सकता है। यह प्यारभरा संकेत आपके
और दूसरों के जीवन में आनंद ला सकता है।

अध्याय 15

रिश्तों में पूर्णता कैसे लायें

दिल की बात कैसे कहें

रिश्तों में जब अपूर्णता का शोर पैदा होता है तब पूर्णता की शांति रिश्तों को छोड़कर चली जाती है। रिश्तों में जब लोग अपने दिल की बात कह पाते हैं और समझा पाते हैं तब उन्हें मिलता है मौन का आनंद। अपने दिल की बात न कह पाने की वजह से इंसान के अंदर शब्दों का तूफान मचा रहता है।

रिश्तों में जब आप दिल की बात कहकर पूर्णता प्राप्त करते हैं तब आप संतुष्ट और आनंदित होते हैं। ऐसी संतुष्टि आप हर कार्य के अंत में तब पाते हैं, जब आपका काम अंजाम तक पहुँचता है। जब कोई काम अपूर्ण रह जाता है तब हमें अंदर से कुछ खटकता है, जिसे अपूर्णता कहते हैं।

जीवन के हर कार्य में आप पूर्णता चाहते हैं। पूर्णता यानी जब आप कोई कार्य पूरी एकाग्रता से सभी इंद्रियों के सामंजस्य से योग्य तरीके से पूर्ण करते हैं तब आप पूर्णता महसूस करते हैं। यदि आपका कोई काम आधा रह जाता है तो

आपको बार-बार उसी काम का विचार आता है। ऐसे कितने काम आपके जीवन में आज भी हैं, जो आपको बुला रहे हैं क्योंकि वे पूर्ण नहीं हुए हैं।

यदि आप जीवन में पूर्णता करने की कला सीख जायें तो जब आपकी मौत होगी तब वह ऐसी नहीं होगी जैसे साधारण लोगों की होती है। जो लोग अपूर्णता के अहसास में मरते हैं, उन्हें यह अहसास केवल दुःख ही देता है। जैसे एक इंसान मरते वक्त कहता है कि 'मेरी बेटी, बेटे, भाई, ताऊ को बुलाओ, मेरे जमाई को बुलाओ।' जब सभी रिश्तेदार उसके सामने आकर खड़े होते हैं तब वह पूछता हैं कि 'सभी यहाँ पर हैं तो फिर दुकान पर कौन है?' क्योंकि उस वक्त दुकान उसे अधूरी दिखायी दे रही है।

अगर इंसान का किसी से कुछ मनमुटाव हो गया हो तो मरते वक्त वह उस इंसान से माफी माँगता है। किसी को उसने कुछ मदद नहीं की हो तो अपने जीवन की आखिरी घड़ी में वह कहता है, 'तुम्हारे लिए मैं इतने पैसे छोड़कर जा रहा हूँ, मेरी वसीयत इसके नाम लिख दो।' इस तरह मरते वक्त इंसान को वे सारी बातें याद आती हैं, जो उसने जीवन में अपूर्ण छोड़ी होती हैं। मृत्यु के वक्त वह सोचता है कि 'काश! ये सब मैंने जीवन में पहले ही किया होता तो आज ऐसी मौत नहीं होती।'

जीवन में अपूर्णता किसी को भी पसंद नहीं आती। एक छोटे बच्चे को आधा लड्डू दिया तो उसे भी पसंद नहीं आता मगर वही आधा लड्डू तोड़कर, फिर से उसे गोल बनाकर पूर्ण करके उस बच्चे को दें तो बच्चा बड़ा खुश होता है क्योंकि अब उसे अहसास होता हैं कि जो चीज उसे मिली है वह पूर्ण मिली है, आधी-अधूरी नहीं मिली है।

पूर्णता का महत्त्व समझें और आज से ही जो बातें आपके जीवन में अपूर्ण रह गयी हैं, उन्हें पूर्ण करना शुरू कर दें। कई सारी बातें ऐसी हैं, जो आपको पता ही नहीं हैं कि अपूर्ण हैं इसलिए उन्हें पूर्ण करने का आपको कभी खयाल ही नहीं आता।

लोगों के साथ भी आपके संबंध कितने अपूर्ण हैं, यह देखें। आप सुबह से लेकर रात तक जो क्रियाएँ कर रहे हैं, उनमें से कई काम अपूर्ण हैं इसलिए आपको स्वप्न आते हैं। फिर स्वप्न में आपके अपूर्ण कार्य पूर्ण किये जाते हैं। जो काम दिन भर अधूरे रह गये हैं, उन्हें स्वप्न में पूर्ण किया जाता है। उनमें भी कुछ कार्य पूरे हो जाते हैं तो कुछ अधूरे रह जाते हैं। इस तरह इंसान अपनी मृत्यु तक अपूर्ण को पूर्ण करने में लगा रहता है।

स्वयं से पूछें, 'क्या इस तरह की अपूर्ण बातें आपकी नींद और चैन को मिटा देती हैं या नींद को पूर्ण बनाती हैं? क्या सुबह आप पूर्ण नींद लेकर उठते हैं या बहुत सारी बातें नींद में आपको परेशान करती हैं, स्वप्न में आती हैं?'

पूर्णता करने के लिए खुलकर, उचित शब्दों में वार्तालाप करना जरूरी है। पूर्णता करने से पहले ही सामने वाले को बतायें कि '*मुझे ठीक से बोलना नहीं आता तो मैं बोलूँ, रुकूँ या अपनी बात मन में रखूँ? आप क्या चाहते हैं? आप भी नहीं चाहेंगे कि मैं अपनी बात मन में रखूँ।*' इस तरह बोलने से सामने वाला आपको मदद करेगा और कहेगा कि 'ठीक है, तुम जिन शब्दों में बताना चाहते हो उन शब्दों में बताओ।' किसी रिश्तेदार या मित्र के साथ आपका जो मनमुटाव है, उसे मिटाने के लिए उन तक अपने दिल की बात पहुँचायें। किसी के प्रति आपके मन में कोई बात रह गयी है तो उनसे कहें, 'मेरे मन में आपके लिए यह बात इतने दिनों से थी, जो मैं आपको नहीं बता पाया मगर आज मैं बताना चाहता हूँ।'

सामने वाले को यह कहकर अपनी बात इस तरह बतायें, '*मुझे आपको दोष नहीं देना है लेकिन मैं अपनी भावना आप तक पहुँचाना चाहता हूँ। शायद मैं गलत भी हो सकता हूँ लेकिन मैं अपनी तरफ से पूर्णता करना* चाहता हूँ।*' यह कहकर आप अपनी बात जो आपने अपने मन में दबाकर रखी है, सामने वाले को कह सकते हैं।

इस तरह पूर्णता कर लेने के बाद आप वह बात मन में लेकर नहीं घूमेंगे

और आपको उस इंसान को देखकर कपट करने की जरूरत भी नहीं रहेगी वरना लोग बिना वजह झूठ बोलते रहते हैं।

हर एक की अलग-अलग चाहतें और इच्छाएँ हैं, जो अधूरी हैं, अपूर्ण हैं। उन्हें पूर्णता का अंजाम दें। जब आप 'पूर्णता' करने की कला सीख जायेंगे तब आपका मन भूतकाल और भविष्यकाल में भागना बंद कर देगा क्योंकि अब वर्तमान में मन को कुछ ऐसा मिलेगा, जो पूर्ण है।

किसी इंसान से आपका 10 साल पहले झगड़ा हुआ था तो आज उसके पास जाकर, उससे मिलकर आप पूर्णता कर सकते हैं कि '*मेरे मन में तुम्हारे लिए नकारात्मक भाव थे, जो अब नहीं हैं, आज मैं इसकी पूर्णता करता हूँ। इसके बाद मुझे तुम्हारे बारे में वे झगड़े के विचार नहीं चाहिए। तुम्हें भी मेरे बारे में कुछ कहना हो तो तुम कह सकते हो ताकि तुम भी पूर्ण हो जाओ।*' इस तरह कहकर वह इंसान सामने वाले को भी पूर्ण बनने का मौका दे रहा है ताकि वह भी अपनी ओर से पूर्णता करके पूर्ण होने का आनंद महसूस कर पाये। जो पूर्ण होगा वह दूसरे को पूर्ण करेगा। जो अधूरा रहेगा वह दूसरे को भी अधूरा रखना चाहेगा।

पूर्णता के साथ यह न समझें कि सिर्फ बुरी बातों के लिए ही हमें पूर्णता करनी है बल्कि किसी की अच्छी बातें भी आप पूर्ण कर सकते हैं। किसी के सकारात्मक पहलू जो आपको अच्छे लगे हों, उन्हें सामने वाले को जरूर बतायें। कई लोग दूसरों के कुछ अच्छे गुण जीवनभर महसूस करते हैं मगर खुलकर सामने वाले को बता नहीं पाते।

आपके घर का नौकर जो आपके घर में रोज झाडू लगाता है, उसके प्रति आपके मन में विचार आते हैं कि 'यह कितना अच्छा काम करता है' पर कभी आपने उससे यह कहा ही नहीं तो आपकी यह भावना भी आपको अपूर्णता का अहसास देगी। इसलिए लोगों की जो बातें आपको पसंद आती हैं, वे उन्हें बतायें तथा जो बातें खटकती हैं, वे उन्हें अच्छे शब्दों में बताकर पूर्णता करें। पूर्णता करने में सामान्य बुद्धि का उपयोग जरूर करें।

आज के बाद जब भी आप किसी से मिलें तो वार्तालाप के बाद अपने आप से पूछें, 'आज का जो हमारा वार्तालाप हुआ वह पूर्ण हुआ कि नहीं?' यदि आपको लगे कि पूर्ण नहीं हुआ है तो रुकें और उस इंसान से कहें कि '*देखो मैंने इस-इस तरह कहा अगर आपको बुरा लगा हो तो मुझे क्षमा करें।*' सामने वाले से यह पूछना जरूरी है कि कहीं उसे बुरा तो नहीं लगा। आपकी बातें सुनकर, आपकी पूर्णता देखकर हो सकता है कि सामने वाला आपसे कहे, 'ऐसी कोई बात नहीं है, मैं भी अगर आपकी जगह पर होता तो शायद यही करता।' इस तरह यहाँ पर मुलाकात की पूर्णता हुई। अब न ही वह अपने मन में आपके बारे में कुछ लेकर जा रहा है और न ही आप उसके बारे में कुछ गलत लेकर जा रहे हैं। आप दोनों ने उस घटना को वहीं पर पूर्ण करके छोड़ दिया।

परिवार में भी इस तरह से पूर्णता करके अपने रिश्ते अच्छे बनायें। शिविर का अगला भाग इसी बात के लिए समर्पित किया गया है।

भाग चार

घर-परिवार में रिश्ते अच्छे कैसे बनें

DAY 16

परिवार की नींव जब मिल-जुलकर अनेक कंधों
पर सवार होती है तब वह मजबूत बनती है।
फिर बाहर का कोई भी दुश्मन
उस नींव को हिला तक नहीं सकता।

अध्याय 16

पति-पत्नी और बच्चे

तेज विवाह का मतलब

रिश्ते-नाते, शादी-विवाह ये सब बनाने के पीछे रहस्य था दो लोगों के मिलन तथा उनके योग से आत्मसाक्षात्कार प्राप्त करना संभव हो। पति-पत्नी सत्य प्राप्त करने तथा अपने आपको जानने के लिए एक-दूसरे के लिए निमित्त बनें।

आज के युग में यह समझ लुप्त हो चुकी है। आज अनेक लोग शादी कर रहे हैं और करवा रहे हैं लेकिन दोनों में ऊपर दी गयी समझ नहीं है। शादी करने वाले लोग बच्चों की तरह लड़ रहे हैं, उसी नासमझी में बच्चों को जन्म दे रहे हैं। इन बच्चों का पालन-पोषण वे कैसे करेंगे? पति-पत्नी के पवित्र रिश्ते में विवाह का असली उद्देश्य लुप्त होने के कारण आज यह रिश्ता अपना अर्थ खोता जा रहा है।

ईश्वर ने स्त्री एवं पुरुष का शरीर किस उद्देश्य से बनाया? शादी किसकी और किसके साथ क्यों होती है? इंसान पृथ्वी पर क्या करने आया है? शादी की, बच्चों को जन्म दिया, उन्हें बड़ा किया, उनकी शादियाँ करवायीं, उनके बच्चों को

बड़ा किया और बूढ़े होकर शरीर छोड़कर चला गया, जीवन खतम हुआ। क्या केवल यही सब करने के लिए इंसान पृथ्वी पर आया है?

इंसान का शरीर स्त्री का हो या पुरुष का वह तो निमित्त है, साधन है लेकिन इंसान शरीर में ही उलझ गया है। उसका पूरा जीवन सिर्फ भोगविलास और मोह-माया में ही बीत जाता है। जिस लक्ष्य को लेकर हम पृथ्वी पर आये हैं वह कब पूर्ण होगा? शरीर तो निमित्त है और उसे ही आत्मसाक्षात्कार के लिए कारण बनाना है। यह बात इंसान भूल गया है।

जिनमें सत्य की समझ नहीं है और उन्हें ऐसी समझ देने वाला भी नहीं मिला है - ऐसे लोगों की शादी भी हो गयी, उन्हें बच्चे भी हो गये तो वे बच्चे किस वृत्ति के होंगे? ऐसे बच्चों में अनेक प्रकार की समस्याएँ निर्माण हो जाती हैं। जो खुद परिवार में बच्चों की तरह लड़ रहे हैं, उनके बच्चों का भविष्य कैसा होगा, इसकी कल्पना भी नहीं की जा सकती। परिवार में पति-पत्नी के विवाद का, झगड़े का असर बच्चों पर भी होता है।

जैसे एक परिवार में पति अपनी पत्नी पर बहुत नाराज है। वह कोर्ट में केस करता है कि 'मेरी बीबी मुझे कुत्ता समझती है इसलिए मुझे उससे तलाक चाहिए।' जज ने उसकी बीबी से पूछा, 'क्या तुम अपने पति को कुत्ता समझती हो?' तब पत्नी अपने पति को वहीं से डाँटकर कहती है कि 'अच्छा ठीक है, आगे से मैं आपको कुत्ता नहीं समझूँगी मगर अब भौंकना बंद करो।'

परिवार में झगड़े होने के ऊपर-ऊपर के कारण इंसान को जल्दी पकड़ में आते हैं, जैसे 'एक फूल लाया होता तो सामने वाला खुश हुआ होता... सॉरी कहा होता तो जल्दी झगड़ा खतम हुआ होता... प्लीज कहा होता तो सामने वाला तुरंत राजी हो जाता... 'मैं गलत हूँ', कहने के साथ झगड़ा तुरंत समाप्त हुआ होता' मगर गहरे कारण देर से समझ में आते हैं। परिवार में होने वाली घटनाओं के कारण जानकर उनका योग्य निवारण इस शिविर द्वारा प्राप्त करें।

हर घटना जीवन में कुछ न कुछ अनुभव दे रही है, इंसान को उसका फायदा लेना सीखना है। आप रास्ते से कहीं जा रहे हैं और अचानक गिर गये तो पहले सँभलने का प्रयास करेंगे और फिर उठेंगे मगर खाली हाथ नहीं उठेंगे, उठते वक्त आप यह देख लेंगे कि नीचे चवन्नी, अठन्नी (सीख) तो नहीं गिरी है। यदि है तो उसे लेकर ही उठेंगे। इसका अर्थ है कि हर घटना जीवन में हमें कुछ न कुछ अनुभव दे रही है। अगर परिवार में झगड़े हो रहे हैं तो भी आपको कुछ अनुभव मिल रहा है। रिश्तों में तनाव है तो वह भी कुछ अनुभव दे रहा है। आप उससे क्या सीख रहे हैं? उन घटनाओं से हम क्या लेकर उठ रहे हैं? अगर आप उससे कुछ लेकर नहीं उठ रहे हैं तो जीवन भर आपके झगड़े ही चलेंगे।

ऐसे वातावरण में आपके बच्चे बड़े होंगे तो उनमें हीन भावना *(inferiority complex)* या अहंभाव, श्रेष्ठ भावना *(superiority complex)* आयेगी। जिन बच्चों में हीन भावना है, वे अपने आपको दूसरों से कम समझते हैं और जिन बच्चों में अहंभाव है, वे अपने आपको दूसरों से ज्यादा होशियार समझते हैं। वास्तव में दोनों बच्चे बीमार हैं। यदि ऐसे बीमार बच्चे विश्व को मिलेंगे तो आगे उनका, आपका, समाज का, देश का और अंत में पूरे विश्व का जो भविष्य होगा, इसकी कल्पना करना भी कठिन है! यही बच्चे बड़े होकर जब अपने बच्चों को जन्म देंगे तो क्या विश्व निरोगी बनेगा?

हर पति-पत्नी को यह सोचना चाहिए कि वे अपने बच्चों को कौन सी शिक्षा दें, जिससे बच्चों का भविष्य उज्ज्वल हो। जो बीज आप अपने बच्चों में डालेंगे, उस पेड़ के मीठे फल निश्चित ही आपको भी मिलेंगे। इसलिए आज आप जो भी कर्म कर रहे हैं, उन्हें समझ के साथ करें।

पति-पत्नी के ग्रुप में 'संवादमंच' तैयार होना चाहिए। हर पति-पत्नी को एक दूसरे के साथ सही शब्दों में वार्तालाप करना चाहिए। उदाहरणार्थ 'आज दिन भर में क्या-क्या हुआ, आज कैसे कुछ जगहों पर गलत प्रतिसाद दिया गया, कैसे संकल्प टूटा, आगे ऐसी स्थिति में क्या करना चाहिए' इत्यादि। इस तरह की

शेअरिंग दोनों में दिन की समाप्ति पर होनी चाहिए। अगर हर दिन परिवार में ऐसा वार्तालाप होता रहा, विचारों का आदान-प्रदान होता रहा तो पति-पत्नी के बीच एक सुंदर संवादमंच तैयार होगा।

पति-पत्नी दोनों यह जान जायें कि वे इस पृथ्वी पर जो अनुभव लेने के लिए आये हैं, वे अनुभव ज्यादा महत्त्वपूर्ण हैं। पत्नी अपने पति को मदद करे उस अनुभव को प्राप्त करने के लिए, जो उसका पति लेने आया है और पति अपनी पत्नी को मदद करे, वह अनुभव प्राप्त करने में, जो लेने पत्नी पृथ्वी पर आयी है। अगर दोनों इस बात के प्रति सजग हैं, राजी हैं तो दोनों के बीच जो प्रेम तैयार होगा वह तेज प्रेम* होगा। तेज प्रेम, जो प्रेम और नफरत से परे है। उस प्रेम में कपट, ईर्ष्या, अहंकार नहीं होगा। वह प्रेम निष्कपट और निःस्वार्थ होगा। ऐसे प्रेम का प्रभाव बच्चों पर बहुत सकारात्मक होगा।

जब पति या पत्नी, दोनों में से एक बच्चे को डाँटता है तब दूसरे को बच्चे को डाँटने वाले पर गुस्सा आता है। अगर दोनों का आपस में पहले से ही सही तालमेल है कि कब बच्चे को डाँटना आवश्यक है, कब बच्चे को प्रेम की आवश्यकता है तो परिवार में ये दिक्कतें नहीं आयेंगी। दोनों की भूमिका जब सही समय पर, सही तरीके से चलेगी तब ही बच्चे की अच्छी परवरिश हो पायेगी।

पति-पत्नी पहले ही आपस में पूछ लें कि जब दोनों में से कोई भी गलती करेगा तब क्या वे एक दूसरे को वह गलती बता सकते हैं या नहीं? वे आपस में मिलकर यह तय कर लें कि वे बच्चों को किस तरह पालेंगे। रिश्तों में इन सब बातों पर समझ रखने वाले तेज संसारी* कहलाते हैं।

तेज संसारी ही विश्व को बदलने की अंतिम उम्मीद है। अगर विश्व को बदलना है तो पहले हर माता-पिता को दिशा देनी होगी। तेज संसारी बनकर, जो संन्यास और सांसारिक जीवन दोनों का लाभ लेना जानते हैं, बच्चों को दिशा देनी होगी। तेज संसारी पति-पत्नी एक दूसरे को वे अनुभव दिलाने में मदद कर सकते हैं, जो अनुभव लेने वे पृथ्वी पर आये हैं। रिश्ते बनाने के पीछे यही उद्देश्य है। इस

उद्देश्य पूर्ति के लिए हर रिश्ते और बच्चों को सही तरीके से निमित्त बनायें, हर रिश्ते में नयी रोशनी की किरण जगायें।

अकसर देखा गया है कि माता-पिता 'समझ' देने के बदले बच्चों को अपनी बैसाखियाँ थमाते हैं। फिर उन्हीं रेडिमेड बैसाखियों पर उनके बच्चे चलते हैं। माता-पिता को जीवन में कुछ खट्टे-मीठे अनुभव आये, उसके आधार पर उन्होंने देखा कि दुनिया के लोग बहुत बुरे हैं, दुनिया गलत है मगर ये तो उनके स्वयं के अनुभव थे। वही अनुभव वे जीवन भर पकड़कर बैठते हैं और उसी अनुभव की बैसाखी वे अपने बच्चों को भी देते हैं तो उनका विकास कैसे होगा? वे भी दुनिया को अपने माता-पिता की ही नजरों से देखेंगे।

हकीकत क्या है? क्या वाकई दुनिया बुरी है? लोग बुरे हैं? जो दुनिया हमें बुरी लगती है, वही दुनिया किसी और को अच्छी लगती है। हम अपने बच्चों को उनके स्वयं के दृष्टिकोण और अनुभव से निर्णय लेने की आज़ादी दें। माता-पिता अपने अनुभव की बैसाखियाँ अपने बच्चों को जबरदस्ती न थमायें। उन्हें स्वयं अपने मार्ग चुनने दें। बच्चों को निर्णय लेने में मदद जरूर करें लेकिन अपने निर्णय उन पर न लादें। इस तरह का नया जीवन, नयी रोशनी, उन्हें देकर मिल-जुलकर जीने की योजना बनायें।

DAY 17

लोगों के साथ ऐसा व्यवहार करें,
जैसा आप चाहते हैं लोग आपसे
जो आप हैं, व्यवहार करें।

अध्याय 17

मिल-जुलकर जीने की योजना बनायें

परिवार में मिलकर ग्रुप बनायें

परिवार की इमारत एक इंसान के कंधे पर खड़ी करना, यह उस इंसान के लिए और आगे चलकर सभी के लिए हानिकारक है। परिवार की नींव जब मिल-जुलकर अनेक कंधों पर सवार होती है तब वह नींव मजबूत बनती है। फिर बाहर का कोई भी दुश्मन उस नींव को हिला तक नहीं सकता। आइये हम भी मिल-जुलकर परिवार में जीने की योजना बनायें और सुख पायें।

परिवार की नींव मजबूत करने के लिए परिवार का एक संघ बनायें। संघ में भाई, बहन, बेटा, पिताजी, पति-पत्नी भी हो सकते हैं यानी एक पूरा परिवार संघ बना सकता है। परिवार में ग्रुप इसलिए भी परिणामकारक हो सकता है क्योंकि पति-पत्नी में विश्वास के साथ-साथ प्रेम भी होता है। परिवार में वफादारी आसानी से प्राप्त की जा सकती है, जो परिवार की नींव मजबूत करती है। इस तरह के पारिवारिक ग्रुप बनाने से दोनों जीवन साथी सदा सुखी और संतुष्ट जीवन जी पायेंगे।

परिवार वह जगह है, जहाँ ग्रुप में मिल-जुलकर जीने की योजना बनाने की शुरुआत हो सकती है। जिस इंसान ने अपना जीवन साथी समझदारी के साथ चुना है, वह अपने जीवन साथी को भी अपने ग्रुप का सदस्य बनायेगा। ग्रुप में न सिर्फ जीवन साथी को बल्कि घर के अन्य सदस्यों को भी शामिल किया जा सकता है। इस तरह ग्रुप की शक्ति, आध्यात्मिक शक्तियों को घर में सक्रिय कर देती है। रिश्तों में सच्चा प्रेम, आनंद और नयी रोशनी पाने के लिए यही सबसे बड़ी शक्ति है।

परिवार में ग्रुप बनाने से एक-दूसरे के प्रति सहानुभूति, प्रेम और विश्वास बढ़ता है। यह अवस्था इंसान को प्रेम, आनंद और सफलता प्रदान करती है। पति-पत्नी में प्रेम का समावेश होने की वजह से वे स्वइच्छा से एक-दूसरे का कार्य कर सकते हैं। प्रेम एक ऐसी चीज है, जिसके लिए इंसान अपनी इच्छा और दिशा बदल सकता है। प्रेम की शक्ति से ही इंसान हर व्यसन से मुक्त हो सकता है। प्रेम-प्रतिज्ञा में वचनबद्ध होते ही इंसान बड़ी से बड़ी कठिनाई सह लेता है।

परिवार में ग्रुप बनाने की वजह से भोजन करते वक्त सभी सदस्य रोज एक-दूसरे के साथ आसानी से मिलकर विकास-वार्ता कर सकते हैं। हररोज की विकास-वार्ता से सभी को अपने लक्ष्य की तरफ बढ़ने की प्रेरणा मिल सकती है।

बड़े-बड़े समझदार उद्योगपति जो ग्रुप में रहने का नियम जानते हैं, वे अपने परिवार के साथ ग्रुप बैठक करते हैं। यह ग्रुप बैठक उन्हें जीने और काम करने का मकसद देती है।

ग्रुप का महत्त्व समझते हुए यदि परिवार के सदस्यों ने आपस में तालमेल और संवादमंच (प्लेटफॉर्म*) बनाया हो तो उस परिवार में झगड़े होने की संभावना कम होगी या बंद होगी। आपके परिवार में भरपूर आनंद व प्रेम देखकर आपके आस-पास के पड़ोसी यह सोचेंगे कि हम भी अपने परिवार में ग्रुप बनायेंगे। इस तरह पति-पत्नी के एक संघ से, एक परिवार, परिवार से समाज, समाज से राष्ट्र और राष्ट्र से आनंदित विश्व बनता है।

एक आनंदित परिवार को देखकर कई सारे आनंदित परिवार बन सकते हैं। अगर विश्व में एक परिवार द्वारा आनंद की संभावना खुलेगी, बढ़ेगी तो उसकी तरंगें सारे ब्रह्माण्ड में हर तरफ पहुँचेंगी। विश्व कितना सुंदर होगा ! फिर कहीं पर भी युद्ध या दंगा-फसाद नहीं होगा। हर एक को खिलने-खुलने और आनंद मनाने का पूरा मौका मिलेगा। इस तरह रिश्तों का संघ पूरे विश्व की संभावना खोलने व पूरा विश्व बदलने के लिए काम कर सकता है।

रिश्तों का संघ परिवार के सदस्यों में एक ही चेतना के विचार फैला सकता है। इसी से परिवार में सहकार्य, प्रेम और एक-दूसरे के लिए सद्‌भावना बढ़ेगी, जिससे हर मुसीबत में वे एक-दूसरे का सहारा महसूस करेंगे।

परिवार के सदस्य मिलकर कुछ बातों के लिए एक-दूसरे को सजग कर सकते हैं, संकेत (रिमाईंडर) दे सकते हैं। इसमें यह खबरदारी जरूर रखें कि प्लेटफॉर्म बनाने का या रिमाइंडर्स बनाने का कार्य गुस्से में या विवाद के समय न करें। विवादों की शुरुआत होने से बहुत पहले ही संकेत और इशारे बना लेने चाहिए। वे एक-दूसरे की सहमति से अलग-अलग अवस्थाओं के लिए, अलग-अलग संकेत निर्धारित करके रख सकते हैं। उदाहरणार्थ 'यदि ऐसा-ऐसा हो गया तो हम आपको इस-इस मुद्रा से रिमाईंडर देंगे।' ये निर्धारित इशारे अपना उद्‌देश्य पाने में बहुत मदद करते हैं। एक-दूसरे को दिया गया इशारा आलोचना न लगे। 'तुम ऐसे हो, तुम वैसे हो, तुम हमेशा ऐसा ही करते हो, तुम्हारी वजह से ही सब संकट आता है...' इत्यादि कहकर परिवार के सदस्यों की आलोचना न करें।

आपको यदि काम करने के लिए हजारों हाथों की जरूरत है तो उन्हें आप आलोचना द्वारा नहीं बल्कि प्रशंसा द्वारा प्राप्त कर सकते हैं। आपको यदि शहद से इच्छित नतीजा मिल सकता है तो जहर की क्या जरूरत है ! इसलिए परिवार के सदस्यों को एक-दूसरे की प्रशंसा करके, एक-दूसरे के गुण बढ़ाने में मदद करनी चाहिए। जीने की नयी योजना में मिल-जुलकर उच्च संवादमंच भी बनायें। अगले अध्याय में इसी प्लेटफॉर्म पर हमें पहुँचना है।

DAY 18

जो इंसान भाव, विचार, वाणी और क्रिया से
एक हो जाता है, वह यह तय करता है कि कोई भी
काम छिपाकर नहीं करना चाहिए।

अध्याय 18

परिवार में तीन उच्च संवादमंच कैसे बनायें

बेहतर रिश्तों की नींव

मशीन के छोटे-छोटे पुर्जे एक ही मशीन के सदस्य हैं, वे अपना नहीं बल्कि मशीन का कार्य कर रहे हैं। अज्ञान में उन्हें यह लग सकता है कि वे अपना कार्य कर रहे हैं, वे मशीन से अलग हैं। लेकिन आप जानते हैं कि वे गलत हैं क्योंकि आप पूरी मशीन को एक साथ देख रहे हैं। मशीन के उदाहरण से यह बात भी साफ होती है कि '*पूरा संसार एक ही परिवार है !*'

संसार में हर एक को किसी न किसी की मदद करने का विचार आता ही है। एक को मदद करने का विचार आना बंद हो गया तो दूसरे को आना शुरू हो जाता है। यदि जन्म देते ही बच्चे को उसकी माँ हमेशा के लिए किसी मंदिर की चौखट पर छोड़ देती है तो उस माँ को बच्चे की परवरीश के विचार आने बंद हो जाते हैं लेकिन किसी और को उस बच्चे के प्रति विचार आने शुरू हो जाते हैं। इस तरह पूरे संसार का, जो एक परिवार है, खयाल रखा जा रहा है।

यदि आप परिवार के हर कार्य में सभी का सहारा चाहते हैं, आपस में अच्छी बातचीत चाहते हैं, परिवार की संभावना खोलना चाहते हैं, प्रेम और आनंद बढ़ाना चाहते हैं तो आपको अपने परिवार में एक उच्च संवादमंच (प्लेटफॉर्म) बनाना होगा।

यदि आज तक आपके परिवार में कभी एक प्लेटफॉर्म* हुआ ही नहीं है, परिवार के सभी सदस्यों ने मिलकर इकट्ठा कुछ सोचा ही नहीं है तो अब समय आया है कि सभी यह पुस्तक पढ़कर नया सोचें।

रिश्तों में जब वाद-विवाद शुरू होता है तब लोग सोचते हैं कि अभी हम आपस में एक प्लेटफॉर्म बनायेंगे। यह बिलकुल ऐसे ही हुआ जैसे प्यास लगने के बाद कुँआ खोदने का काम प्रारंभ हो। यदि प्यास लगने से बहुत पहले ही कुँआ खोदा जाय तो समय पर आपको पानी मिलेगा और जब चाहिए तब मिलेगा।

बीमार होने के बाद इलाज करने से अच्छा है कि बीमार होने से पहले ही उसका इलाज ढूँढ लिया (व्यायाम शुरू किया) जाय। यदि आप पहले ही बीमार हैं, शरीर में ताकत नहीं है और तब व्यायाम शुरू करने की सोच रहे हैं तो उस वक्त आपसे व्यायाम नहीं हो पायेगा क्योंकि बीमारी के कारण आपके शरीर में उतनी ताकत नहीं है। इसलिए बीमार होने से पहले ही व्यायाम शुरू करें। व्यायाम से आपका स्वास्थ्य अच्छा रहेगा, बार-बार बीमार पड़ने की नौबत नहीं आयेगी और यदि बीमार हो भी गये तो आप बहुत जल्दी चुस्त, तंदुरुस्त हो जायेंगे।

इसी तरह परिवार में विवाद होने से पहले, कोई समस्या अपना सिर ऊपर उठाये, इसके पहले ही प्लेटफॉर्म (उच्च संवादमंच) बनायें। जब परिवार के सभी सदस्यों की चेतना का स्तर उच्च हो तभी आपस में मिलकर कम से कम तीन अलग-अलग प्लेटफॉर्म बनायें।

पहला प्लेटफॉर्म - स्वयं के साथ

पहले प्लेटफॉर्म पर आपको अपने साथ अकेले में डायरी लेकर यह

सोचना है कि '*मैं ऐसा क्या करूँ, जिसकी वजह से परिवार में आनंद फैले। मेरी कौन सी ऐसी आदतें हैं जो परिवार के सदस्यों को तकलीफ देती हैं।*' ये सब बातें डायरी में नोट करें।

सभी गलत आदतें, पैटर्नस् आपको अपने शरीर से निकालने हैं। हो सकता है कि आपकी क्रोध करने की आदत हो और बात-बात पर आप अकारण गुस्सा करते हों तो गुस्से से होने वाले सारे परिणाम जो हो चुके हैं, जो हो सकते हैं, सोच लें। हो सकता है कि आपके मन मुताबिक कोई काम नहीं हुआ, आपसे किसी छोटे ने आपको कुछ सिखाया या कुछ कह दिया, किसी ने आपको आदर नहीं दिया तो आपके मन में रिश्तों के प्रति नफरत उठती हो तो उन्हें लिखकर उन बातों, पैटर्नस्* और गलत आदतों को प्रकाश में लायें, उन पर कैसे काम करें, यह सोच लें।

यही सही समय है, आप अपने परिवार के लिए, उनकी खुशी के लिए कुछ करें। पहला प्लेटफॉर्म बनाते वक्त यह निर्णय लें कि '*मुझे अपनी ये कमजोरियाँ मिटानी हैं ताकि परिवार के सभी सदस्य एक प्लेटफॉर्म पर आ सकें।*' अब ये कमजोरियाँ मिटाना प्रेम पूर्वक होगा, कोई जोर-जबरदस्ती से नहीं होगा। यदि आप यह पहला प्लेटफॉर्म अपने साथ बना पाये तो परिवार के लिए आपकी ओर से यह सबसे बड़ा तोहफा होगा।

दूसरा प्लेटफॉर्म - अपने परिवार के साथ

दूसरा प्लेटफॉर्म आपको अपने परिवार के साथ मिलकर बनाना है। परिवार के सभी सदस्य विवाद होने से पहले ही यह सोचकर रखें कि वे किसी घटना में या तनाव में एक दूसरे के साथ किस तरह पेश आयेंगे। सभी यह तय करें कि 'जब सामने वाला गुस्से में हो तब मैं उससे किस प्रकार से बात करूँगा या जब मैं गुस्से में हूँ तब सामने वाला कैसी प्रतिक्रिया दे सकता है।' सभी सदस्य आपस में मिलकर यह सोच सकते हैं कि 'अगर तुम्हारी कुछ आदतों की वजह से मुझे

तकलीफ होती है तो तुम्हें क्या करना चाहिए या मेरे किसी स्वभाव की वजह से तुम्हें कुछ तकलीफ होती है तो मुझे क्या करना चाहिए?' परिवार में कोई समस्या है तो उसे सभी मिलकर कैसे सुलझा सकते हैं? वह सुलझाने के लिए सभी को क्या करना होगा? फिर चाहे वह पैसों की समस्या हो, बच्चों की समस्या हो या परिवार के किसी सदस्य के स्वभाव की ही समस्या क्यों न हो। सभी मिलकर उस पर विचार-विमर्श करके कुछ उपाय ढूँढ़ सकते हैं।

परिवार में एक दूसरे से पूछकर आप रिमाईंडर बना सकते हैं। हर एक का तरीका अलग है, हर एक की पसंद अलग है, हर एक का स्वभाव अलग है, हर एक की विचारधारा अलग है। हर एक का जीवन की तरफ देखने का दृष्टिकोण अलग है। एक इंसान को जो बात अच्छी लगती हो, वही बात दूसरे को अच्छी लगेगी, ऐसा जरूरी नहीं है। किसी के सामने आप हँसे तो उसके लिए वह एक अच्छा रिमाईंडर हो सकता है लेकिन किसी को बुरा भी लग सकता है। वह कह सकता है कि 'मैं पहले से ही परेशान हूँ और तुम दाँत क्यों दिखा रहे हो?' इसलिए पहले ही सामने वाले से पूछ लें कि 'तुम कौन सा रिमाईंडर लेना पसंद करोगे?' इससे सभी का होश बढ़ेगा और होश में गलत कार्य होने की संभावना कम होती जायेगी।

जब आपके द्वारा बेहोशी में कुछ गलत कार्य चल रहा होगा तब सामने वाले से कुछ इशारे आपको उसी वक्त होश में ला सकते हैं। जिससे आगे होने वाला तनाव, रिश्तों में दरार, परिवार का वातावरण दूषित होना, परिवार के सदस्यों का स्वास्थ्य खराब होना, इन सभी दुष्परिणामों से आप तथा अन्य सभी सुरक्षित रह सकते हैं।

कई बार ऐसा भी हो सकता है कि कोई सदस्य पहले से ही तनाव में हो, और आप उसे उसकी गलती बतायें तो वह और भी नाराज हो सकता है। ऐसा न हो इसलिए दूसरा प्लेटफॉर्म बनाते वक्त उससे पहले ही पूछ लें कि 'जब आप

सही प्रतिसाद न दें तब हम आपको यह बात कैसे बतायें? आप कौन सा संकेत लेना पसंद करेंगे?' इस तरह उसके द्वारा चुना गया पसंदीदा रिमाईंडर आपने उसे दिया तो वह नाराज नहीं होगा।

इसी तरह सामने वाला यदि गुस्से में है और आप उसे रिमाईंडर देना चाहते हैं तब उसे याद दिलाते वक्त कहें कि 'अगर आप पहले से ही सजग हो गये हैं तो कृपया मेरा संकेत (इशारा) नजरअंदाज करें।' वरना अंदर से इंसान सँभल ही रहा होता है और तुरंत कोई आकर नसीहत दे तो वह और उखड़ सकता है।

दूसरों को संकेत देते वक्त एक और गलती होने की संभावना है। कई बार हम सामने वाले को उसके स्वभाव या आदतों के बारे में बताते हुए बेहोशी में उसकी आलोचना करना शुरू कर देते हैं। जैसे 'तुम ऐसे हो, तुम वैसे हो, तुम हमेशा गलती करते हो, तुम्हारी वजह से ही काम लेट होता है' इत्यादि। ये सब सुनकर सामने वाला भी गुस्से में आ जाता है और वह भी आपके बारे में कुछ कहना शुरू कर देता है। उसकी तरफ से भी आलोचना शुरू हो जाती है। 'क्या सिर्फ मैं ही गुस्से वाला हूँ? तुम क्या कम हो, तुम भी तो ऐसे हो, वैसे हो, तुम अपना ज्ञान अपने पास ही रखो, बड़ा आया मुझे सिखाने वाला' इत्यादि। अगर ऐसा हुआ तो आप अपने मूल उद्देश्य (परिवार में आनंद लाने, एक कॉमन प्लेटफॉर्म बनाने) से बहुत दूर हो जायेंगे।

प्रेम से कहा गया एक शब्द भी किसी के लिए बड़ा रिमाईंडर हो सकता है। यह प्यारभरा संकेत आपके और

सामने वाले के जीवन में आनंद ला सकता है। इसके अतिरिक्त आप नये-नये रिमाईंडर्स बना सकते हैं और अपने जीवन का रुख बदल सकते हैं। कुछ संकेत आप मुद्राओं के रूप में भी, जो सामने चित्रित की गयी हैं, ले सकते हैं।

यदि आपके घर में किसी को बिना वजह फोन पर घंटों बातें करने की आदत है, जो परिवार के अन्य सदस्यों को पसंद न हो तो आप फोन पर एक स्टिकर चिपका सकते हैं, जिस पर लिखा हो **'ज'** या **'च'**(जरूरत या चाहत) अथवा **N/W** *(N-Need or W-Want)*। इस तरह **'ज'** **'च'** या "*N/W*" का स्टिकर देखकर वह सदस्य फोन करते वक्त सोचेगा कि वाकई मुझे फोन करने की जरूरत है या यह मेरी सिर्फ चाहत है। फिर वह सजग होकर जितनी जरूरत होगी, उतनी ही बात करेगा। इस तरह परिवार में मुद्राओं और लिखित इशारों का लाभ लेना सीखें।

तीसरा प्लेटफॉर्म - बच्चों के साथ

बचपन से ही बच्चों के साथ आपसी बातचीत से एक प्लेटफॉर्म तैयार किया जाना चाहिए। माता-पिता की जिम्मेदारी है कि वे अपने बच्चों से खुलकर वार्तालाप करें। बच्चों को अपने विचार, अपनी समस्या, अपने अनुभव अभिव्यक्त करने का मौका दें।

माता-पिता अपने विचार, अपनी भावना, अपने अनुभव बच्चों के समक्ष आसान भाषा में प्रस्तुत करें। बच्चों की शरारतों से उन्हें क्या लगता है? उन्हें क्या दुःख या तकलीफें होती हैं? बच्चे जब पढ़ाई नहीं करते हैं तब माता-पिता को कैसा लगता है? इसका क्या हल निकाला जा सकता है? इस तरह की जो भी समस्याएँ हैं, उन्हें आप अपने बच्चों के साथ मिलकर सुलझा सकते हैं। बच्चे पढ़ाई में अच्छे अंक प्राप्त नहीं कर पाये तो माता-पिता को दुःख होता है। वे अपना दुःख बच्चों पर गुस्सा करके निकालते हैं। पिताजी कहते हैं कि 'स्कूल के लिए तुम्हें जो भी चाहिए वह सब कुछ मिलता है, फिर भी तुम्हें अच्छे अंक क्यों

नहीं मिलते ? बाकी बच्चों को देखो, उन्हें इतनी सुविधाएँ नहीं हैं फिर भी उन्हें अच्छे अंक मिलते हैं।' इस तरह से अपने बच्चों को कोसने की बजाय बच्चों के साथ बैठें, उनसे वार्तालाप करें। किस विषय में उन्हें अच्छे अंक नहीं मिले हैं, यह देखें। उनसे ही पूछें कि 'तुम्हारी समस्या क्या है ताकि हम मिलकर हल ढूँढ़ें, सभी समस्याओं को सुलझाया जा सकता है। तुम टेन्शन मत लो, इन्टेंशन (प्रण) लो।' बच्चों को इस तरह यह विश्वास दिलाना बहुत महत्त्वपूर्ण है कि आप उनके साथ हैं। विश्वास ही वह नींव है जो रिश्तों को मजबूत करती है। फिर आपके बच्चे आपसे अपनी समस्या के बारे में बातचीत कर पायेंगे। इस तरह बच्चे और आप दोनों मिलकर उस समस्या पर कुछ उपाय ढूँढ़ पायेंगे और उस पर अमल कर पायेंगे। समस्या सुलझेगी और परिणाम स्वरूप बच्चे को परीक्षा में अच्छे अंक भी प्राप्त होंगे। हर माता-पिता में यह समझ होनी बहुत जरूरी है कि *'बच्चे हमारी जायदाद नहीं हैं और हम उनके मालिक नहीं हैं। हम दोनों एक-दूसरे के लिए पृथ्वी लक्ष्य पाने के लिए निमित्त हैं।'*

हर बच्चा बड़ा बनना चाहता है, वह यह सोचता है कि बड़ा होकर वह अपने मन मुताबिक सब कुछ कर सकता है। बड़ा होने के बाद वह जो चाहे खरीद सकता है, बाकी लोगों को आदेश दे सकता है, उसे कोई रोक नहीं सकता। दरअसल बच्चा यह सोचता है कि 'मैं छोटा हूँ इसलिए शक्तिहीन हूँ, जो मुझसे बड़े हैं, वे ज्यादा शक्तिशाली हैं। इस कारण न चाहते हुए भी मुझे बड़ों की बातें माननी पड़ती हैं। अगर मैं उनकी बातें नहीं मानता हूँ तो उनकी डाँट पड़ती है और मेरी पिटाई भी होती है।' बच्चे जब अपने आपको दीन अवस्था में पाते हैं तब यही वह समय है, जहाँ पर बच्चों का आत्मविश्वास कम हो जाता है और उन्हें इस प्लेटफॉर्म की जरूरत महसूस होती है, जो वे शब्दों में नहीं बता पाते।

बच्चों का भी अपना अस्तित्व है, उनकी भी अपनी भावनाएँ हैं, अपनी राय है, अपनी इच्छाएँ हैं। बच्चों को अपनी भावना व्यक्त करने का अधिकार है। इसलिए छोटी-छोटी बातों पर उनकी भी राय पूछनी चाहिए। चाहे वे सही हों या

गलत लेकिन वे अपनी राय बता पायें, उस समस्या पर सोच पायें ताकि उनमें निर्णय लेने की शक्ति निर्माण हो पाये।

बच्चों के साथ प्लेटफॉर्म बनाने वाले माता-पिता अपने बच्चों की समस्याओं को सुलझाने के लिए उन्हीं से विचार-विमर्श करना चाहिए। एक स्वतंत्र व्यक्तित्व समझकर बच्चों को भी आदर दें। इस तरह उनके साथ तीसरा मजबूत 'वार्तालाप प्लेटफॉर्म' बनायें।

परिवार के सदस्यों में यदि मतभेद ज्यादा हैं तो वे मिलकर यह इरादा (इंटेंशन) रखें कि 'इस साल हमारे बीच एक सही प्लेटफॉर्म बन जाना चाहिए।' इंटेंशन रखने से सब कुछ होता है। आपको ऐसे काम करने हैं, जिससे सबका मंगल हो। जिस काम में ऐसी भावना होती है कि 'सिर्फ एक ही इंसान का फायदा हो', उस काम का परिणाम आने में देर लगती है। जिस काम में सबका फायदा है, सबके लिए मंगल भावना है, उसका परिणाम जल्दी आता है।

DAY 19

जब आप चीजों को सही ढंग से,
सही जगह पर रखने की अच्छी
आदत विकसित करेंगे तब
आपके रिश्तों में भी सलीका आयेगा।

अध्याय 19

घर को स्वर्ग कैसे बनायें

न रहेगी सास, न उलझेगी बहू

जिस जगह पर इंसान रहता है, उस जगह को वह स्वर्ग बना सकता है। एक पुरुष अपने कार्यालय को स्वर्ग बना सकता है क्योंकि वह कार्यालय में ज्यादा समय तक रहता है। महिलाएँ घर को स्वर्ग बना सकती हैं क्योंकि वे घर पर ज्यादा समय रहती हैं।

जिस घर में लोग रहते हैं, उन्हें अगर वहाँ आकर अच्छा नहीं लगता तो वह घर उनके लिए नरक समान है। अगर पति को डर लगता है कि उसे घर जाकर शिकायतें ही सुननी पड़ेंगी तो वह ज्यादा देर तक बाहर रहना ही पसंद करता है, घर में जाना वह टालता रहता है। रास्ते में उसे जो लोग मिलते हैं, वह उनसे समय बिताने के लिए बातें करता रहता है क्योंकि वह घर में जितनी देर से पहुँचेगा, उतनी उसे कम परेशानी होगी। घर जाकर उसे जो शिकायतें और इल्जाम सुनने को मिलते हैं, उनसे उसे बहुत तकलीफ होती है।

आज कई घरों में ऐसी ही हालत रहती है क्योंकि घर की महिला को पता ही नहीं होता कि उसकी हर शिकायत और शंका घर को नरक बना रही है। अगर वह महिला दूसरे ढंग से सोचे कि कैसे घर में संवादमंच (प्लेटफार्म) बनाया जाय तो घर को स्वर्ग बनने में देर नहीं लगेगी। घर की महिला यह तय कर सकती है कि हफ्ते में कब, कौन सी बातें पति के साथ करनी हैं, उसकी कार्यसूची बनायी जा सकती है। अगर घर के सभी सदस्यों के साथ मिलकर हफ्ते में सिर्फ एक ही दिन पर सही ढंग से शिकायतें सामने रखी जायें तो घर का वातावरण बहुत अच्छा बन सकता है। अगर घर को नरक बनाना ही है तो हफ्ते में सिर्फ एक दिन ही बनाया जाय। हर दिन शिकायत करने से शिकायत करने वाले को सदा शिकायत करने की गलत आदत पड़ जाती है और सुनने वाला शिकायतें सुन-सुनकर संवेदनहीन हो जाता है। अगर आप घर को स्वर्ग बनाना चाहते हैं तो ऊपर बतायी गयी गलती से बचें।

महिलाएँ घर को स्वर्ग बना सकती हैं क्योंकि वे हर सदस्य की देखभाल करती हैं। घर को स्वर्ग बनाने के लिए उन्हें घर की सभी बातों का पता होना चाहिए। घर में आने वाले लोग किस मानसिक या शारीरिक अवस्था में आते हैं ... खाली पेट आते हैं या खाना खाकर आते हैं ... कार्यालय से परेशान होकर आते हैं या थके हुए आते हैं... इन सब बातों की सोच और समझ घर की महिलाओं में होनी चाहिए। घर में आने वाले सदस्य की अवस्था के अनुसार वे कुछ तैयारी करके रख सकती हैं। घर के जो सदस्य थके हुए घर में आते हैं उनकी थकान दूर होने के लिए घर में क्या होना चाहिए, यह पहले से ही सोचकर वैसी तैयारी वे कर सकती हैं। जिस घर में ऐसी तैयारी पहले से ही की जाती है, वह घर उस घर के सदस्यों को अपने आप स्वर्ग लगने लगता है।

अगर घर की महिला खुद परेशान है तो वह घर को स्वर्ग बनाने के बारे में सोच भी नहीं सकती, वह अपनी परेशानियों को बाकी सदस्यों में प्रसारित कर देगी। इसलिए परिवार के बाकी सदस्य भी मिल-बैठकर सोच लें कि वह उनकी

पत्नी या माँ का हाथ कैसे बँटा सकते हैं? कम से कम महीने में एक बार घर की सफाई में सभी सदस्य योगदान दे सकते हैं। इंसान जहाँ रहता है वहाँ यदि वह सही ढंग से, तरतीब से वस्तुओं को रखता है, उसे हर वस्तु समय पर मिलती है, उसके सारे कार्य समय पर पूर्ण होते हैं तो वह घर उसे स्वर्ग समान लगता है। जब किसी को समय पर वस्तुएँ नहीं मिलतीं, घर में सारी चीजें बिखरी पड़ी हैं तब उस घर को नरक समान समझा जाता है।

घर को स्वस्थ और स्वर्ग बनाने के लिए सारे सदस्य दिन भर के कामों की सूची बनाकर कार्य आपस में बाँट लें। कार्य आपस में बाँट लेने से एक इंसान पर सभी कामों का बोझ नहीं पड़ता, हर इंसान के हिस्से में थोड़े-थोड़े काम ही आयेंगे।

सास-बहू की मौत

आपके परिवार को देखकर सभी को प्रेरणा मिले तथा यह संदेश मिले कि 'हर घर मंदिर (स्वर्ग) बन सकता है।' लड़की शादी के बाद जिस तरह अपनी माँ से गले मिलती है, उसी तरह वह अपनी सास से भी गले मिल सकती है। सास के प्रति यदि उसके मन में डर है तो उसे सास को मारना चाहिए! यानी उसे सास को अपनी माँ बनाना चाहिए। न रहेगी सास, न उलझेगी बहू।

गले मिलना भी एक प्रकार का संवाद है। कभी-कभी इंसान को अपने भाव व्यक्त करने के लिए शब्द नहीं मिलते तब गले मिलना योग्य होता है। इससे डर भी निकल जायेगा और सास-बहू दोनों एक दूसरे के लिए निमित्त बनकर घर को स्वर्ग बनायेंगे।

जहाँ पर बहू सास के गले मिलती है, जहाँ छोटे-बड़े एक-दूसरे का आदर करते हैं, जहाँ बड़े बच्चों को आशीर्वाद देते हैं, जहाँ सारी चीजें तरतीब से रखी जाती हैं, जहाँ लोग मिल-बाँटकर काम करते हैं - खाना खाते हैं, जहाँ त्योहारों को सही समझ से मनाया जाता है, जहाँ रिश्तों में कपट, अहंकार, आसक्ति,

शंका, अनुमान, शिकायत नहीं है, जहाँ परिवार के सदस्य परिवार में तनाव के स्तर की खबर रखते हैं, जहाँ लोग रिश्तों में पूर्णता करके गलतफहमी दूर करते हैं, जहाँ सदस्य मंद स्वर में दिल की बात कह पाते हैं, जहाँ परिवार में तीन संवाद-मंच बनाये गये हैं, जहाँ सभी एक दूसरे को समझते हैं, वहाँ रिश्तों में प्रेम, घर में स्वर्ग और दिलों में नयी रोशनी होती है।

भाग पाँच

रिश्तों में नयी रोशनी कैसे लायें-1

DAY 20

आपके व्यक्तिगत लाभ के लिए आपकी
बातें सुनने में लोगों को कोई रुचि नहीं होती है,
जिस काम में सभी का लाभ होता है,
वे बातें सुनने में सभी को रुचि होती है
इसलिए अव्यक्तिगत जीवन जीयें।

अध्याय 20 : पहला जादुई कदम

1

हम वही बनते हैं जिस पर गौर करते हैं

निरीक्षण की कला से गुणवान बनें

रिश्तों में सच्चाई जानने के लिए सबसे पहले निरीक्षण की कला सीखें। अगर आपसे किसी ने निरीक्षण का मतलब पूछा तो आपका जवाब यही होगा कि 'मैं निरीक्षण करने का अर्थ जानता हूँ, मुझे निरीक्षण करना आता है।' लोगों के दृष्टिकोण से निरीक्षण का मतलब होता है, वस्तुओं को ध्यान से देखना। दुनिया में सभी लोग गौर कर रहे हैं, अलग-अलग वस्तुओं का निरीक्षण कर रहे हैं। बिना निरीक्षण किये दुनिया चल ही नहीं सकती। आप की बात सही है मगर निरीक्षण करने की कला को साधारण न समझें। मनुष्य जीवन का अत्यंत अहम औजार निरीक्षण करना है।

सभी लोग गौर कर रहे हैं, हर दिन गौर कर रहे हैं किंतु उनसे पूछा जाय कि वे किन बातों का निरीक्षण कर रहे हैं तो पता चलेगा कि अधिकतर लोग दूसरों की त्रुटियों पर गौर करते हैं। वे बड़ी आसानी से दूसरों की समस्याएँ बता सकते हैं। जिन लोगों को वे जानते हैं, उनमें कौन-कौन से दुर्गुण हैं, उनका उन्हें पता होता

है। दूसरों के दुर्गुणों पर गौर करने में लोगों को आनंद मिलता है। वे सदा बुरी चीजों पर गौर करने में खुद को व्यस्त रखते हैं। निःसंदेह वे गौर तो करते हैं किंतु आम तौर पर ऐसी बातों पर गौर करते हैं, जिनकी उन्हें आवश्यकता नहीं है।

एक नन्हा बच्चा भी गौर करता है कि कैसे चलना है, कैसे बोलना है, कैसे नमन करना है, कैसे मुसकराना है, कैसे वस्तुएँ रखनी हैं इत्यादि। अंत में गौर करके ही वह सारी चीजें बिना किसी विद्यालय में गये आसानी से सीख लेता है। गौर करने का गणित समझें। एक आश्चर्यजनक तथ्य यह है कि साधारण मनुष्य अपने गौर करने की कुशलता का हजारवाँ हिस्सा ही उपयोग करता है, फिर भी वह सीखने में सक्षम होता है। इंसान जो चीज चाहता है, उसकी नकल करने में समर्थ होता है। क्या आपको खुद की निरीक्षण शक्ति आजमाने में दिलचस्पी है? अगर आपको लगता है कि वाकई खुद की निरीक्षण शक्ति आजमानी चाहिए तो यहाँ एक मिनट विराम लें और खुद से यहाँ दिये गये सवाल पूछें, जिनसे जल्द ही आपको खुद के निरीक्षण का ज्ञान होगा :

1) एक कागज लें और कई साल से इस्तेमाल होने वाली अपनी कलाई में बँधी घड़ी के बारे में लिखना शुरू करें। लिखने से पहले खुद की घड़ी न देखें। लिखते वक्त घड़ी के डायल का रंग, डायल के अंकों के रंग, छपाई की शैली, घड़ी में लगे हुए डायमंड्स की संख्या, घड़ी का निर्माता, डायल का बॉर्डर इत्यादि सभी बातें सविस्तार लिखें। खुद ही जाँच लें कि आप कितना सही-सही वर्णन कर सकते हैं। इससे आपको अपनी निरीक्षण शक्ति का अंदाजा आयेगा।

2) उस गली का निरीक्षण करें, जिससे आप लंबे अर्से से गुजरते आ रहे हैं। निरीक्षण करते वक्त मन में यही विचार रखें कि आपको गली की हर दुकान और अन्य चीजों पर ध्यान देना है। इस विचार से जब आप गली का निरीक्षण करेंगे तब आप गली में ऐसी अनेक चीजें पायेंगे, जिन्हें आपने कभी देखा भी नहीं था।

निरीक्षण सबसे बड़ा औजार है

मनुष्य जाति को उपहार के तौर पर निरीक्षण रूपी सबसे बड़ा औजार प्राप्त हुआ है, जो सदैव कार्यरत रहता है। आप इसे आसानी से निष्क्रिय नहीं कर सकते। यह बात ध्यान में रखते हुए निरीक्षण के औजार का सही ढंग से इस्तेमाल करें। निरीक्षण अपना काम करता है और परिणामों को स्मृति कोशिकाओं (मेमरी) में आपके इस्तेमाल के लिए दर्ज करता रहता है। जो कुछ आपकी स्मृति कोशिकाओं में आपके पास है, उसे इस्तेमाल करने के लिए आप बाध्य हैं। इस पहलू को नीचे दिये गये कुछ उदाहरणों द्वारा विस्तार से समझें :

आपके लिए प्रमाण :

1. जब आपका मित्र कोई गीत गाता है तब कुछ क्षणों के बाद अचानक आप भी वही गीत गाना शुरू करते हैं।

2. कॉलेज में जब आप किसी ऐसे मित्र के संपर्क में आते हैं, जो होंठ फैलाकर मुसकराता है तो उस आदत का बार-बार निरीक्षण करने पर, आप भी उसी तरह मुसकराने की वृत्ति अपने आपमें विकसित करते हैं।

3. यदि आप अपने प्रिय फिल्मी कलाकार के चलने के तरीके से प्रभावित हैं तो आप पायेंगे कि आपके अंदर भी उसी तरह से चलने का तरीका प्रकट हो रहा है। हकीकत में आपको उस तरह से चलने का तरीका सीखने की कोई आवश्यकता ही नहीं है।

4. आपके मित्र को चुटकुले सुनाने की आदत है तो कुछ समय बाद आप भी चुटकुले सुनाना शुरू कर देते हैं।

5. खाना खाते समय आपका मित्र चम्मच से आवाज करता है तो आप भी कुछ समय बाद उसी तरह से खाने का तरीका अपना लेते हैं।

6. आपका भाई स्नानघर में सीटी बजाता है इसलिए आप भी वैसा करना शुरू कर देते हैं।

7. आपके पिताजी चाय पीते समय विशेष प्रकार की आवाज निकालते हैं इसलिए आप भी वैसी ही आवाज निकालना शुरू कर देते हैं।

8. आपका मित्र गलत शब्द बोलने पर जीभ बाहर निकालता है तो आप भी वैसी आदत बना लेते हैं।

9. आपकी माँ बात करते समय अंगुलियाँ हिलाती हैं तो आप भी वैसी ही आदत बना लेते हैं।

10. आपके शिक्षक हर वाक्य के बाद 'समझे' शब्द का इस्तेमाल करते हैं। आप भी अपनी बातचीत की शैली में 'समझे' शब्द का इस्तेमाल करने लगते हैं।

निरीक्षण के काम करने का तरीका

इन उदाहरणों द्वारा समझें कि हर इंसान किस प्रकार अपनी आदतें विकसित करता है, किस प्रकार वह बहुत सारे गुण आयात करता है और किस तरह अपनी संस्कृति का विकास करता है। इसके लिए उसे ज्यादा परिश्रम करने की जरूरत नहीं पड़ती बल्कि अधिकांश चीजें कम से कम मेहनत से हो जाती हैं क्योंकि निरीक्षण का औजार काम करता है। निरीक्षण के औजार की खासियत यह हैं कि जिन आदतों का आप निरीक्षण करते हैं, वे आपमें आने की संभावना होती है, फिर चाहे वे आदतें आपको पसंद न भी आयें। निरीक्षण का औजार इसलिए महत्त्वपूर्ण है क्योंकि बेहोशी में किया गया निरीक्षण आपमें नकारात्मक आदतें लाने की पूरी संभावना रखता है। यही बात नीचे दिये गये कुछ उदाहरणों द्वारा समझें।

1. ऐसा मानें कि आपके मित्र को दाँतों से नाखून काटने की आदत है। आप उसे चेतावनी देते हैं कि यह बुरी आदत है मगर कुछ समय बाद आप पायेंगे कि अचेतन अवस्था में आप भी दाँतों से नाखून काटने लगे हैं।

2. एक बहू, सास का चिल्लाना नापसंद करती है मगर थोड़े समय बाद वह खुद अपने बच्चों पर सास की तरह चिल्लाती है।

3. वाद-विवाद में अपने मित्र का हाथों को आगे-पीछे हिलाना आपको पसंद नहीं हैं किंतु बहस के दौरान आप उसी शैली में हाथ आगे-पीछे हिलाने लगते हैं।

4. आपको चुस्की लेकर चाय पीना पसंद नहीं है मगर आप भी चुस्की लेकर (आवाज करके) चाय पीने लगते हैं क्योंकि आपके मित्र वैसा करते हैं।

5. बातचीत के दौरान यदि आप कंधे झटकाते हैं तो निश्चित ही यह आदत आपने अपने किसी नजदीकी दोस्त या घर के सदस्य से प्राप्त की है।

6. आप सिगरेट पीना नहीं चाहते हैं फिर भी सिगरेट पीते हैं, उसके पीछे भी ऐसा ही कारण है, जरूर आपने किसी का निरीक्षण किया होगा।

7. आपको खराब अक्षरों वाली लिखावट पसंद नहीं हैं किंतु किसी और की जल्दबाजी तथा खराब लिखावट पर निरीक्षण करने की वजह से आपकी भी जल्दबाजी में नोट्स लिखने की आदत बनती जाती है।

8. आप अपना होंठ मरोड़ना नहीं चाहते हैं लेकिन अपने दोस्त के वैसा करने की वजह से आप भी वैसा ही करते हैं।

9. कुछ लोगों को प्रत्येक वाक्य के बाद अपशब्द कहने या गाली देने की आदत होती है। ऐसे लोगों के संग में रहकर आपका क्या होगा, इसकी कल्पना करना भी आपको अच्छा नहीं लगेगा।

इन सभी आदतों में मुख्य हिस्सा निरीक्षण है। इन उदाहरणों द्वारा समझें कि आप वही करते हैं, जिसका आप निरीक्षण करते हैं। आप जैसा निरीक्षण करते हैं, वैसा ही बरताव करते हैं। निरीक्षण के आधार पर ही आप बातचीत करते हैं। निरीक्षण के औजार द्वारा आप बिना परिश्रम के कम समय में हर चीज सीख सकते हैं। इसलिए निरीक्षण करते समय सावधान रहें।'*जो आदतें आप खुद में लाना*

चाहते हैं, सिर्फ उन्हीं आदतों का निरीक्षण करें। जो आदतें आप खुद के लिए नहीं चाहते, उन पर गौर न करें।'

निरीक्षण का औजार आपके लिए आश्चर्यजनक परिणाम सामने ला सकता है। निरीक्षण के बारे में हमेशा से यह सलाह दी जाती है कि इस औजार का इस्तेमाल अपने फायदे के लिए करें, न कि नुकसान, अवगुण प्राप्त करने के लिए करें। इसकी बिलकुल परवाह न करें कि आपके दोस्त क्या सोचेंगे। अपनी संगति जरूरत के अनुसार बदलें क्योंकि उचित संगति में ही अपनी पसंद की आदतों का आप निरीक्षण कर पायेंगे। यदि आप व्यवसायी बनना चाहते हैं तो व्यवसायी लोगों की संगति में रहें, डॉक्टरों की संगति में नहीं। यदि आप संगीत तज्ञ बनना चाहते हैं तो खिलाड़ियों की संगति् में क्या कर रहे हैं? यदि आप शिक्षक बनना चाहते हैं तो शिक्षकों की संगति में रहें, जिससे आपको मदद मिलेगी। यदि आप विश्व स्तर के खिलाड़ी बनना चाहते हैं तो आपको राजनीतिज्ञों की संगति का कोई उपयोग नहीं है।

निरीक्षण के औजार के फायदों की जानकारी पाने के बाद अपनी संगति में अगर जरूरत पड़े तो जरूर बदलाव लायें। संभावना है कि नये दोस्त बनाते वक्त आपको कुछ दिक्कतों का सामना करना पड़े। यह भी हो सकता है कि नयी संगति की तरफ बढ़ते हुए, पुराने दोस्त आपको स्वार्थी कहेंगे। मगर आप इसकी चिंता न करें क्योंकि अगर आपको तैरना नहीं आयेगा तो आप दूसरों को तैरना कैसे सिखायेंगे? अगर आपके पास दौलत न हो तो आप गरीब मित्रों की सहायता कैसे कर पायेंगे? जब तक आप धनवान लोगों के ग्रुप में प्रवेश करके, उनके धनी बनने के योग्य तरीकों पर गौर नहीं करेंगे तब तक आपके लिए धन अर्जित करना संभव नहीं है। एक पुरानी कहावत कहती है, *'यदि आप गरीब लोगों की मदद करना चाहते हैं तो कम से कम खुद गरीब न बनें।'*

संगति बदलकर आप अन्य लोगों के लिए स्वयं उदाहरण बन जायेंगे। फिर आगे चलकर वे लोग ही निःस्संदेह आपकी तारीफ करेंगे। यदि आप एक लाजवाब

मिसाल बन जाते हैं तो वे लोग आपका अनुसरण करेंगे क्योंकि आप उनके मित्र रह चुके हैं इसलिए वे लोग भी आपकी तरह बनना चाहेंगे। पहले आपको अपना हित देखना है तभी आप समाज का फायदा कर सकते हैं। अतः आप तेज स्वार्थी बनें, अपना फायदा पहले देखें ताकि बाकी लोगों का भी फायदा कर सकें। पहले खुद तैरना सीखें, फिर डूबते हुए को बचायें। क्या यह आपको गलत लगता है?

अब आप एक बड़े मिशन पर हैं, खुद की उन्नित के लिए आप नयी संगति में प्रवेश कर रहे हैं। यहाँ आपको एक और माइलस्टोन - मील का पत्थर लाँघना है।

मान लीजिए, आप एक होशियार विद्यार्थी नहीं हैं, सामान्य विद्यार्थी हैं और आपको तेज विद्यार्थियों की संगति चाहिए। तेज विद्यार्थियों के संगति में रहने के बाद, तेज विद्यार्थियों और आपकी आदतों के स्तर में फर्क के कारण उनके साथ तालमेल बैठाने में आपको कठिनाई महसूस हो सकती है। तेज विद्यार्थी अपनी गतिविधियों के बारे में आपको बताता हैं कि पिछले दिन वह कुछ अध्याय पूरे कर चुका है, उसने अपने पूरे नोट्स बना लिए हैं और उसके शिक्षक ने उसकी प्रशंसा की है। उसके प्रत्युत्तर में आप वैसी बातें नहीं कह सकते क्योंकि आपने अपने अध्याय या नोट्स पूरे नहीं किये हैं। आप या तो टी.वी देखने में व्यस्त थे या दोस्तों से मिलने जाते थे। तेज विद्यार्थियों की बातें सुनकर आपमें हीन भावना आने की पूरी संभावना है मगर उनकी संगति न छोड़ें, उसी संगति में लगे रहें। जिससे धीरे-धीरे आपमें जागरूकता बढ़नी शुरू हो जायेगी कि 'मुझे भी अपने नोट्स पूरे करने हैं और अनुपयोगी चीजों में अपना समय बरबाद नहीं करना है।' इस तरह पूर्ण होश में आप यह सोचेंगे कि 'अपने मित्र के साथ अगले दिन मुझे किस उपलब्धि के बारे में विचार-विमर्श करना है।'

अगर आप तेज छात्र नहीं हैं तो आप जो बच्चे पढ़ाई में कमजोर हैं और निरर्थक क्षणों का आनंद लेते हैं, ऐसे मंद छात्रों की संगति में ज्यादा अच्छा व आरामदायक महसूस करेंगे। मंद छात्र और आप दोनों एक ही तरह की बातें करेंगे

इसलिए आपको उनकी कंपनी में अच्छा लगेगा। आप दोनों, पिछली रात देखी फिल्म के बारे में बातें करने में ज्यादा गर्व महसूस करेंगे कि 'फलाँ फिल्म कितनी अच्छी थी !' ऐसा भी हो सकता है कि ऐसे लोगों ने कोई अच्छा टी.वी सिरियल देखा हो और उसकी बातें वे आपस में करें। ऐसी संगति में किसी भी बच्चे में सुधार नहीं हो सकता। ऐसे बच्चों की संगति में सब लोग वैसी ही बातें करेंगे, जिनमें न जागरूकता है और न ही यह समझ है कि ये सब उनकी आवश्यकता नहीं है। अतः अपनी संगति परखकर ही निर्धारित करें। हमेशा यह कोशिश करें कि *जो लोग आपसे आगे हैं उनके साथ रहें।* इस साधारण परिवर्तन से आपमें सुधार होना शुरू हो जायेगा। इसे एक और उदाहरण द्वारा समझें।

एक औसत श्रेणी का छात्र परीक्षा में किसी तरह उत्तीर्ण हुआ करता था। किंतु ऊपर बताये गये सूत्र पर कार्य करके अंतिम परीक्षा में उसने 83% अंक प्राप्त किये। उसके आत्मिवश्वास में असाधारण विकास हुआ। उसने होटल मैनेजमेंट का कोर्स पूरा किया। आज सफलता पाना उसकी आदत बन गयी है। विदेश के एक प्रतिष्ठित होटल में उसकी नियुक्ति हुई। ऐसे सैकड़ों लोग हैं, जिन्होंने इस सूत्र का इस्तेमाल करके अपने जीवन में सफलता प्राप्त की है।

यदि *आप पहाड़ पर चढ़ रहे हैं तो इस बात की सावधानी रखें कि नीचे आने वालों से हाथ न मिलायें वरना आपके ऊपर चढ़ने की बजाय नीचे आने की संभावना बढ़ जाती है।* पहाड़ पर ऊपर चढ़ना कष्टदायक हैं किंतु नीचे उतरना आरामदेह है। इंसान का स्वभाव है कि वह सुगम कार्यों को ही करना चाहता है। आरामतलब लोगों से कठिन कार्यों को पूर्ण करने की अपेक्षा नहीं की जा सकती है।

संगति का प्रभाव

यदि आप ऑक्सीजन के साथ हाइड्रोजन मिलाते हैं तो आपको प्राणरक्षक दवा के रूप में बहुमूल्य पानी मिलता है। उसी हाइड्रोजन का संपर्क यदि क्लोरिन

के साथ होता है तो आपको हाइड्रोक्लोरिक ऐसिड मिलता है। हाइड्रोजन एक ही होता है मगर जब संगति बदल जाती है तब किस प्रकार उसका रूप बदल जाता है, यह इस उदाहरण से समझें। पानी से कई लोगों की जान बचायी जा सकती है तो हाइड्रोक्लोरिक ऐसिड से किसी को तकलीफ पहुँचायी जा सकती है। इस तरह हाइड्रोजन न्यूट्रल होता है मगर उसे जिसके साथ जोड़ दिया जाता है, उस तरह उसका व्यवहार होता है। हमारे समाज में आज अपराधी प्रवृत्ति के लोग क्यों हैं? क्या वे जन्मजात अपराधी थे? नहीं! उनका लालन-पालन वैसी संगति में हुआ है, जहाँ प्रतिदिन वे चोरी, डकैती, हत्या, ठगी, पाकिटमारी के बारे में सुनते आ रहे हैं और इस तरह वे धीरे-धीरे वैसी ही आदतें अपने आपमें अपना लेते हैं।

जब आप खुद अच्छे लोगों की संगति में प्रवेश पाना चाहेंगे तब कुछ कठिनाइयाँ और दिक्कतें आपके सामने आयेंगी क्योंकि उच्च श्रेणी के लोग निम्न श्रेणी के लोगों से मिलना नहीं चाहते हैं। एक धनी व्यक्ति अकसर किसी गरीब व्यक्ति से दोस्ती करना नहीं चाहता है। अकसर एक महाप्रबंधक (जनरल मैनेजर) किसी सुपरवाइजर के साथ आना-जाना पसंद नहीं करता है लेकिन जब आप सच्ची लगन से कोशिश करेंगे, अपने से श्रेष्ठ लोगों को महत्त्व देंगे, उनकी वास्तिवक प्रशंसा करेंगे तो यह अवरोध धीरे-धीरे कम होता जायेगा। महाविद्यालय में सत्र के प्रारंभ में वरिष्ठ और कनिष्ठ छात्रों में अंतर होता है लेकिन धीरे-धीरे वे दोस्त बन जाते हैं।

आप सज्जनों की संगति में रहना चाहते हैं क्योंकि आप उनके बरताव पर गौर करना चाहते हैं। आप निरीक्षण करना चाहते हैं कि वे अपने क्षेत्र में कैसे निपुण बन जाते हैं और आप उन पर गौर करने में समर्थ होते हैं। क्योंकि आप वास्तव में गौर करना चाहते हैं। इस कदम पर निरीक्षण का सिद्धांत समझें कि

'आप जिस पर गौर करना चाहते हैं, उसी पर गौर करते हैं'

यह सिद्धांत विस्तार से नीचे दिये गये उदाहरणों द्वारा समझें :

1. एक परिवार के सदस्य बाजार जाने के लिए बस स्टॉप पर बस का इंतजार कर रहे हैं। उस वक्त पिताजी भाड़े पर उपलब्ध दुकान का निरीक्षण करते हैं। माताजी शो केस में प्रदर्शित साड़ियों का निरीक्षण करती हैं। उनका बड़ा लड़का सिनेमा हॉल में प्रदिर्शत फिल्म के पोस्टर का निरीक्षण करता है तथा छोटा लड़का कबूतरों का निरीक्षण करना शुरू कर देता है और अफसोस करता है कि "कबूतर पकड़ने का पिंजरा मैंने साथ क्यों नहीं लाया? अपनी गुलेल क्यों नहीं लाया?' इस तरह लोग जो चाहते हैं, वे उन्हीं बातों का निरीक्षण करते हैं।

2. एक महिला टी.वी पर समाचार देख रही थी। इसी बीच उसके पति ने घर आकर जानना चाहा कि ताजा समाचार क्या है लेकिन वह समाचार बताने में असमर्थ थी क्योंकि वह समाचार वाचिका के बनाव, श्रृंगार, वेशभूषा, पोशाक पर गौर कर रही थी।

3. एक धनी व्यक्ति ज्यादा धनवान बनता जाता है क्योंकि वह प्रचुर मात्रा में धन का बहाव देखता है। वह कठिनाई से इस बात पर गौर नहीं करता बल्कि आदतन करता है और वह धनवान बनता जाता है। एक अन्य व्यक्ति हमेशा धन की कमी पर गौर करता है। वह तनख्वाह के दिन से ही सोचता है कि महीने के अंत में पैसों की कमी हो जायेगी इसलिए उसके जीवन में पैसे का अभाव चलता ही रहता है।

उदाहरण के लिए एक बंजारे की जीवनशैली समझें। वह सड़क के किनारे गली में रहता है। वहीं पर उसका जन्म होता है, वहीं पर वह काम करता है, वहीं पर वह खाना खाता है। वह अपनी शादी का जश्न भी सड़क के किनारे की गलियों में ही मनाता है और अंत में वहीं पर शरीर त्याग देता है। बंजारे बचपन से ही गली की जिंदगी, खुले आसमान के नीचे सड़क के किनारे रहने का निरीक्षण करते हैं, उनके मन में कभी खुद का घर बनाने का विचार ही नहीं आता है। उनकी इस तरह की जीवन शैली का यही एकमात्र कारण है।

ये सभी उदाहरण समझते हुए आपके मन में एक सवाल आ सकता है कि 'एक गरीब आदमी कैसे धनवान बन सकता है ? उसके पास बिलकुल पैसे नहीं हैं इसलिए वह प्रचुर मात्रा में धन का निरीक्षण नहीं कर सकता।' यह सवाल बिलकुल सही है लेकिन एक गरीब इंसान भी आनंद महसूस करके यदि अन्य व्यक्ति की कमाई हुई दौलत पर अपना वास्तिवक आनंद, अपनी खुशी व्यक्त करे तो वह धनवान बन सकता है। *दूसरों के पास दौलत है इसलिए उससे ईर्ष्या या जलन नहीं होनी चाहिए बल्कि उस इंसान के प्रति प्रशंसा की भावना होनी चाहिए, जिसने धन अर्जित किया है।* अपने विचारों की वृत्ति में परिवर्तन करके एक गरीब इंसान जब दौलतमंदों पर ईर्ष्या करना बंद कर देता है तब वह कुछ समय बाद निश्चित रूप से धन प्राप्त कर सकता है।

लोगों के निरीक्षण का तरीका

अब तक आपने निरीक्षण से संबंधित बातें जानीं। अब आपको निरीक्षण विशेषज्ञ बनना चाहिए। स्वयं का निरीक्षण कैसे करें, इसका प्रशिक्षण आपके लिए बहुत ही आवश्यक है। आपको अपने चारों तरफ की अच्छी वस्तुओं का निरीक्षण करने योग्य बनना चाहिए।

एक दिन कड़ी धूप में दो दोस्त नीम के पेड़ की छाया में बैठे थे। उस पेड़ की तरफ देखकर एक दोस्त ने कहा,'यह पेड़ एकदम फालतू है। इस पर कोई फल नहीं लगता है।' दूसरे दोस्त ने उसकी बात पर सहमति जताते हुए कहा, 'यह बिलकुल सच है, इस पर फूल भी नहीं लगते हैं।' उसी पेड़ की छाँव में बैठा हुआ एक अन्य राही उन दोस्तों की बातें सुन रहा था। उसने उन लोगों से कहा, 'मुझे आपके निरीक्षण का तरीका बिलकुल अच्छा नहीं लगा। जिस पेड़ की छाया में आप बैठे हैं, उसकी ठंढी छाया का निरीक्षण करने की बजाय आप इस पेड़ से क्या नहीं मिलता है, इस बात का निरीक्षण करने में व्यस्त हैं। इस पेड़ से क्या नहीं मिलता, यह देखने की बजाय यह देखें कि इस पेड़ से आपको क्या मिल रहा है।'

उस राही का निरीक्षण बिलकुल सही था। सकारात्मक बातों का निरीक्षण करने से ही आपके अंदर सकारात्मक दृष्टिकोण से देखने का गुण बढ़ेगा।

इस उदाहरण से समझें कि नकारात्मक सोचने वाले लोग केवल नकारात्मक बातों का ही निरीक्षण करते हैं। वे अपने चारों तरफ फैली सकारात्मक वस्तुओं का निरीक्षण नहीं कर पाते। इसलिए खुद को आस-पास की सकारात्मक वस्तुओं पर निरीक्षण करने का प्रशिक्षण दें, जिससे आपकी निरीक्षण शक्ति बेहतर बनेगी।

एक इंसान अत्यंत निकृष्ट या बेकार वस्तुओं में भी कुछ अच्छी बातों का निरीक्षण करता था। उसके कुछ आलोचकों ने उसे एक गंदा, बीमार-सा कुत्ता दिखाया और उससे सवाल किया कि उस कुत्ते में क्या अच्छाई है, वह दिखायें। उस इंसान ने उस कुत्ते का अच्छी तरह से निरीक्षण किया और जवाब दिया, 'इस कुत्ते के दाँत कैसे चमकीले हैं!'

एक बड़ी सफेद चादर पर यदि एक काला धब्बा हो तो हम सिर्फ काला धब्बा ही देखते हैं, पूरी चमकीली सफेद चादर देखते ही नहीं। इसलिए खुद को सर्व प्रथम चादर की सफेदी पर गौर करने का प्रशिक्षण देना चाहिए।

एक इंसान बंद घड़ी को देखकर उसमें भी सकारात्मक पहलू को नजर अंदाज नहीं करता। वह कहता है, 'यह घड़ी दिन में कम से कम दो बार तो सही समय दिखाती है।'

आप भी निरीक्षण विशेषज्ञ बन सकते हैं। उसके लिए आपको बहुत सारी बातें करने की जरूरत नहीं है। आपको सिर्फ अपनी दृष्टि, अपनी विचार शैली, विवेक बुद्धि की एंटीना की दिशा बदलनी है। उसके बाद आपको सहजता से अच्छे गुणों का योगदानप्राप्त होने लगेगा। पहले जादुई कदम में निरीक्षण की कला से आप अपना फायदा गुणवान बनकर करते हैं तो दूसरे कदम में आप दूसरों का फायदा दिल से करना सीखते हैं।

DAY 21

हमें यह नहीं देखना हैं कि
सामने वाला कैसे गलत है,
हमें यह देखना है कि
सामने वाला कैसे सही है।

अध्याय 21 : दूसरा जादुई कदम

2

दूसरों की प्रशंसा करने में कंजूसी न करें

लोगों की गुणवत्ता कैसे बढ़ायें

इस अध्याय में आपको समझना है कि दूसरों को लाभान्वित कैसे करें। दूसरों को देने से न डरें, इसमें आपका कुछ भी खर्च नहीं होने वाला है। दूसरों को आपको क्या देना है? आपको हृदय और विश्वास से दूसरों की प्रशंसा करनी है, दूसरों को प्रशंसा देनी है। आपको लगेगा कि हमें किसी को प्रशंसा देने की जरूरत नहीं है मगर इस अध्याय में आपको यही बात पता चलने वाली है कि प्रशंसा जैसी छोटी बात से भी आपके रिश्तों में कितना बड़ा परिवर्तन आ सकता है। अब तक आपने अपने रिश्तेदारों, दोस्तों और सहकर्मियों की संगति में उनके अनेक अच्छे गुणों का निरीक्षण किया है और वे अच्छे गुण खुद में उतारे भी हैं। जिन लोगों से आपने ये अच्छी बातें सीखी हैं, उनके साथ संवाद करना आपके लिए लाजिमी है, आवश्यक है।

मान लें कि आपने पढ़ाई खतम करके कोई व्यवसाय शुरू किया है। वह व्यवसाय आपके लिए नया काम है, जिसके तरीके और साधनों की आपको

जानकारी नहीं है। निरीक्षण के नियम के मुताबिक आपको प्रस्थापित *(established)* तथा अनुभवी व्यवसायिक लोगों का निरीक्षण करना है। आप अच्छे व्यवसायिकों से अपने संबंध विकसित करते हैं। जिससे आपको उनके काम करने के तरीकों को अंदर से जानने और ग्राहकों के प्रति उनके व्यवहार को समझने की पूरी आज़ादी मिलती है। प्रत्येक अनुभवी व्यवसायी आपका गुरु (शिक्षक) है, जिससे आप उस व्यवसाय के गुर, उसकी चतुरता सीखते हैं। धीरे-धीरे आपको उस व्यवसाय के तंत्र की बारीकियों से जानकारी मिलती है और आप व्यवसाय में महारत हासिल करते हैं।

अब ऐसा मानें कि आप उनके पास जाकर उन्हें धन्यवाद देते हुए कहते हैं कि आप उनके व्यवसाय के तरीके पसंद करते हैं। आप उनके व्यवसाय की शैली से इतने प्रभावित हुए हैं कि आपने वैसी ही शैली अपने व्यवसाय के लिए अपनायी है। आगे आप उनसे कहते हैं कि 'आप बड़े अच्छे और रचनात्मक व्यवसायिक हैं।' यदि इस तरह आप उनकी सच्ची प्रशंसा करेंगे तो निश्चित ही वे व्यवसायिक खुश होंगे और शर्तिया अपने व्यवसाय में अधिक सुधार करेंगे। इस तरह प्रशंसा करके आप उनकी कार्यकुशलता में वृद्धि कर सकते हैं। आपको जानकर आश्चर्य होगा कि ऐसा करने से आप उनके समीपवर्ती लोगों में सहजता से प्रवेश पा जायेंगे। इसके अलावा कुछ अन्य बातें, जो वे व्यवसायिक जानते हैं, आपको सिखाने के लिए वे फिर से बुलायेंगे।

इस प्रकार आप दूसरों की कार्यकुशलता में सुधार ला सकते हैं। जैसे किसी इंसान की अच्छी लिखावट की प्रशंसा करके आप उसकी लिखावट की गुणवत्ता में वृद्धि कर सकते हैं।

इस बात की गहराई और एक उदाहरण द्वारा समझें। एक कॉलेज के प्राध्यापक अपने विद्यार्थियों में बहुत लोकप्रिय थे। एक बार उनके व्याख्यान के बारे में एक छात्र ने कहा, 'आपके चुटकुले आपके व्याख्यान को अधिक प्रभावशाली

और मनोरंजक बना देते हैं। यह गुण बहुत कम लोगों में होता है। मैं यह बात खास तौर पर बताना चाहूँगा कि मैंने बहुत सारे भाषणकर्ताओं के भाषण सुने हैं, उनमें से कई लोग अपने भाषण में चुटकुले भी सुनाते हैं मगर जो बात आप में है, वह बात और किसी में नहीं है। विषय के साथ सामंजस्य रखते हुए चुटकुले सुनाना यह एक विशेष तरीके का गुण है। यह गुण आपमें अत्यिधक मात्रा में है।' खुद की इस विशेषता का तब तक उस प्राध्यापक को ज्ञान नहीं था। उसके बाद उन्होंने सचेत होकर चुटकुलों का इस्तेमाल करना शुरू किया और पाया कि उनके व्याख्यान देने का तरीका एकदम बदल गया, जिसका उनके छात्रों ने बढ़-चढ़कर स्वागत किया। इसके साथ-साथ उस प्राध्यापक ने कॉलेज में एक नाट्य का मंचन करवाया, जो संपूर्ण रूप से चुटकुलों पर आधारित था यानी संपूर्ण नाटक चुटकुलों में ही व्यक्त किया गया था। यह पूर्णरूप से मौलिक तथा कठिन कार्य था किंतु उन्होंने यह संभव करके दिखाया, जिसे सर्वोत्तम घोषित करके प्रथम पुरस्कार दिया गया।

आपके चारों तरफ भी अनेक लोग किसी न किसी गुण से संपन्न हैं। किसी की लिखावट सुंदर है, कोई अच्छा खिलाड़ी है, कोई अच्छा संगीतकार है। कुछ लोग सामाजिक कामों के विशेषज्ञ हैं। आपको उनके अच्छे गुणों की सराहना करनी है, प्रशंसा करनी है। ऐसा करने से लोगों के प्रति आप अपना नजरिया बदल देते हैं और सकारात्मक चीजों पर ही गौर करने लगते हैं। जिससे निःसंदेह अच्छे गुणों की खोज में, आपके गौर करने की कुशलता में भी वृद्धि होगी। इसलिए जब भी आप किसी इंसान के संपर्क में आयें तो यह सोचें कि 'मैं इस इंसान को पसंद करता हूँ, जिसका कारण है........ (इसकी मुसकराहट, इसका साफ-सुथरापन, स्मार्टनेस, अच्छा बरताव, अच्छी पोशाक, स्पष्टवादिता इत्यादि)।' इस तरह की सोच आपकी निरीक्षण शक्ति बढ़ायेगी।

जब आप किसी अन्य इंसान के साथ बातचीत के दौरान उसे बताते हैं कि आप इन विशेष गुणों की वजह से उसे पसंद करते हैं तो आप यह दर्शाते हैं कि

आपको उस इंसान में रुचि है। निश्चित रूप से वह भी आप में रुचि लेगा और आपके लोकव्यवहार (जनसंपर्क) में वृद्धि होगी। इस तरह सिर्फ एक छोटी-सी आंतरिक प्रशंसा से आप उस इंसान की गुणवत्ता में वृद्धि करते हैं और ठोस जनसंपर्क विकसित करते हैं। प्रशंसा का यह औजार एक जादुई औजार हैं किंतु सर्वसाधारण लोग इस औजार का बहुत ही कंजूसी से इस्तेमाल करते हैं। वे लोग ऐसा सोचते हैं कि दूसरों की गुणवत्ता पर प्रकाश डालकर वे अपना महत्त्व कम कर रहे हैं। इसके विपरीत वे हमेशा दूसरों की गलतियाँ ढूँढने में लगे रहते हैं। बिना किसी झिझक के वे गलतियों का विस्तार पूर्वक वर्णन करके वादविवाद का मंच तैयार करते हैं, जिससे वे रिश्ते बिगाड़ देते हैं।

लोकव्यवहार का महत्त्व जानने वाले सुनहरे नियम का महत्त्व जानते हैं। जब आप सुनहरे नियम का पालन करेंगे तब आपके हर रिश्ते में चमत्कारिक ढंग से सुधार होने लगेगा। यह सुनहरा नियम कहता है,'*लोगों के साथ ऐसा व्यवहार करें, जैसा आप चाहते हैं, लोग आपसे, जो आप हैं,व्यवहार करें।*' दूसरों के द्वारा किया गया जो व्यवहार आपको तकलीफ दे सकता है, वैसा व्यवहार दूसरों के साथ न करें। हर धर्म, हर मजहब, हर संत, हर महापुरुष का यह पहला संदेश है।

इसलिए दूसरों की प्रशंसा करने में कभी भी कंजूसी न करें। जब भी मौका मिले, यदि सामने वाला प्रशंसा का अधिकारी है तो बिना चूके उसकी प्रशंसा करें, न कि हमेशा केवल उसकी गलतियों पर प्रकाश डालें। दूसरों को 'क्रिटीगाइड (मार्गदर्शन)' करने की कला सीखें। किसी दिन आपके खाने में नमक कम है या चाय में शक्कर ज्यादा है तो क्या फर्क पड़ता है, यदि आप सामने वाले को वह गलती तुरंत नहीं बताते। क्योंकि आपकी पत्नी या माँ भी वही खाना खाने वाली है या वही चाय पीने वाली है, जो आपको मिली है। यदि आपको खाने के बारे में कुछ कहना ही है तो पहले खाने के कुछ अच्छे पहलुओं की प्रशंसा करें और फिर आने वाले दिनों में खाने में होने वाले सुधार देखें। यह 'कुछ नहीं कहने' का एक

तरीका है, जो खुद सब कुछ कह देता है। इसलिए दूसरों से कहे गये शब्दों पर हमेशा ध्यान दें। दूसरों से कहे गये अपशब्द या प्रशंसा के शब्द उनकी याददाश्त में हमेशा रहते हैं, जो आपको एक अच्छा इंसान या बुरा इंसान होने की बात के सबूत बन जाते हैं।

यदि आप समझते हैं कि दूसरों की आलोचना करके आप उन्हें सुधार सकते हैं तो आप गलत समझ रहे हैं। आलोचना के औजार से कोई सुधरता नहीं है बल्कि ऐसा भी हो सकता है कि वह और बिगड़ता चला जाय। साधारणतः हम हमेशा दूसरों की गलतियों की तरफ ही इशारा करते रहते हैं, दूसरों के दोष ही बताते रहते हैं। ऐसा करके हम उनकी आदतें सुधारने की बजाय खराब करते हैं। हम दूसरों को बदनसीबी की तरफ ले जाते हैं और अपने लिए सबसे खराब काम करते हैं। ऐसा कभी न सोचें कि आलोचना से ही सुधार होता है। आलोचना से सुधार होता भी है तो वह आगे नरक ही तैयार करता है। जैसे :

* आप जानते हैं कि हिटलर को बचपन से ही हमेशा आलोचनाएँ प्राप्त हुई थीं। वही हिटलर बड़ा होकर विश्व को सिर्फ विध्वंस ही दे पाया। बचपन से उसे जो मिला था, वही वह विश्व को दे पाया।
* जिस बहू को सास से सिर्फ गालियाँ ही मिलती हैं, वह सास बनने के बाद अपनी बहू को भी गालियाँ ही देती है।
* जिस छात्र को उसके शिक्षक ने छड़ी मारकर पढ़ाया है, वह यदि शिक्षक बन जाय तो वह भी अपने छात्रों के साथ वैसा ही व्यवहार करेगा, जैसा उसके साथ किया गया था।
* जो बच्चा अपने सख्त पिता की कड़ी देखरेख में बड़ा होता है, वह पिता बनकर अपने बच्चों को भी वही सज़ा देता है।

इसलिए अब आपको आलोचना का यह चक्र रोकना होगा, जो इंसान की जिंदगी में खो-खो के खेल की तरह चलता ही आ रहा है।

जैसे एक बार एक कंपनी के मैनेजर को रास्ते में कुत्ते ने काट लिया, जिसकी वजह से उसे कार्यालय पहुँचने में देर हो गयी। कार्यालय पहुँचने के बाद उसके बॉस ने मैनेजर को बुलाकर देर से कार्यालय में आने के लिए डाँटा। बॉस के गुस्सा करने पर मैनेजर ने वही गुस्सा अपने से छोटे कर्मचारी पर निकाला। छोटे कर्मचारी ने अपने सहायक को डाँटा, सहायक ने क्लर्क को डाँटा, क्लर्क ने स्टेनो को गलत टाइप करने के कारण डाँटा, स्टेनो ने चपरासी को कागज गलत जगह पर फाइल करने के लिए डाँटा। घर आने पर चपरासी की बीबी ने उसे कुछ सामान लाने के लिए कहा तो चपरासी ने अपनी बीबी को डाँटा। बीबी ने अपने बेटे को चॉकलेट माँगने पर, डाँटकर अपना गुस्सा दूर किया और लड़के ने डाँट खाकर गुस्से में बाहर आकर गली में घूमते हुए उसी कुत्ते को पत्थर उठाकर मारा, जिसने कंपनी के मैनेजर को रास्ते में काटा था। अब कुत्ता फिर से गुस्से में आकर अपना तनाव दूर करने के लिए किसी अजनबी की तलाश में लगा। इस तरह गुस्से का यह चक्र हमेशा घूमता ही रहता है। उसका कोई अंत ही नहीं होता।

इस दुनिया में सभी अपने आपको महत्त्वपूर्ण व्यक्ति मानते हैं और आलोचना की उम्मीदं नहीं करते हैं बल्कि हमेशा प्रशंसा का स्वागत करते हैं। यदि आप शांति पूर्वक जीवन जीना चाहते हैं तो दूसरों की सच्ची प्रशंसा करें और दूसरों से अच्छे गुण प्राप्त करें।

आपके चारों तरफ, आपके परिवार में, रिश्तेदारों में अनेक गुणों से भरपूर लोग हैं। अगर आपको किसी की बात अच्छी लगी तो उसे जरूर बतायें। किसी की आवाज अच्छी है; कोई अच्छा खिलाड़ी है; कोई भजन अच्छे लिखता है, कोई अच्छा नृत्य करता है। किसी की लिखाई अच्छी है तो कोई समय पर हर काम पूरा करता है। किसी की जबान मीठी है, कोई दानी है तो कोई हँसमुख है। कोई खाना अच्छा बनाता है तो कोई बाजा अच्छा बजाता है। आपको उनके गुणों की प्रशंसा करनी चाहिए। आपकी नजर सकारात्मक बातों पर हो। जिस इंसान के गुण आपको अच्छे लगते हैं, उस इंसान को जाकर बतायें कि 'मैं तुम्हारे इन गुणों

को पसंद करता हूँ।' आपके द्वारा की गयी प्रशंसा सुनकर सामने वाले को भी अच्छा लगेगा। दुनिया में हर इंसान चाहता है कि उसे कोई अच्छा कहे इसलिए वह अच्छे काम भी करता है, अतः उसकी प्रशंसा जरूर की जाय।

एक बार एक वक्ता किसी कंपनी में व्याख्यान देने के लिए गया था। अंदर जाते समय उसने बाहर का बोर्ड देखा, उस पर सुंदर लिखावट में कुछ लिखा था। वाकई में जिसने भी लिखा था उसकी लिखावट सुंदर थी। बोर्ड पढ़कर वक्ता अंदर गया। उसे बाद में पता चला कि वह बोर्ड उस कंपनी के वॉचमैन ने लिखा है। वक्ता ने वॉचमैन से कहा, 'आपकी लिखावट बहुत सुंदर है, आपने बहुत अच्छा लिखा है,वाकई में मुझे बहुत अच्छा लगा।' व्याख्याता ने एक फूलों का गुलदस्ता उसके हाथ में थमा दिया। एक वॉचमैन को इतना आदर-सम्मान मिला। उसके इस गुण की कदर तो आज तक किसी ने भी नहीं की थी। वॉचमैन इतना खुश हुआ कि रातभर वह सो नहीं पाया। जीवन में पहली बार किसी ने उसे इतना आदर-प्रेम दिया था। यहाँ पर समझें कि व्याख्याता ने यह नहीं देखा कि वह कौन है... क्या करता है... किस ओहदे पर है!

इस उदाहरण से समझें कि उस व्याख्याता ने यह नहीं सोचा कि मैं तो इतना बड़ा हूँ, मैं कैसे इसे आदर दूँ? मैं कैसे इससे कहूँ कि तुम्हारी लिखावट सुंदर है? बल्कि व्याख्याता ने उस वॉचमैन के गुण देखे, जिस कारण उसकी सराहना की। वॉचमैन भी पहली बार अपने अच्छे गुणों की तारीफ सुनकर खुशी से फूलाँ न समाया। वह आगे भी प्रेम से अच्छी लिखावट में लिखता रहा। इस तरह आप भी दूसरों के गुणों की प्रशंसा करना सीखें।

दूसरों की प्रशंसा के साथ-साथ लोगों को माफ करने की कला भी सीखें। जो स्वयं को माफ कर सकता है, वह दूसरों को भी माफ कर सकता है। दूसरों की गलतियों पर हँसना तो आसान है पर आज से हम दूसरों को माफ करना भी सीखें। अगर आपने सामने वाले को दिल से माफ किया तो न वह कुढ़ेगा और न आप। अन्यथा जिससे आपको तकलीफ होती है, उसके बारे में सोच-सोचकर

आप अंदर ही अंदर कुढ़ते रहते हैं कि 'इसने मेरे साथ ऐसा क्यों किया ? क्या उसे यह शोभा देता है ?' आपके अंदर दिन भर वे ही विचार चलते रहते हैं इसलिए उसे माफ करें। उसने जो कुछ भी किया वह उसकी समझ के अनुसार किया। आपकी समझ क्या है ? आप तो उससे ऊपर उठे हैं। आपकी चेतना का स्तर उच्च है, अतः आप उसे माफ करें। माफ करने से आपको भी राहत मिलती है और सामने वाले को भी।

क्रिटीगाईड करना सीखें

एक इंसान अगर कुछ गलत काम कर रहा है तो उसे उसकी गलती बतानी जरूरी है, अन्यथा वह अपनी गलती कैसे सुधार सकता है ? इसके लिए आप उसे क्रिटीगाइड करें। क्रिटीगाइड - *'रास्ता दिखाते हुए आलोचना करने का वह तरीका है, जिसके द्वारा आप लोगों को बता सकते हैं कि वे क्या गलती कर रहे हैं।'* जैसे आपकी स्टेनो ने टाइपिंग में कुछ गलतियाँ की हों तो उसकी आलोचना करने की बजाय आप उससे यह कह सकते हैं कि 'उसने अच्छा काम किया हैं किंतु कुछ मामूली गलतियाँ हो गयी हैं, जिन्हें सुधारा जा सकता है।' इस तरह आपने उसके काम की तारीफ की और उसकी गलती पर प्रकाश भी डाला।

यही बात एक और उदाहरण द्वारा समझें। आपने खुद के सहायक को जो काम दिया है, यदि वह उसने ठीक से नहीं किया है तो आप उससे कहें, 'चिंता मत करो, तुम एक कार्यकुशल व्यक्ति हो, तुम यह काम अच्छी तरह से पूर्ण करोगे। शुरुआत के दिनों में मुझे भी इस तरह की दिक्कतों का सामना करना पड़ा था। मैं तुम्हारे साथ हूँ और मुझे उम्मीद है कि तुम इसे आसानी से कर सकोगे।' इन शब्दों का प्रभाव किस तरह पड़ता है, इसका जरूर अनुभव करें। आलोचना करने से दूर रहें, प्रशंसा करने की आदत डालें।

आलोचना करना खुजली करने के बराबर है, जो खुजलाने से बढ़ती ही जाती है। जब हम कोई हलका जखम खुजलाते हैं तो हमें बहुत राहत और आनंद प्राप्त होता है मगर उससे जखम बढ़ता ही जाता है।

जैसे एक शरारती व्यक्ति आलोचना करता रहता है और कहता है, 'तुम्हें यह भी मालूम नहीं कि कैसे लिखते हैं, तुम्हारे खाने का तरीका अच्छा नहीं है, तुम्हारे बैठने का ढंग बड़ा बेतुका है' इत्यादि। इस प्रकार अपनी खुजलाने (आलोचना करने) की आदत में बढ़ोतरी उसके जीवन का अंग बनती है। ऐसा इंसान धीरे-धीरे अपना जीवन तो बरबाद करता ही है साथ-ही-साथ दूसरों का जीवन भी नरक बनाता है। जीवन के अंत तक उसे महसूस ही नहीं होता कि उसने क्या गलती की है। आलोचना करके एक इंसान बिना कुछ किये अपने आपको बहुत बड़ा मानने लगता है। यह बड़प्पन का काल्पिनक खयाल है, जिससे कुछ भी हासिल होने वाला नहीं है। यदि कोई केले के छिलके पर फिसलकर गिर जाता है तो लोग हँसना शुरू कर देते हैं। उन्हें लगता है कि वे उस व्यक्ति से ज्यादा समझदार हैं इसलिए वे आनंदित होते हैं। बिना कुछ किये ही लोग खुद को बड़ा मानने लगते हैं और जो व्यक्ति गिरता है, उसे तुच्छ मानने लगते हैं। हकीकत में हम उस व्यक्ति से ज्यादा समझदार हैं, यह उसके गिरने से बिलकुल साबित नहीं होता। इसलिए कम से कम इस प्रकार का जहर बनाना बंद करें क्योंकि सारा जहान पहले से ही इस काम (आलोचना) में चौबीसों घंटे लगा हुआ है। बिना कुछ अतिरिक्त प्रयास के सिर्फ आलोचना करके हम दूसरों से खुद को बड़ा महसूस करने लगते हैं। दूसरों की गलतियों पर हम हँसते हैं और बड़प्पन महसूस करते हैं। कम से कम इस चक्कर से तो आप तुरंत मुक्ति पायें।

यह बात एक कहानी द्वारा समझें। एक दिन एक राजा अपने गुलाम के साथ शिकार के लिए जंगल गया। पूरा दिन गुजर जाने के बाद भी उन्हें कोई शिकार नहीं मिला। शाम तक वे सिर्फ एक जंगली सेब ही पा सके। राजा ने उसके दो टुकड़े करके आधा सेब गुलाम को दे दिया, जिसे गुलाम ने झटपट खाकर राजा से थोड़ा और सेब माँगा। राजा ने अपने टुकड़े का आधा हिस्सा गुलाम को दिया, उसे भी वह जल्दी से खा गया मगर इसके पहले कि वह और सेब माँगे राजा ने अपने टुकड़े पर दाँत लगाया और यह कहते हुए कि 'खट्टा है' तुरंत थूक दिया।

गुलाम की ओर मुखातिब होकर राजा ने पूछा 'तुम खट्टे सेब कैसे खा रहे हो?' गुलाम ने जवाब दिया, 'जहाँ पनाह! इतने वर्षों से मैं आपके हाथों से सर्वोत्तम फल और सर्वोत्तम भोजन पाता रहा हूँ। यदि एक दिन मुझे खट्टा सेब मिला तो क्या मुझे इस छोटी सी बात की शिकायत करनी चाहिए!'

इस उदाहरण से हमें सबक मिलता हैं कि जिन लोगों ने हमारा सदा ही भला किया है, यदि कभी उनसे कोई गलती हो भी जाय तो क्या हमें उनसे अपने सारे संबंध तोड़ लेने चाहिए? नहीं! क्या आप खुलकर अपने साथ हुई बुराई का सारा दोष उन्हें ही देंगे? नहीं! आप वे कड़वे क्षण भी लंबे समय के फलदायक संबंधों की सुरक्षा और अच्छाई का ध्यान रखकर बरदाश्त कर सकते हैं। उन्हें माफ करके प्रेम दे सकते हैं। आपके इस प्रतिसाद से आप अपने रिश्तों में सुधार लाने के लिए एक अच्छी मिसाल कायम कर सकेंगे।

खुद के आलोचकों का स्वागत करें

आपको आलोचना के दूसरे पहलू पर भी ध्यान देने की जरूरत है। आप जागरूक हैं, आपको अच्छी तरह से मालूम हो गया है इसलिए आप दूसरों की आलोचना नहीं करेंगे। साथ-ही-साथ यह बात भी याद रखें कि यदि आपको कोई आलोचक मिलता है, जो आपकी गलतियाँ गिनाना शुरू कर दे तो आप उससे बहस न करें बल्कि उसे ध्यान पूर्वक और धीरज के साथ सुनें क्योंकि आपकी गलतियाँ बताकर वह आपको कुशल बनने में मदद कर रहा है।

जैसे एक कलाकार ने तसवीर बनाकर अपने एक कलाकार मित्र को दिखायी। उसका मित्र उससे ईर्ष्या करता था इसलिए उसने उस तसवीर में अनेक गलतियाँ निकालीं लेकिन वह कलाकार अपने मित्र द्वारा निकाली गयी गलतियों की वजह से हतोत्साहित नहीं हुआ। उसने मित्र द्वारा सुझायी गयी गलतियाँ सुधारीं और फिर से वह तसवीर, उसी मित्र कलाकार को दिखायी। उसने उस तसवीर में फिर कुछ गलतियाँ बतायीं और कलाकार ने फिर वे गलतियाँ ठीक कीं। अपने

मित्र की गलतियाँ बताने पर वह कलाकार बिलकुल नाराज नहीं हुआ क्योंकि उसकी कुशलता में सुधार होता जा रहा था। इस प्रकार कुछ ही वर्षों में वह विश्व विख्यात कलाकार बन गया किंतु उसका मित्र कलाकार जहाँ का तहाँ ही रह गया। यदि उसने दूसरों की गलतियों के साथ-साथ अपनी भी गलतियाँ दुरूस्त की होतीं तो निश्चित उसमें भी सुधार हो गया होता। अब वह पश्चात्ताप करके सोच रहा है कि 'काश ! गलतियाँ निकालने की मेहनत मैंने अपने साथ की होती तो आज मैं जग प्रिसद्ध हुआ होता।'

यदि आप अपनी आलोचना सुनते हैं और आलोचकों का स्वागत करते हैं तो आप अपनी खुद की सहायता करते हैं। आलोचना आपके फायदे के लिए है। आप आलोचक (फीड बैक) मुफ्त में प्राप्त कर रहे हैं इसलिए उनका सही उपयोग करके पूरा-पूरा फायदा उठायें।

किसी भी इंसान की आलोचना करने से पहले नीचे दिये गये कुछ सवालों पर जरूर मनन करें। उसके बाद ही उस इंसान को क्रिटीगाइड करने की जरूरत है या नहीं, यह तय करें।

1) क्या आलोचना करना जरूरी है ?

मान लें कि कोई कहता है पृथ्वी से चंद्रमा की दूरी 4,00,000 किलोमीटर है और आपको सही उत्तर मालूम हैं कि वह दूरी 4,02,336 किलोमीटर है। ऐसे समय पर आप उस व्यक्ति से बहस किये बिना उसकी बात मान लें कि वह दूरी 83 लाख किलोमीटर ही है क्योंकि इससे कुछ भी फर्क नहीं पड़ेगा, न आपको और न चाँद को। मगर यदि बहस शुरू हुई तो वह बढ़कर संभावना है कि आप दोनों में एक दूसरे के प्रति नफरत पैदा हो जाय।

इसी उदाहरण के विरुद्ध एक और उदाहरण समझें। एक भरे रिवाल्वर से खेलते हुए इंसान पर आपका चिल्लाना बिलकुल जायज और जरूरी है। क्योंकि वह मानकर बैठा है कि रिवाल्वर खाली है, जब कि वह भरी हुई है। ऐसी घटना

में समय गँवाना या सोचना बिलकुल उचित नहीं है कि रिवाल्वर में गोलियाँ हैं या नहीं हैं। अगर आप उस वक्त सामने वाले पर चिल्लाये नहीं तो हो सकता है कि वह इंसान खुद को या दूसरों को नुकसान पहुँचाये।

2) आलोचना करने से पहले अच्छी तरह से यह निश्चित कर लें कि 'क्या मैं सही हूँ?'

एक फिल्म में हास्य कलाकार महमूद को काले रंग के चरित्र में प्रस्तुत किया गया था। अन्य फिल्म के कलाकार उसके काले रंग की शिकायत करके खुद को श्रेष्ठ समझते थे। महमूद ने 'हम काले हैं तो क्या हुआ, दिलवाले हैं', यह सार्थक गाना उस फिल्म में गाकर शिकायत करने वालों का मुँह बंद कर दिया था। गोरे लोग ज्यादा श्रेष्ठ हैं या काले लोग श्रेष्ठ हैं, यह देखने वाले की दृष्टि पर निर्भर करता है। काले रंग की महिमा इस तरह उजागर की जा सकती है कि 'गोरे लोगों की गोरी चमड़ी पर काला तिल उनकी सुंदरता बढ़ा देता है, जब कि काले लोगों पर एक छोटा सा सफेद दाग भी हो तो वह रोग कहलाता है।'

इस दृष्टिकोण से आपकी आलोचना काले लोगों के प्रति गलत है। आलोचना करने से पहले यह देख लेना जरूरी है कि क्या मैं हर दृष्टिकोण से सही कह रहा हूँ।

3) क्या बिना कुछ बोले आप किसी को क्रिटीगाइड कर सकते हैं? क्या बिना कुछ बोले सब कुछ बता देना संभव है? अगर है तो कैसे?

एक माँ अपने बच्चे का रिपोर्ट कार्ड देख रही थी और उसकी एक सहेली उसके साथ बैठी थी। माँ ने बेटे का रिपोर्ट कार्ड देखकर कहा, 'बेटा, तुम्हें हिंदी में 55% गुण मिले हैं, अच्छे हैं। अंग्रेजी में 60% भी अच्छे हैं। गणित में 80% बहुत अच्छे हैं। विज्ञान में 65% अच्छे हैं। इतिहास में 60% और नैतिक विज्ञान में 72% भी अच्छे हैं।' उस बच्चे को भूगोल में 35% ही गुण मिले थे किंतु माँ

ने उसके लिए कुछ कहे बिना ही रिपोर्ट कार्ड पर अपने हस्ताक्षर कर दिये। बच्चा रिपोर्ट कार्ड लेकर चला गया। तब उस महिला की सहेली ने उससे पूछा, 'जिन विषयों में बच्चे ने अच्छे गुण प्राप्त कये, उनके बारे में तो तुमने अच्छा या बहुत अच्छा कहा किंतु भूगोल में बच्चा कम गुण लाया है, फिर भी उसके लिए तुमने कुछ नहीं कहा।' इस पर उस महिला ने जवाब दिया कि पिछली बार बच्चा गणित में कम मार्कस् लाया था। उस समय भी उसने गणित की तरफ कोई इशारा ही नहीं किया था। नतीजा यह हुआ कि बच्चे ने इस बार गणित में 80% गुण प्राप्त किये हैं। यदि माँ ने भूगोल के कम प्रतिशत के बारे में कुछ नहीं कहा है तो बच्चा जानता है कि माँ ने भूगोल के प्रतिशत की ओर अनदेखा नहीं किया है बल्कि माँ इससे नाखुश है। अब बच्चा भूगोल में भी सुधार लाने का जरूर प्रयास करेगा। यह बिना कुछ कहे सब कुछ कह देने की कला है।

यह बात समझें कि आप बहुत सारे तरीकों से क्रिटीगाइड कर सकते हैं। अगर आप सही ढंग से सोचकर किसी को क्रिटीगाइड करते हैं तो उस इंसान का विकास हो सकता है और आप जो नतीजा चाहते हैं, वह आपको मिल सकता है। इस तरह क्रिटीगाइड करने के अनेक तरीकों पर आप महारत हासिल कर सकते हैं। एक डॉक्टर अपने मरीज के लिए जो तरीका इस्तेमाल करता है, वह आप भी अपने लिए इस्तेमाल कर सकते हैं।

डॉक्टर मरीज से आम जगह पर कभी बात नहीं करते। वे उन्हें अपने क्लिनिक में बुलाते हैं और उनकी बीमारी या तकलीफ के बारे में धैर्य पूर्वक सुनते हैं। उसके बाद वे मरीज से प्रेम पूर्वक बड़ी नरमी से कहते हैं, 'चिंता की कोई बात नहीं है, यह मामूली सी तकलीफ है, आप कुछ ही दिनों में बिलकुल अच्छे हो जायेंगे।' डॉक्टर का यह बरताव बिना किसी इलाज के ही मरीज को 50% ठीक कर देता है। डॉक्टर जरूरत के मुताबिक शक्कर के आवरण वाली कड़वी दवा अपने मरीजों को देते हैं, जिनसे चमत्कार हो जाता है।

इसी प्रकार यदि आपको किसी को कुछ कड़वी बातें कहनी हैं तो उसके पहले उन्हें कुछ शहद युक्त मीठी मगर सच्ची बातें कहें। यदि आपको किसी को फटकार लगानी हो तो डाँटने से पहले उस व्यक्ति के अच्छे गुणों की प्रशंसा करके डाँट-फटकार लगायें। ऐसा करने से वह इंसान आपके कड़वे शब्द भी हजम कर लेगा। अगर आप यह तरीका अपनायेंगे तो आप पायेंगे कि लोग आपके साथ बहुत अच्छी तरह से पेश आते हैं और खुद में सुधार लाते हैं। वे आपको हर तरह से पसंद करेंगे और जरूरत पड़ने पर आपके लिए हर मुसीबत से लड़ने के लिए तैयार हो जायेंगे।

प्रोत्साहन तेजी से काम करता है

आप रिश्ते-नातों तथा मित्रों को प्रोत्साहन देने योग्य बनें। आपको इस बात की जानकारी होनी चाहिए कि लोग कब और क्यों आपसे प्यार से पेश आयेंगे... आपके लिए क्यों काम करेंगे। ये सब कुछ इस बात पर निर्भर करता है कि आपके द्वारा उन्हें कैसे प्रोत्साहन दिया जाता है। उन्हें मालूम होना चाहिए कि इससे उनका क्या फायदा होने वाला है। *आपके व्यक्तिगत लाभ के लिए आपकी बातें सुनने में लोगों को कोई रुचि नहीं होती है, अतः उनका क्या लाभ होने वाला है, यह बात उन्हें अच्छी तरह पहले बतायें।*

एक पिता अपने बच्चे से कहते हैं, 'मैं चाहता हूँ कि तुम पौष्टिक खाना खाओ, दूध पीयो, जिससे तुम्हें ज्यादा शक्ति मिले।' लेकिन बच्चा पिताजी की बात नहीं मानता। एक दिन बच्चा अपने किसी साथी से मार खाकर घर आता है तब उसके पिता उससे कहते हैं, 'देखो, यदि तुम अच्छी तरह से पौष्टिक खाना खाते, दूध पीते तो अपने साथी को अच्छा सबक सिखा सकते थे।' एक बार बच्चे को उसकी जरूरत के अनुसार, अच्छे पौष्टिक खाने के फायदों के बारे में जानकारी हो जायेगी कि उससे उसका किस तरह फायदा होगा तो वह पिता की बात मानने लगेगा। इस तरह दूसरों की बतायी हुई तरकीबें अपनाने का विचार भी आपका सहायक बनेगा।

प्रत्येक व्यक्ति के प्रोत्साहन का अपना-अपना तरीका होता है। जिस दिन आप प्रोत्साहन का महत्त्व समझेंगे, उस रोज से ही आपके रिश्तों में बहुत अद्‌भुत परिवर्तन होने लगेगा। आपके सारे मित्र, पड़ोसी और रिश्तेदार आपके दूसरे कदम उठाते ही खिल उठेंगे। अब आप सब मिलकर तीसरे कदम में दुनिया बदल सकते हैं।

DAY 22

एक बड़ी सफेद चादर पर यदि एक काला धब्बा हो तो
हम सिर्फ काला धब्बा ही देखते हैं,
इसलिए खुद को सर्वप्रथम चादर की सफेदी
पर गौर करने का प्रशिक्षण दें।

अध्याय 22 :तीसरा जादुई कदम

3

गुड न्यूज रिपोर्टर बनें

पूरी दुनिया को कैसे बदलें

तीन जादुई कदमों में पहले कदम पर हम अपना फायदा करना सीखते हैं। दूसरे कदम पर हम सामने वाले का फायदा करते हैं तथा तीसरे कदम में हम सारे संसार का फायदा करते हैं!

तीसरे कदम में आपको बनना है जी.एन.आर.। जी.एन.आर. यानी गुड *न्यूज रिपोर्टर - सुसमाचार संवाददाता - सुसमाचार निवेदक।*

प्रत्येक सुबह आप अखबार पढ़ते हैं। पूरे विश्व के समाचार आपके टेबल पर आ जाते हैं। अखबार में अधिकतर हत्या, डकैती, तस्करी, अपहरण, जेबकतरी, हिंसा आदि के समाचार होते हैं। आप समाचार देखते हैं, आप समाचार लेकर चलते हैं और आप इन समाचार के बारे में बातें करते हैं, संवाद करते हैं। इसके बदले में आपको भी वैसे ही समाचार अपने साथियों से सुनने को मिलते हैं क्योंकि जिस तरह का समाचार वे सुनते हैं, उससे मिलते-जुलते समाचार उन्हें

याद आते हैं। इस तरह अनेक नकारात्मक समाचार सुनकर आप दुःखों के सामान का भंडार बढ़ाते हैं।

अब इस नये कदम (जी.एन.आर.) के अंतर्गत आपको अपने आपमें एक छोटा सा परिवर्तन करना है। अखबार मिलने के बाद आप अपना ध्यान अच्छी खबरों पर केंद्रित करें। जैसे कि कोई विद्यार्थी विश्विवद्यालय में सर्वप्रथम आया है, किसी ने अच्छी वस्तु का आविष्कार किया है, किसी को खेल में स्वर्णपदक प्राप्त हुआ है, कोई अपाहिज होने के बाद भी करतब दिखा पाया है, कोई अपनी जान खतरे में डालकर किसी को डूबने से बचा पाया है, कोई अच्छी पुस्तक बाजार में आयी है, किसी ने चैरिटेबल ट्रस्ट स्थापित की है या किसी ने आँखों के इलाज के लिए कैम्प लगवाया है इत्यादि। आप इस प्रकार की अच्छी खबरों का अपने मित्रों के बीच जिक्र करें, जिसके बदले में आपको भी ऐसी ही अच्छी खबरें, सुसमाचार, शुभविचार अपने मित्रों से सुनने को मिलेंगे। ऐसा इसलिए होता है क्योंकि जिस तरह की बातें हम फैलाते हैं, उसी से संबंधित बातें हमें सुनने को मिलती हैं।

जी.एन.आर. का यह नियम किस प्रकार से काम करता है, यह और गहराई से समझें। जैसे आपने एक सुसमाचार किसी को दिया तो आपको एक और सुसमाचार प्राप्त होगा। अब आप दो सुसमाचार आगे मिलने वाले इंसान को सुनायेंगे, जो कुछ उसी से मिलती-जुलती खबरें आपको सुनायेगा। इस तरह यह सुसमाचार कई गुना बढ़ता जायेगा। इस प्रकार के समाचारों से लोगों में खुशी की लहर आ जाती है और वे आपकी हमेशा प्रतीक्षा करते रहते हैं कि आपसे कब सुसमाचार मिले क्योंकि आप ही उनका जी हलका करते हैं और उन्हें आनंदित महसूस करवाते हैं।

आप अच्छी खबरों का प्रसारण कर खुशमिजाज रहें तो आपके परिवार के लोग भी आपके द्वारा अच्छे समाचार के पुलिंदे, मनोरंजक चुटकुले और प्रेरक

कहानियों का इंतजार करेंगे। यदि आप इस प्रकार से अपने आपको पेश करते हैं तो आप सारी दुनिया को बदल सकते हैं और सबको खुश कर सकते हैं। इसका सबूत आगे इसी अध्याय में दिया गया है।

यह न सोचें कि आप अकेले हैं अतः ऐसा नहीं कर सकते हैं। यह ध्यान रखें कि आप सारी दुनिया बदल सकते हैं। यह सिर्फ एक वक्तव्य नहीं है, आप सचमुच दुनिया बेहतर बना सकते हैं, जो अब सिद्ध होने जा रहा है!

आप शतरंज का बोर्ड लीजिए। उसमें देखिए 64 खाने हैं। आपको पहले खाने में एक गेहूँ का दाना रखना है। दूसरे खाने में 2 गेहूँ के दाने रखने हैं। तीसरे में 4 गेहूँ के दाने, चौथे में 8 गेहूँ के दाने और पाँचवे में 16 दाने रखने हैं। इस प्रकार प्रत्येक अगले खाने में पहले खाने से दुगने गेहूँ के दाने रखने हैं। अब प्रश्न यह उठता है कि शतरंज के अंतिम खाने यानी 64 वें खाने में आपको कितने गेहूँ के दाने रखने पड़ेंगे? आपसे निवेदन हैं कि आगे लिखा जवाब न पढ़कर पहले आप अपनी गणित कुशलता का उपयोग करके इसका जवाब हासिल करें।

अब पुस्तक बंद करके इस पहेली का जवाब मन में सोच लें। आप इस पहेली का जवाब अंदाजन भी दे सकते हैं। क्या एक किलो गेहूँ से शतरंज के खानों पर गेहूँ बिठायी जा सकती है या एक किलो से ज्यादा गेहूँ की जरूरत है? या फिर एक बोरा गेहूँ चाहिए? आपका जवाब मन में निर्धारित करें। यदि आपको 64 वें खाने के गेहूँ के दानों की संख्या बतायी जाय तो आप विश्वास नहीं करेंगे!

प्रिय पाठको! इस 64 वें खाने में रखने के लिए पूरे शहर की फसल के गेहूँ के दानों की जरूरत पड़ेगी। क्या आप इससे सहमत हैं? यकीनन आप इससे सहमत नहीं होंगे लेकिन यह हकीकत है। यहाँ तो अभी एक शहर कहा गया है मगर पूरे राज्य के एक दिन की गेहूँ की पैदावार या ... पूरे मुल्क के गेहूँ की पैदावार या ... पूरे विश्व के गेहूँ की पैदावार की जरूरत इस 64 वें खाने में रखने के लिए पड़ सकती है।

फिर भी शायद इसमें आपको संदेह है? यह हिसाब अभी भी सही तरीके से हल नहीं हुआ है। हो सकता है 64 वें खाने में रखने के लिए इस संसार जैसे 4 संसारों के गेहूँ की पैदावार, जो एक दिन में तैयार होती है, की जरूरत पड़े।

आप स्वयं हिसाब करें और बतायें कि यह हिसाब सही है या नहीं तभी आप विश्वास करेंगे। इस उदाहरण से यही बताने का प्रयास किया गया है कि आप गेहूँ के दानों जैसे अच्छी खबरें फैलाना शुरू करें। यदि आप जी.एन.आर., सुसमाचार संवादक बन जायें तो इसमें संदेह नहीं कि आप सारी दुनिया बदल सकते हैं। आपकी सारी चिंताएँ और दुःख इस नियम को अपनाने से कम हो जायेंगे। इस पुस्तक द्वारा आपको यह विश्वास दिलाया जा रहा है कि आप अपने स्वयं के लाभ के लिए और दूसरों के लाभ के लिए इस नियम का उपयोग करें।

जब आप कोई अच्छी खबर अपने मित्र को सुनाते हैं तब आपका मित्र भी वह खबर अपने अन्य मित्रों को सुनाता है। फिर आप और आपका मित्र नये चार लोगों तक सुसमाचार पहुँचाते हैं। वे चार लोग आगे आठ लोगों के लिए निमित्त बनते हैं। इस तरह आठ लोग सोलह, सोलह बत्तीस .... अंत में अगर यह सुसमाचार रोका न गया तो सारे संसार में पहुँच सकता है।

शतरंज के बोर्ड के उदाहरण से आपने समझा कि कैसे गेहूँ के दाने दुगने (डबल) होते-होते सारे संसार की गेहूँ को अपने में समा लेते हैं। अगले पृष्ठ पर दी गयी शतरंज के बोर्ड की तालिका आपकी सभी शंकाएँ मिटा देगी। इस तालिका को धीरे-धीरे धीरज के साथ पढ़ें और आज ही जी.एन.आर. बनने का निर्णय लें।

शतरंज के 64 खाने और दुनिया बदलने का राज़

खाने	गेहूँ	टिप्पणी	खाने	गेहूँ	टिप्पणी
1	*1* गेहूँका दाना		*17*	*3* के.जी. गेहूँ	
2	*2* गेहूँ के दाने		*18*	*6* के.जी. गेहूँ	
3	*4* गेहूँ के दाने		*19*	*12* के.जी. गेहूँ	
4	*8* गेहूँ के दाने		*20*	*24* के.जी. गेहूँ	
5	*16* गेहूँ के दाने		*21*	*48* के.जी. गेहूँ	
6	*32* गेहूँ के दाने		*22*	*1 1/2* बोरे गेहूँ	*1* बोरा लगभग *40* से *50* के.जी. का होता है
7	*64* गेहूँ के दाना		*23*	*3* बोरे गेहूँ	
8	*128* गेहूँ के दाने		*24*	*6* बोरे गेहूँ	
9	*256* गेहूँ के दाने		*25*	*12* बोरे गेहूँ	
10	*512* गेहूँ के दाने	*861* दानों का *50* ग्राम होता है	*26*	*24* बोरे गेहूँ	
11	*50* ग्राम गेहूँ	*1024* दाने यानी *50* ग्राम से ज्यादा गेहूँ	*27*	*48* बोरे गेहूँ	
12	*100* ग्राम गेहूँ		*28*	*96* बोरे गेहूँ	
13	*200* ग्राम गेहूँ		*29*	*192* बोरे गेहूँ	
14	*400* ग्राम गेहूँ		*30*	*384* बोरे गेहूँ	
15	*800* ग्राम गेहूँ		*31*	*768* बोरे यानी *2* ट्रक गेहूँ	*1* ट्रक में लगभग *250* से *300* बोरे होते हैं
16	*1 1/2* के.जी. गेहूँ	*1000* ग्राम का *1* के.जी. गेहूँ होता है	*32*	*4* ट्रक गेहूँ	यहाँ पर आधी शतरंज पूरी हुई

शतरंज के 64 खाने और दुनिया बदलने का राज़

खाने	गेहूँ	टिप्पणी	खाने	गेहूँ	टिप्पणी
33	8 ट्रक गेहूँ		49	32 पूना गेहूँ	32 पूना यानी 1 महाराष्ट्र (राज्य)
34	16 ट्रक गेहूँ		50	2 महाराष्ट्र गेहूँ	महाराष्ट्र भारत के एक राज्य का नाम है
35	1 डिब्बा गेहूँ	32 ट्रक गेहूँ यानी माल गाड़ी का एक डिब्बा गेहूँ	51	4 महाराष्ट्र गेहूँ	
36	2 डिब्बे गेहूँ		52	8 महाराष्ट्र गेहूँ	
37	4 डिब्बे गेहूँ		53	16 राज्य गेहूँ	
38	8 डिब्बे गेहूँ		54	32 राज्य गेहूँ	32 राज्य यानी 1 इंडिया (भारत)
39	16 डिब्बे गेहूँ	यानी 1 माल गाड़ी (ट्रेन) गेहूँ	55	2 इंडिया (देश) गेहूँ	
40	2 माल गाड़ी गेहूँ		56	4 इंडिया गेहूँ	
41	4 माल गाड़ी गेहूँ		57	8 इंडिया गेहूँ	8 इंडिया यानी 1 वर्ल्ड का क्षेत्र
42	8 माल गाड़ी गेहूँ		58	2 वर्ल्ड गेहूँ	
13	16 ग्राम गेहूँ		59	!	इसके आगे का गणित आप करें
44	32 माल गाड़ी गेहूँ	32 माल गाड़ी में लगभग 1 पूना में एक दिन में उत्पन्न होने वाली गेहूँ बैठ सकती है	60 61	!! !!!	
45	2 पूना (शहर) गेहूँ	पूना एक शहर का नाम है	62	!!!!	
46	4 पूना गेहूँ		63	!!!!!	
47	8 पूना गेहूँ		64	!!!!!!	
48	16 पूना गेहूँ				

तालिका पढ़ने के बाद आपके गणित में नयी रोशनी आ चुकी होगी। दुनिया को बेहतर बनाने के लिए एक इंसान काफी हो सकता है। यहाँ तो फैमिली शिविर करने वाले हजारों लोग हैं यानी शतरंज के पहले खाने पर ही हजार सुसमाचार संवाददाता हैं। इस तरह सारी दुनिया में अच्छे समाचार पहुँचाना, सभी की चेतना को ऊपर उठाना, कठिन नहीं है। शतरंज के बोर्ड के उदाहरण से यह बात अब बिलकुल साफ है.....

1) शतरंज के 64 खानों में दिये गये अंक लगभग *(approximately)* हैं, शक की कोई गुंजाइश न रखने के लिए वे अधिक करके ही बताये गये हैं।

2) भारत की लोकसंख्या अनुसार भारत विश्व का 1/6 हिस्सा है इसलिये पूरे विश्व में भारत जितने लगभग 6 देश बनेंगे। फिर भी आपका शक मिटाने के लिए उन्हें ज्यादा ही लिया गया है।

3) 58 वें खाने में 2 वर्ल्ड की गेहूँ है, 57 वें खाने में 1 वर्ल्ड की गेहूँ रख चुके हैं, इस तरह से आप पीछे से गिनती व जोड़ करते जाइये और खुद ही आश्चर्य देखें।

4) आपको यदि गणित पर शंका हो तो भी एक वर्ल्ड से ज्यादा ही गेहूँ की आवश्यकता होगी, इससे आप इन्कार नहीं कर सकते।

5) गेहूँ के दानों की जगह जी.एन.आर. (सुसमाचार निवेदक) लें तो क्या विश्व को बदलना मुश्किल है?

आइये शुभ विचारों के संवाददाता बनें। जी.एन.आर. (गुड न्यूज रिपोर्टर) बनें। 1- अच्छा निरीक्षण करें, अपने गुण बढ़ायें। 2- दूसरों को उनके गुण बतायें, उनका लाभ करें। 3 - अंत में सारे विश्व को लाभ पहुँचायें। ये हैं रिश्तों में सुधार लाने के तीन जादुई कदम। अब आगे जानें एक सुनहरा उपाय जो रिश्तों में बनी काँच की दीवार तोड़ने में आपकी मदद कर सकता है।

भाग छः

रिश्तों में नयी रोशनी कैसे लायें-2

DAY 23

जीवन गिरकर सँभलना नहीं बल्कि
गिरना, सँभलना, उठना और वह भी
खाली हाथ नहीं उठना बल्कि
कुछ लेकर उठना, जीवन है।

अध्याय 23

रिश्तों में बनी काँच की दीवार कैसे तोड़ें

सुनहरा उपाय : ग्लास ब्रेकिंग - 1

क्या आप अब तैयार हैं रिश्तों में बनी काँच की दीवार तोड़ने के लिए? पुस्तक में अब तक आप रिश्तों के अनेक आयाम खोलते आये हैं ताकि रिश्तों के बीच बनी दरार मिटा सकें।

लोगों के बीच में जब नयी-नयी दोस्ती होती है तब शुरू-शुरू में उनका रिश्ता उत्साह और उमंग से भरा, ताजा व प्रेम पूर्ण होता है। फिर कुछ दिनों बाद यही रिश्ता बेजान लगने लगता है। इसी तरह नव-विवाहित दंपति का आपसी संबंध आरंभ में बहुत ही मधुर होता है मगर कुछ ही महीनों के बाद वह थोड़ा-सा यांत्रिक होने लगता है। नयी-नयी दोस्ती में शुरू-शुरू में दोस्त के प्रति बहुत आदर होता है। धीरे-धीरे समय के साथ यह आदर कम होने लगता है। नया पड़ोसी आने पर शुरू-शुरू में उत्सुकतावश उसके साथ बहुत अच्छे संबंध होते हैं किंतु कुछ दिनों के बाद संबंधों की मिठास कम होने लगती है। क्या आपके साथ

भी ऐसा होता है? इस पर ईमानदारी से सोचें क्योंकि यह रिश्तों का बहुत ही मुख्य पहलू है, जो बहुआयामी है।

आपसे कोई मिलता है तो उसे आपसे मिलकर कैसा लगता है और वास्तव में कैसा लगना चाहिए? अपने सभी रिश्तेदारों और परिचितों को मन ही मन याद करें। आपके माता-पिता, पति-पत्नी, आपके बच्चे, आपके चाचा, आपके पड़ोसी, आपके घर के सभी सदस्य, आपके कार्यालय के सहकर्मी तथा आपकी सोसायटी के लोगों को आपसे मिलकर कैसा लगता है और कैसा लगना चाहिए? क्या आपसे मिलकर वे आनंद महसूस करते हैं? क्या वे अपने अनुभव आपके साथ बिना कपट बाँटना चाहते हैं? क्या आपका साथ पाने के लिए वे लालायित रहते हैं? या वे आपसे कन्नी काटते हैं, आपको टालते रहते हैं?

हर इंसान चाहता हैं कि वह लोगों के बीच लोकिप्रय हो। वह सभी का चहेता हो। सभी लोगों के साथ उसके संबंध स्वस्थ हों किंतु यह अपने आप नहीं होता। इसके लिए हमें अपनी ओर से प्रयास करने पड़ते हैं। इस बात पर सोचने की जरूरत है कि यह कैसे संभव हो सकता है।

सभी के साथ मधुर संबंध बनाये रखने के लिए पहले यह समझें कि संबंधों में ठहराव आने के कौन से कारण हैं। संबंधों में नीरसता आने का कारण यह हैं कि लोगों के बीच जाने-अनजाने में एक काँच की दीवार खड़ी हो जाती है। यह दीवार दिखायी नहीं देती है लेकिन होती है। इस काँच की दीवार के कारण जीवन यंत्रवत् हो जाता है। जैसे आप रोज ही अपने भाई, बहन, माँ, पिताजी से मिलते हैं। पति-पत्नी रोज मिलते हैं, सास हमेशा साथ में रहती है। ऐसे रिश्ते बहुत जल्द यांत्रिक हो जाते हैं और इन रिश्तों में एक पारदर्शी काँच की दीवार बन जाती है। जब तक ये काँच की दीवार नहीं टूटती तब तक संबंध पहले की तरह मधुर नहीं हो सकते।

रिश्तों में बनी यह काँच की दीवार* तोड़ने के दौरान हलकी सी आवाज भी आ सकती है। जब आप दीवार तोड़कर देखेंगे तब आपको इस बात का

अहसास होगा। इसे एक उदाहरण से समझें।

एक इंसान बीस-बाईस साल से अपने परिवार की जिम्मेदारी उठा रहा था। उसने अपने माता-पिता, भाई-बहन आदि रिश्तेदारों के लिए जीवन भर बहुत कष्ट उठाये। एक दिन किसी परिचित ने उससे कहा, 'अरे, तुमने अपने सभी रिश्तेदारों के लिए अपना जीवन दाँव पर लगा दिया, उनके लिए अपनी खुशियों का त्याग किया, तुम कितने महान हो।' यह सुनकर उस इंसान का दिल भर आया और वह फफककर रोने लगा। परिचित ने अपने मित्र से पूछा,'मैंने तो तुम्हारी प्रशंसा की, तुम्हारे कार्यों की सराहना की, फिर तुम रो क्यों रहे हो?' उस इंसान ने रोते हुए जवाब दिया, 'पिछले बीस-बाईस साल से यही बात सुनने के लिए मैं तरस रहा था, कोई तो मुझसे कहे कि तुम हमारे लिए कितना कष्ट उठा रहे हो मगर अफसोस कि आज तक मेरे कानों में ये स्वर नहीं गूँजे। तुम पहले इंसान हो, जिसने मेरी कदर की, मेरी भावनाओं को जाना। तुम्हारी बातें सुनकर मेरा दिल भर आया है, मुझे महसूस हो रहा है कि कोई तो है, जिसे मेरी कुर्बानी की परख है।' यह कहकर उसने पुनः रोना शुरू कर दिया।

इस उदाहरण से स्पष्ट होता है कि हर इंसान लोगों द्वारा अपने कार्यों और कुर्बानियों की प्रशंसा सुनना चाहता है। अपने आपसे पूछें कि क्या आप भी ऐसा ही चाहते हैं? जवाब 'हाँ' ही आयेगा। जिस तरह हम अपनी प्रशंसा सुनना चाहते हैं, उसी तरह अन्य लोग भी स्वयं की तारीफ सुनना चाहते हैं मगर वास्तव में उन्हें वह मिलती नहीं है। वास्तव में इंसान एक-दूसरे की प्रशंसा करने में बड़ी कंजूसी बरतते हैं। परिणाम स्वरूप लोगों के बीच एक अदृश्य काँच की दीवार तैयार हो जाती है। जब आप किसी की ईमानदारी से सच्ची प्रशंसा करते हैं तब यह काँच की दीवार टूटती है। इस उदाहरण से आपने समझा कि काँच की दीवार कैसे तोड़ी जाती है और इसे तोड़ना कितना आसान है।

कुदरत का नियम है - *'जिस चीज के लिए आप निमित्त बनते हैं, वह चीज आपके पास बहुगुणित होकर आती है।'* गन्ने का रस निकालते समय गन्ने की

मिठास सबसे पहले उस मशीन को मिलती है, बाद में रस पीने वाले को। गन्ने की मशीन में अगर काँच, कचरा या पत्थर डालें तो खराबी पहले उस मशीन में आती है। बाद में सामने वाले को चुनाव करना होता हैं कि वह कचरे का रस पीये या न पीये।

हम जब लोगों के सामने जाते हैं तब उनसे कैसे बात करते हैं? उन्हें क्या बताते हैं और क्या बताना चाहिए? क्या हम सिर्फ अपने ही बारे में कहते चले जाते हैं या सामने वाले के बारे में भी कुछ पूछ-ताछ करते हैं? अकसर यह देखा गया है कि इंसान अपने अहंकार को झुकाकर बात नहीं कर पाता है। अपने मुँह मिया मिठ्ठू बनना तो इंसान की सबसे बड़ी कमजोरी है। यही कारण है कि वह अपने परिवारजनों के साथ मधुर संबंध नहीं बना पाता। अपने परिवार में बनी काँच की दीवार (विरोध) को तोड़ना उसके लिए महा कठिन कार्य हो जाता है। इंसान का अहंकार उसे झुकने की अनुमति नहीं देता, सामने वाले के लिए प्यार के दो मीठे बोल बोलने की अनुमति नहीं देता। हमें इस अहंकार को तोड़कर रिश्तों में बनी काँच की दीवार तोड़नी है।

इस कार्य को अमल में लाने के लिए अपने परिवार के सदस्यों के गुणों, कार्यों और कुर्बानियों को सराहें। कई बार आप उनकी अच्छाइयों का इजहार करना चाहते हैं लेकिन आपको ऐसा लगता है कि 'इसमें बताने जैसी क्या बात है, यह तो उनका फर्ज है।' मगर यही छोटी सी तारीफ, अपने अच्छे कार्यों की परख परिवार के सदस्य बार-बार सुनना चाहते हैं। कई बार आपको उनकी गलतियाँ भी दिखायी देंगी लेकिन यह ध्यान रहे कि पहले उन्हें उनकी अच्छाइयाँ बतायें। कभी ऐसा भी हो सकता है कि आपसे गलती हुई हो तो उसे स्वीकार करके पूर्णता करें, उन्हें जाकर बतायें कि 'मुझसे इस-इस तरह की गलती हुई है।'

नीचे कुछ ऐसे उदाहरण दिये गये हैं, जिनके द्वारा आप यह समझ सकते हैं कि रिश्तों में बनी काँच की दीवार कैसे तोड़ी जाती है।

उदाहरण 1 : पिता और बेटी

एक बार बेटी का अपने पिता से बहुत झगड़ा हो गया। दूसरे दिन वह किसी कार्यवश शहर से बाहर चली गयी। वहाँ सारा दिन तो वह अपने कामकाज में उलझी रही पर रात को उसे पिता के साथ हुए झगड़े की याद आयी। तब उसने सारी परिस्थिति पर सोच-विचार किया और अंत में उसे अपने किये पर पश्चात्ताप होने लगा। उसने तुरंत ही अपने पिता को फोन लगाया और सीधे कहा, 'पापा आय लव यू।' पिताजी सकते में आ गये। उनकी समझ में नहीं आया कि अचानक इसे क्या हुआ ! उन्होंने पूछा, 'क्या हुआ बेटा ?' लड़की ने जवाब दिया, 'पापा आय रिस्पेक्ट यू, मैं आपका आदर करती हूँ।' आप सोच सकते हैं कि उस वक्त पिताजी की अवस्था कैसी हुई होगी। पिता का हृदय द्रवित हो उठा। उन्होंने एक लंबी साँस ली और कहा, 'बेटा जल्दी घर आना, मैं तुम्हारा इंतजार कर रहा हूँ।' वह लड़की चार दिनों के लिए बाहर गयी थी। जरा सोचिये, पिता ने वे चार दिन कैसे गुजारे होंगे ? हर पल वे सोचते होंगे कि 'मैं अपनी बेटी से कब मिलूँगा !' उनके बीच जो काँच की दीवार बन गयी थी, बेटी के आय लव यू कहने से वह टूट गयी। बच्चे माँ-बाप को यह सोचकर अपना प्रेम नहीं जताते कि वे जानते हैं कि हम उनसे प्यार करते हैं लेकिन उसके बावजूद भी माँ-बाप बच्चों के भाव शब्दों में सुनना चाहते हैं।

उदाहरण 2 : माँ और बेटा

एक सोलह साल का लड़का था। आये दिन उसका अपनी माँ के साथ मनमुटाव होता रहता था। इस कारण वह सदा तनावग्रस्त रहा करता था। अपने जन्मदिन पर उसे काँच की दीवार तोड़ने के बारे में (ग्लास ब्रेकिंग पर) कुछ समझ मिली। उस दिन उसे इस रहस्य का पता चला कि कैसे अपनी माँ के साथ संबंध सुधारे जा सकते हैं। हालाँकि उस वक्त वह अपने मित्रों के साथ बाहर गया हुआ था। तब बाहर से उसने अपनी माँ को फोन किया और कहा, 'माँ आज मुझे

अहसास हो रहा हैं कि तुमने मेरे लिए क्या-क्या किया है, कितनी तकलीफें सही हैं, तुम्हारा बहुत-बहुत धन्यवाद।' माँ अपने बेटे के मुख से निकले धन्यवाद के शब्द सुनकर भाव-विभोर होकर रोने लगी। बेटे की आँखों से भी आँसू झरने लगे। फोन रखने के बाद उसके दोस्तों ने रोने का कारण पूछा तो उसने बताया, 'माँ के आनंदाश्रु में मैं भी भीग रहा हूँ।' वह रोता ही जा रहा था, रुकने का नाम ही नहीं ले रहा था। जरा सोचिये, जब वह घर जायेगा तब माँ किस तरह उससे मिलेगी। बेटे के घर पहुँचने तक हर एक पल माँ के लिए भारी होगा। उसका एक क्षण भी ऐसा नहीं जायेगा कि वह अपने बेटे को याद न करे।

उदाहरण 3 : पिता और पुत्र प्रेम

एक लड़का था। वह बहुत क्रोधी स्वभाव का था। माँ की बातों पर वह कभी भी ध्यान नहीं देता था। इस वजह से उसकी माँ बड़ी उदास रहा करती थी। अपने बेटे के लिए सदा चिंतित रहा करती थी। कुछ दिनों बाद उस लड़के को अपनी इस बुरी आदत का अहसास हुआ। वह अपने सभी पैटर्न (गलत आदतें) तोड़ने के लिए प्रयत्नशील रहने लगा। धीरे-धीरे ग्लास ब्रेकिंग की समझ मिलने पर परिवार के सभी सदस्यों के साथ उसका तालमेल बैठ गया। घर का वातावरण हलका-फुलका हो गया। उस लड़के के पिता बहुत शांत और गंभीर स्वभाव के थे। वे कभी अपने बेटे से खुलकर बात नहीं करते थे। अतः पिता-पुत्र के बीच एक अनजानी शीशे की दीवार बन गयी थी। वे एक दूसरे से कटे-कटे रहते थे। लड़के की यह इच्छा थी कि जीवन में एक बार तो पापा से गले मिलूँ। अठरह वर्षों बाद वह अपने पापा के गले लगा। उसे महसूस हुआ कि इतने वर्षों तक वह कितने बड़े आनंद से वंचित रहा। पिता भी इस प्रेम प्रदर्शन से चकित और आनंदित हुए।

उदाहरण 4 :दो भाई

एक शिक्षक थे। उनकी कक्षा के एक विद्यार्थी ने बताया कि सात साल पहले उसने किसी को बहुत मारा-पीटा था। जिसे उसने मारा-पीटा था, उससे

सात साल से उसकी बातचीत भी बंद थी। काँच की दीवार तोड़ने के नियम को जानने पर एक दिन उसे अपनी गलती का अहसास हुआ और उसने घर जाकर उस दीवार को तोड़ने का प्रयास किया। उसने कहा 'मुझसे गलती हुई, मुझे ऐसा नहीं करना चाहिए था। तुम अब इस बात को अपने मन से निकाल दो। मैं अपने किये पर शिर्मंदा हूँ।' उसने बताया कि जिस इंसान से उसने काँच की दीवार तोड़ने का प्रयास किया, उसके साथ वह एक ही घर में सात साल रहता आया था। सात साल से वह उससे बात तक नहीं करता था। वह और कोई नहीं उसका छोटा भाई था। शिक्षक उसके बरताव से बहुत प्रभावित हुए। इसलिए उन्होंने यह उदाहरण दूसरी कक्षा में बताया। उदाहरण बताने के बाद सभी लोग शांत रहे। तब एक लड़का अचानक उठ खड़ा हुआ। उसने कहा, 'टीचर, उस लड़के का छोटा भाई और कोई नहीं मैं ही हूँ। मेरे बड़े भाई ने ही मुझे मारा था और सात साल तक हमारी बातचीत बंद थी मगर अब हम दोनों बड़े प्रेम-प्यार से रहते हैं।

सोचिये कि सात साल का समय कितना लंबा समय है। इतने लंबे अरसे तक वे एक-दूसरे के प्रेम से वंचित रहे। कहीं हम भी किसी रिश्ते में प्रेम से वंचित जीवन तो नहीं जी रहे हैं? इन उदाहरणों से सबक सीखें और तुरंत योग्य कदम उठायें।

रिश्तों में काँच की दीवार टूटते ही उसकी आवाज आपको सुनायी देती है। यह आवाज आँसुओं, हँसी या आनंदोत्सव द्वारा प्रकट होती है। क्या आप चाहते हैं काँच की दीवार टूटने की आवाज आप फिर-फिर से सुनें तो अगले अध्याय में इसकी खोज करें।

DAY 24

जिसे संपूर्ण स्वास्थ्य से प्रेम है
वह रोग से प्रेम नहीं करता बल्कि
रिश्तों में जो चीजें रोग लाती हैं,
उन्हें वह मिटाता जाता है।

अध्याय 24

अलग-अलग रिश्तों में काँच की दीवार कैसे तोड़ें

सुनहरा उपाय : ग्लास ब्रेकिंग - 2

विवाह से पहले इंसान के रिश्तों में यदि पचास लोग आते हैं तो विवाह के उपरांत वरमाला डालते ही शतरंज के बोर्ड के उदाहरण की तरह, ये रिश्ते दुगने हो जाते हैं। सात फेरे होते ही अचानक रिश्तों की सेंचुरी पूरी हो जाती है। अब इन रिश्तों को निभाना इंसान का कर्तव्य बन जाता है। नीचे कुछ उदाहरण दिये गये हैं, जो विवाह से पहले और बाद के रिश्तों में काँच की दीवार तोड़ने में काम आ सकते हैं।

उदाहरण 1 :पति और पत्नी

एक इंसान के वैवाहिक जीवन को पंद्रह वर्ष हो चुके थे। उसकी पत्नी ने अपने परिवार की सुख-समृद्धि के लिए बहुत योगदान किया था। यह इंसान अपने काम-धंधे में इतना व्यस्त रहा करता था कि उसे अपनी पत्नी की तरफ ध्यान देने के लिए समय ही नहीं मिलता था। इस तरह कई साल बीत गये। उनका वैवाहिक जीवन सुखी तो था परंतु संबंधों में काँच की दीवार बन गयी थी। जीवन में प्रेम की

नदी सूख गयी थी। उनका जीवन यंत्रवत् चल रहा था। वह इस बात से उबरना चाहता था। इस कशमकश में कई दिन बीत गये। वह अपनी पत्नी से जो बोलना चाहता था, बोल नहीं पा रहा था। ग्लास ब्रेकिंग* की समझ मिलने पर उस इंसान ने जाना कि सब कुछ होते हुए भी उसके जीवन में इतना रूखापन क्यों है। फिर उसने जरा भी देर नहीं की। उसने फौरन अपनी पत्नी से इज़हार किया कि 'आज तक मैंने अपने जीवन में जो कुछ भी हासिल किया है, मुझे जो भी सफलता मिली है, उसमें तुम्हारा बहुत बड़ा योगदान है। इस बात के लिए मैं तुम्हारा तहेदिल से शुक्रगुजार हूँ। आज मैं जो कुछ भी हूँ, तुम्हारी वजह से हूँ।' पति का इकरार सुनकर पत्नी रोमांचित हो उठी। उसे लगा कि परिवार के लिए किया गया योगदान सार्थक हो गया।

उदाहरण 2 : ससुर और जमाई

एक तरुण युवक कोर्स में आया था। उसने अपने बारे में बताया कि वह बहुत सनकी व क्रोधी इंसान था तथा अपनी आदतों से परेशान था। वह अपनी कुछ शरारतों से बाज नहीं आता था। जैसे रोज रात को शराब पीकर अपने ससुराल फोन करके ससुरजी को जी भरकर गालियाँ देना, उसकी आदत बन चुकी थी। उसकी पत्नी उसे छोड़कर अपने पिता के पास चली गयी थी। वह अपनी वृत्तियों से बेजार था और उनसे उबरना चाहता था। उस इंसान को जब ग्लास ब्रेकिंग की समझ मिली तब उसने अपने ससुर के साथ बनी काँच की दीवार तोड़ने का प्रयास किया। उसने रात को ससुरजी को फोन लगाया मगर उस रात उसे फोन करते हुए डर लग रहा था। आये दिन वह रात का इंतजार किया करता था कि 'कब रात आये और मैं ससुरजी को फोन करूँ।' मगर उस दिन पहली बार उसे फोन करते हुए डर लग रहा था कि 'कैसे मैं बात करूँ, कैसे काँच की दीवार तोड़ूँ?' उसके इस रवैये के कारण ससुराल में कोई उसका फोन तक नहीं उठाता था इसलिए उसने ससुरजी को बाहर से फोन किया और कहा, 'अब मैं बदल गया हूँ, मैं आपसे माफी माँगना चाहता हूँ। मेरा यकीन कीजिये, मैं अब पहले जैसा

नहीं रहा, मुझमें आमूल परिवर्तन आ गया है। कृपा करके मेरी पत्नी से मेरी बात करवा दीजिये।' पहले तो उसके ससुर को उसकी बात पर विश्वास नहीं आया। फिर उस इंसान ने अलग-अलग तरीके से अपने ससुर को यकीन दिलाने की कोशिश की। उन पति-पत्नी का रिश्ता इस कदर बिगड़ चुका था कि तलाक तक की नौबत आ गयी थी। मगर काँच की दीवार तोड़ने की समझ ने यह अनर्थ होने से बचा लिया। आप समझ सकते हैं कि सिर्फ एक फोन करने से जीवन में कितना बड़ा परिवर्तन लाया जा सकता है। उस नवयुवक में हुए परिवर्तन को देखकर बहुत से लोग प्रभावित हुए। उन्हें लगा कि इस इंसान में बदलाव आ सकता है तो हम में क्यों नहीं हो सकता है! इंसान में जब अंदर से परिवर्तन होता है तब वह खुद नहीं जानता कि वह कितने लोगों के कल्याण के लिए निमित्त बनता है।

उदाहरण 3 : सौतेली माँ और बेटा

एक लड़का अपनी सौतेली माँ के साथ रहता था। कई साल पहले सौतेली माँ ने उसे कुछ ऐसे अपशब्द कहे, जिससे वह बुरी तरह आहत हो गया। इस घटना के बाद वह सौतेली माँ से नाराज रहने लगा। माँ से एक निश्चित दूरी रखकर जीवन जीने लगा। दोनों के संबंधों में एक कड़वाहट घुल गयी। रिश्तों के बीच की दूरी बढ़ती ही गयी। यहाँ तक कि उसने अपनी माँ को 'माँ' कहकर पुकारना भी बंद कर दिया। ग्लास ब्रेकिंग यानी रिश्तों में बनी काँच की दीवार को तोड़ने के प्रयोग की समझ मिलने पर उसकी सोच में एक जबरदस्त परिवर्तन आया। रिश्तों में मधुरता लाने के लिए वह प्रयत्नशील रहने लगा। प्रयत्नों के परिणामस्वरूप उसके स्वभाव में नरमी आने लगी और एक दिन वह अपनी माँ को 'माँ' कहकर पुकार पाया। आप सोच सकते हैं कि जिस लड़के ने कई सालों से अपनी माँ को 'माँ' कहने से इनकार कर रखा था, अचानक एक दिन उसके मुख से 'माँ' यह संबोधन सुनकर माँ के दिल में अपने बेटे के प्रति प्यार का कैसा सागर उमड़ पड़ा होगा!

उदाहरण 4 : सास और बहू

एक महिला की सास उस पर बहुत गुस्सा किया करती थी। सदा उसे उलटा बोलती थी, उसे जली-कटी सुनाती थी। बहू बेचारी बड़ी परेशान रहती थी। उसे समझ में नहीं आता था कि सास के मन में अपने प्रति किस तरह सद्‌भावना पैदा करे। ग्लास ब्रेकिंग की समझ मिलने के बाद उसने निश्चय किया कि 'आज मैं अपनी सास के साथ ग्लास ब्रेक करूँगी।' घर जाकर वह सीधे सास की गोद में बैठी और सास से कहा, 'जब तक आप मुझे अपनी बेटी नहीं कहेंगी तब तक मैं आपकी गोद से नहीं उतरूँगी। आप मुझे बेटी कहें, मेरी माँ बनें, तभी मैं आपकी गोद से उतरूँगी वरना यहीं आपकी गोद में बैठी रहूँगी।' इस घटना ने सास के हृदय को झकझोर कर रख दिया। सास का दिल मोम की तरह पिघल गया। आधे घंटे तक दोनों गले लगकर रोती रहीं।

इस तरह एक छोटी सी क्रिया भी आपका जीवन बदल सकती है, रिश्तों में आयी हुई दरार भर सकती है।

इसका अर्थ यह नहीं हैं कि आप सदा माफी ही माँगें। ग्लास ब्रेकिंग के लिए सामने वाले के गुणों की प्रशंसा भी करें, आपके जीवन में उन्होंने जो भी भले कार्य किये हैं, वे उन्हें बतायें, उन्हें तोहफा दें, उनके प्यार को याद रखें।

उदाहरण 5 : पति-पत्नी और वकालत

एक इंसान की शादी को बीस साल हो चुके थे। उसकी पत्नी वकील थी। पंद्रह साल से वह वकालत करते हुए घर को सँभाल रही थी। उस इंसान को पत्नी के बारे में लगता था कि वह वकालत करते हुए घर का काम-काज देखती है तो इसमें कौन सी बड़ी बात है? इसमें उसके प्रति धन्यवाद-ज्ञापन करने की क्या जरूरत है, यह तो उसका कर्तव्य है। मगर जब उसका दृष्टिकोण व्यापक हुआ तब धन्यवाद के भाव से उसका दिल भर आया। उसे महसूस हुआ कि पत्नी वकालत करते हुए घर की सारी जिम्मेदारियाँ निभा रही है, इस कारण वह बेफिक्र है। बच्चों

की देखभाल करना, उन्हें स्कूल में समय पर भेजना, स्कूल से लेकर आना, सभी का टिफिन बनाना, ऐसे बहुत सारे काम होते हैं, जिनकी उसे चिंता नहीं करनी पड़ती थी। पति को पहली बार लगा कि 'वास्तव में मुझे अपनी पत्नी को कितने धन्यवाद देने चाहिए!' इस सोच के साथ उनमें ग्लास ब्रेकिंग हुई और दोनों के बीच बनी शीशे की दीवार पूरी तरह से ढह गयी।

हमें भी अपने परिवार के साथ यही करना है। हमारे परिवार का हर सदस्य हमसे यह सुनने को तरस रहा है। चाहे वह हमारा भाई हो, हमारी बहन हो, हमारी माँ हो, हमारे पापा हों, सास-सुसर, बहू या पति-पत्नी हों। हर एक यही सुनना चाहता है कि 'आप उन्हें पसंद करते हैं, उनसे प्रेम करते हैं।' वे सुनना चाहते हैं कि उन्होंने आपके जीवन में क्या-क्या अच्छा किया है। इसलिए सदा उनके अच्छे गुणों के लिए आभार प्रदर्शित करें। अगर आपने कुछ गलतियाँ की हैं तो उसके लिए आप दिल से माफी भी माँगें। यह भी ग्लास ब्रेकिंग है।

समय के साथ कुछ रिश्तों में विरोध उत्पन्न होने लगता है। यह विरोध सूक्ष्म होता है, जो कुछ सालों बाद मोटी दीवार का रूप ले लेता है। इस दीवार को तोड़ने के लिए छोटे-मोटे प्रयास जरूर करते रहें। जैसे - आप रास्ते में जा रहे हैं और अचानक सामने से कोई परिचित आ गया, उसे देखकर मुसकराना भी ग्लास ब्रेकिंग है। आप लिफ्ट से उतर रहे हैं और लिफ्टमैन को गुडमॉर्निंग कहा तो यह ग्लास ब्रेकिंग है। सुबह अपने दूधवाले को देखकर मुसकान बिखेरी तो यह ग्लास ब्रेकिंग है। इस काम के लिए आपको ही पहल करनी है क्योंकि आपने यह पुस्तक पढ़ी है। अपने पड़ोसी को देखकर आपको पहले मुसकराना है क्योंकि हो सकता है, उसने अभी तक यह किताब न पढ़ी हो! इसलिए शुरुआत आपको ही करनी है। आपको यह नहीं सोचना है कि पहले परिवार का कोई सदस्य या दूसरे कोई मिलने वाले ग्लास ब्रेकिंग करेंगे तभी मैं करूँगा बल्कि पहल आप ही करें।

जब आप ग्लास ब्रेकिंग करते हैं तब सामने वाले की आँखों में देखें, वहाँ आपको एक चमक दिखायी देगी, जो यह बताती है कि काँच की दीवार टूटने की

आवाज आ रही है। यदि चमक नहीं दिखायी देती, इसका अर्थ है कि पूरी तरह से ग्लास ब्रेकिंग नहीं हुई है। यदि ग्लास ब्रेकिंग पूरी तरह से नहीं हुई तो आपको एक कदम और आगे बढ़ाना है। आप सामने वाले का हाथ अपने हाथ में ले सकते हैं। क्या यह संभव है? क्या आप अपने पिता से गले मिल सकते हैं? भाई के गले मिल सकते हैं और कितनी शिद्दत से मिल सकते हैं। बेटी माँ से गले मिल सकती है, बहू सास की गोद में बैठ सकती है। क्या जमाई सास की गोद में बैठ सकता है? बैठ सकता है। जो भी करना है, आज ही करना होगा। आप सोचेंगे कि कल करेंगे लेकिन कल कुछ होने वाला ही नहीं है। जो होगा, वह आज ही होगा, अभी, इसी क्षण होगा।

ग्लास ब्रेकिंग की शुरुआत आपको ही करनी है। अपने परिवार से ही इसका आरंभ करना होगा। यह पुस्तक पढकर कई लोगों को यह महसूस हो रहा होगा कि 'हम भी ऐसी अभिव्यक्ति करें, हम भी ग्लास ब्रेकिंग करें।' यह याद रखें कि ग्लास ब्रेकिंग करते समय आवाज आनी चाहिए। सभी पाठकों से निवेदन है कि वे इस अभ्यास को करें। आप जिसके भी साथ ग्लास ब्रेकिंग करना चाहते हैं, अभी इसी वक्त करें। आपको सामने वाले में सिर्फ प्यार देखना है, उसकी गलती नहीं। आप जिस किसी तरीके से ग्लास ब्रेकिंग करना चाहते हैं, वैसा करें लेकिन पूर्ण रूप से करें। माता-पिता, भाई-बहन, बेटा-बेटी, पति-पत्नी, अधिकारी या सहकारी किसी के भी साथ ग्लास ब्रेकिंग की जा सकती है। घर में वह सदस्य यदि मौजूद नहीं है तो तुरंत उसे टेलीफोन कर सकते हैं, मोबाइल पर संदेश भेज सकते हैं या ई-मेल कर सकते हैं। इसके बाद जो होगा, वह आपके जीवन का सुनहरा समय होगा। आप उन पलों को जीवनभर याद रखेंगे।

काँच की दीवार दिखायी नहीं देती इसलिए इसे तोड़ने का खयाल इंसान के मन में जल्दी नहीं आता। काँच की दीवार केवल घर में नहीं होती, बाहर भी मित्रों, ग्राहकों और कर्मचारियों में भी होती है। अगले अध्याय में कुछ उदाहरण इसकी पुष्टि कर सकते हैं।

DAY 25

इंसान जब प्रायश्चित्त करता है
तब वह नया बनकर फिर से पवित्र
जीवन जीना शुरू करता है।

अध्याय 25

हर जगह काँच की दीवार कैसे तोड़ें

सुनहरा उपाय : ग्लास ब्रेकिंग - 3

काँच की दीवार कहाँ नहीं है ? काँच की दीवार मनों से बनती है। इंसान का मन अनुमान लगाने में कुशल होता है। अज्ञान और बेहोशी में हर अनुमान - काँच की दीवार यानी गलतफहमी निर्माण करता है। अनुमान लगाते ही इंसान को सजग होना चाहिए कि *'कहीं अधूरी जानकारी से - मैं जो सोच रहा हूँ, गलत अनुमान तो नहीं है।'* इस सजगता से काँच की दीवार जल्दी नहीं बनेगी। नीचे कुछ और उदाहरण दिये गये हैं, जो हमें हर जगह काँच की दीवार तोड़ने में मदद करेंगे।

उदाहरण 1 : हमारा परिवार

एक लड़के के पिता बचपन में ही गुजर गये थे। उसकी माँ बहुत हिम्मत वाली थी। उसने सारे घर की जिम्मेदारी अपने कंधे पर उठा रखी थी। वह निडर और कर्मठ महिला थी। उसने अपने बच्चों को माँ व पिता दोनों का प्यार दिया था। लड़के को माँ के प्रति बहुत आदर था मगर वह अपनी भावनाओं को माँ के सम्मुख प्रदर्शित करने में झिझक महसूस करता था। उसने माँ को कभी कहा ही

नहीं कि उनके प्रति उसकी क्या भावना है। ग्लास ब्रेकिंग की समझ मिलने पर वह माँ के समक्ष अपने प्रेम व भावनाओं का इज़हार कर पाया। उसने माँ से कहा, 'हमारा परिवार बहुत मजबूत है, हम सभी प्रेम के बंधन में बँधे हैं, ये सब आपकी वजह से संभव हुआ है...आज मैं बहुत खुश हूँ।' यह सुनकर माँ की आँखों से आँसू झरने लगे। वह अपने बेटे को गले लगाये बिना नहीं रह सकी।

अगर आज आप ऐसा कर पा रहे हैं तो यह संभावना खुल गयी है कि आगे भी ग्लास ब्रेकिंग जारी रखी जा सकती है। याद रखें कि हर दो या तीन महीने में परिवार में इस तरह की ग्लास ब्रेकिंग होनी आवश्यक है। ग्लास ब्रेकिंग के बाद जैसा आनंद लिया गया है, वैसा हर बार लें। आनंद तो किसी भी वक्त मिल सकता है लेकिन इंसान को लगता हैं कि 'कल करेंगे, जल्दी क्या है ! हम प्रेम करते हैं तो बोलने की क्या जरूरत है, हम तो सबकी चिंता करते हैं।' लेकिन प्रेम का शब्दों में अभिव्यक्त होना और क्रिया में आना बहुत महत्त्वपूर्ण है।

उदाहरण 2 : दो दोस्त

दो दोस्त थे। एक दोस्त हमेशा काम के सिलसिले में विदेश जाया करता था। विदेश से अपने दोस्त के लिए वह कभी कोई उपहार नहीं लाता था मगर दोस्त के बेटे के लिए कुछ न कुछ तोहफा जरूर लेकर आता था। दूसरों के मन में सद्भावना जगाने का यह कितना आसान तरीका है। पहले दोस्त के इस व्यवहार से दूसरे दोस्त के मन में कैसी मधुर भावना उपजी होगी। अपना जो प्यारा है, उसे कोई याद रखे, यह अहसास कितना खूबसूरत है। आप कहीं गये और वापस आते वक्त अपने भाई, बहन या पड़ोसी के बेटे के लिए कोई तोहफा लाये, चाहे वह तोहफा छोटा ही क्यों न हो, दस रुपये या दो रुपये का ही क्यों न हो तो भी वह आपको जीवनभर याद रखेगा क्योंकि आपने उसके साथ सूक्ष्म ग्लास ब्रेक किया है। उसके प्यारे को आपने अपना प्यारा बनाया है। रिश्तों में मधुरता बढ़ाने के लिए यह बहुत महत्त्वपूर्ण पहलू है, जो आपसी रिश्तों को मजबूत करती है।

उदाहरण 3 : फोन पर ग्लास ब्रेकिंग

एक वकील थे। अपने भाई के साथ उनके संबंध काफी बिगड़े हुए थे। आये दिन उनका भाई के साथ झगड़ा होता रहता था। एक दिन उन्होंने निश्चय किया कि ये सब बहुत हुआ, अब ग्लास ब्रेकिंग होनी ही चाहिए। उन्होंने अपने भाई को फोन किया और फोन पर वे यह भूल ही गये कि उन्हें ग्लास ब्रेकिंग करनी है। आदतन वे दोनों आधे घंटे तक फोन पर झगड़ते रहे। काफी देर बाद उन्हें याद आया कि 'मुझे तो अपने भाई के साथ ग्लास ब्रेकिंग करनी थी।' जैसे ही उन्हें याद आया तुरंत उन्होंने विषय बदला और भाई से कहा, 'हकीकत में मैंने तुमसे माफी माँगने के लिए फोन किया था। मैं तुमसे माफी माँगता हूँ, मैंने आज तक बहुत गलतियाँ की हैं, तुम कृपा करके उन्हें भुला दो, अनदेखा कर दो।' उसके बाद दोनों भाई आधा घंटा प्रेमपूवर्क बातें करते रहे। समझ मिलते ही कितनी आसानी से यह संभव हो पाया।

उदाहरण 4 : जन्मदिन ग्रीटिंग और ग्राहक

एक सज्जन की यह आदत थी कि वे अपने रिश्तेदारों, परिचितों का जन्मदिन हमेशा याद रखते थे। हर एक के जन्मदिन पर वे उन्हें फूल और बर्थ-डे कार्ड देते थे। सज्जन से उनके अनुभव पूछने पर उन्होंने बताया कि कई लोगों को मालूम ही नहीं होता है कि आज उनका बर्थ डे है। फिर उनके बधाई देने के बाद उनके घर में उनका बर्थ डे मनाया जाता था।

एक बार उन्होंने अपने किसी परिचित को बर्थ-डे ग्रीटिंग भेजा। उस दिन उनके घर में बहुत झगड़े चल रहे थे। ग्रीटिंग मिलते ही सबको याद आया कि आज इसका बर्थ-डे है और सारे झगड़े बंद हो गये। इस तरह उस सज्जन द्वारा बर्थ-डे ग्रीटिंग कार्ड देना कितना बड़ा निमित्त बना।

क्या हमें अपने घर के सभी लोगों के जन्म दिवस याद रहते हैं ? क्या हमें अपने नजदीक के लोगों के जन्म दिवस याद हैं ? अपने नजदीकी लोगों को जन्म

दिवस पर बधाई देना भी सूक्ष्म ग्लास ब्रेकिंग है।

एक बार ऐसा हुआ कि एक सज्जन की अपने किसी ग्राहक के साथ पैसे के भुगतान के संबंध में कुछ अनबन हो गयी। वे उस ग्राहक पर बेहद नाराज हो गये। उन्हीं दिनों ग्राहक की शादी की सालगिरह थी। कई साल से ये सज्जन उस ग्राहक की शादी की सालगिरह पर उन्हें ग्रीटिंग भेजते आ रहे थे। समय पर पेमेंट न करने के कारण ग्राहक के साथ रिश्ते में दरार आ गयी। पैसे के लिए बार-बार रिमाईंडर भेजे जा रहे थे, फिर भी वे पैसों का भुगतान नहीं कर रहे थे। अतः नाराजगी में सज्जन ने ग्राहक को इस बार ग्रीटिंग या फूलों का गुलदस्ता नहीं भेजा। दूसरे दिन सुबह वे जैसे ही वे सज्जन अपने कार्यालय में पहुँचे तो ग्राहक अपनी पत्नी समेत उनके सामने आ खड़े हुए। उन्होंने चेक सामने रखा और कहा कि 'जो धनराशि आप चेक में भरना चाहते हैं, भर सकते हैं लेकिन इसकी वजह से ग्रीटिंग भेजना बंद न करें। कल रात तक हमने आपके ग्रीटिंग का इंतजार किया। आपने ग्रीटिंग क्यों नहीं भेजा? इतने साल से आप हमारी शादी की सालगिरह पर ग्रीटिंग भेजते आये हैं तो इस साल क्यों नहीं भेजा? पैसे की वजह से पुनः ऐसा कभी मत कीजियेगा।' इतना कहकर ग्राहक ने रोना शुरू कर दिया। उनका रोना देखकर वे सज्जन भी रोने लगे। उन्हें अपनी गलती का अहसास हुआ। कार्यालय के कर्मचारी दोनों को रोते हुए देखने लगे। सोचिये, कैसा दृश्य होगा! एक इंसान कहता है कि 'तुम जो चाहे पेमेंट ले लो लेकिन दोबारा कभी ऐसा नहीं करना। हमारे प्यार के बीच में पैसा को आने मत देना।' इस घटना के बाद चाहे कुछ भी हो जाय, वे सज्जन हर एक को ग्रीटिंग भेजते ही हैं। इससे आपने समझा कि एक ग्रीटिंग भेजना भी कितनी सुंदर ग्लास ब्रेकिंग है।

उदाहरण 5 : प्रबंधक और उसका परिवार

एक कंपनी में 'पर्सनल ऐण्ड ह्यूमन रिसोर्स' विभाग में कार्यरत एक कार्यालय प्रबंधक ने किस तरह दूसरे के जीवन में आनंद बिखेरा, इसका वर्णन नीचे किया गया है।

तेजज्ञान फाउण्डेशन से जुड़ने के बाद उस प्रबंधक महोदय की जब भी संगठन के कर्मचारियों से बातचीत होती थी तब वह उन्हें तेजज्ञान फाउण्डेशन के बारे में अकसर बताया करता था। कुछ महीनों बाद उनके संगठन प्रमुख ने फाउण्डेशन कोर्स किया। ग्लास ब्रेकिंग की समझ मिलने पर संगठन प्रमुख ने मन ही मन कुछ ठाना।

पाँच साल पहले संगठन प्रमुख का अपनी पत्नी के साथ जोरदार झगड़ा हुआ था और झगड़े में उन्होंने पत्नी को बड़ी बेरहमी से पीटा था। ऐसी प्रताड़ना पाकर पत्नी अपने बच्चे को लेकर मायके चली गयी थी। महीने भर के बाद वे किसी तरह सुलह करके पत्नी को वापस ले आये लेकिन ससुराल वाले अपने जमाई से बेहद नाराज थे। उन्होंने जमाई के ससुराल में आने-जाने पर रोक लगा दी थी। पत्नी आ-जा सकती थी लेकिन जमाई के लिए ससुराल के दरवाजे सदा के लिए बंद हो गये थे। ग्लास ब्रेकिंग के बारे में जानकारी मिलने पर उन्होंने अपने ससुराल में फोन किया किंतु कोई उनसे बात करने के लिए तैयार नहीं था। अतः वे स्वयं अपनी गाड़ी लेकर ससुराल जा पहुँचे। ससुराल में पत्नी के भाई ने उन्हें दरवाजे पर ही रोक दिया। संगठन प्रमुख ने अपने साले के पैर छूए, उससे माफी माँगी और भविष्य में अपनी पत्नी के साथ बुरा सुलूक न करने की सौगंध खायी। उन्होंने साले से कहा, 'मुझे अपनी सास से मिलने दीजिये, मैं उनसे माफी माँगना चाहता हूँ।' साले साहब आश्चर्य में पड़ गये। जमाई के बरताव को देखकर उन्हें सासू माँ से मिलने की अनुमित दे दी गयी। जमाई ने सासू माँ के पैर छूए और कहा, 'मुझसे बहुत बड़ी गलती हो गयी, मैंने अपनी पत्नी को पीटा और आपको भी भला-बुरा कहा। मैं जानता हूँ कि आप मुझसे सख्त नाराज हैं इसलिए आपने मेरा घर आना बंद कर दिया है। आपकी जगह कोई और होता तो वह भी यही करता। आज मुझे अपनी गलती का अहसास हुआ है। मैं अपने किये पर लज्जित हूँ। मैं वादा करता हूँ कि आगे से मैं आपके दिल को कभी ठेस नहीं पहुँचाऊँगा। आप मुझे अपना बेटा ही समझिये और मेरे प्रति अपने दिल में जो गुस्सा है, वह

निकाल दीजिये।' इस तरह की ग्लास ब्रेकिंग होने के बाद आप समझ सकते हैं कि आज उनके संबंध कितने मधुर हो गये होंगे।

इस तरह एक परिवार मिलकर बाकी रिश्तेदारों के साथ ग्लास ब्रेकिंग कर सकते हैं। हो सकता हैं कि आपको जो आनंद मिला है उससे ज्यादा आनंद बाकी लोगों को मिलेगा क्योंकि उनके जीवन में कभी किसी ने ग्लास ब्रेकिंग की ही न हो। यदि हमने इसका महत्त्व समझा है तो हम इसे अपने जीवन में उतारेंगे। जब आप दूसरों के साथ ग्लास ब्रेकिंग करेंगे तब वे आपको जीवनभर याद रखेंगे और सदा धन्यवाद देते रहेंगे।

अब तक बताये गये उदाहरणों से समझें कि परिवार के साथ-साथ आपके पड़ोसी, आपके मित्र, सहकारी इत्यादि के साथ भी ग्लास ब्रेकिंग की जा सकती है। आज निश्चित ही कर लें कि हमें किस-किस के साथ ग्लास ब्रेकिंग करनी है। हो सकता है फिर वे आपके चाचा - मामा हों, भाई हों, सास-ससुर हों, नौकर हो या नौकरानी हों। आपके सारे रिश्तेदारों को एक-एक करके जन्मदिनों या त्योहारों के बहाने अपनी नजरों के सामने लायें, उन्हें धन्यवाद दें, उचित रूप से उनकी तारीफ करें। उनकी कुछ बातें सुनें और अगर आपसे कोई गलती हुई है तो उनसे दिल से माफी माँगें। यह है ग्लास ब्रेकिंग, यह है रिश्तों के बीच की दीवारें तोड़ना।

हर समाज यदि यह विधि अपनाये तो सारे देश में प्रेम की लहर उठ सकती है। सारे दंगे समाप्त हो सकते हैं। धर्मों के बीच की शीशे की दीवारें हिंसा को जन्म देती हैं, देशों के बीच बनी काँच की दीवारें महायुद्धों को जन्म देती हैं। इन दीवारों को आज ही तोड़ें और उनके टूटने की आवाज़ सुनें। सारे विश्व को एक बनते हुए देखें।

DAY 26

विश्व की हर बड़ी सफलता
रिश्ते-नाते तथा सहयोगियों के
सहयोग से ही पायी जा सकती है।

अध्याय 26

नफ़रत में भूलने और माफ करने की कला सीखें

क्षमा की क्षमता

हर इंसान को रिश्तों में नयी रोशनी, प्रेम, संतुष्टि लाने के लिए तथा रिश्तों में काँच की दीवार मिटाने के लिए, अपने अंदर क्षमा की क्षमता बढ़ानी चाहिए। जो क्षमा करते हैं, उन्हें क्षमा आसानी से मिलती है।

क्षमा करना यानी सामने वाले ने कोई गलती की हो और फिर भी आपने उस इंसान को उसकी गलती की सजा न देते हुए, उसके साथ वैसा ही व्यवहार जारी रखा, जैसा आप उसके साथ, जब उसने गलती नहीं की थी, तब करते थे तो यह सही तरीके से क्षमा करना हुआ।

क्षमा का पात्र हर एक इंसान है क्योंकि हर इंसान गलती करता है। हर इंसान इसलिए गलती करता है क्योंकि 1 - हर एक के पास हर जानकारी नहीं होती। 2 - इंसान दूसरों के विचार पढ़ नहीं पाता 3 - तथा इंसान में लापरवाही का संस्कार बीच-बीच में जागृत होता रहता है।

जैसे राजा दशरथ ने गलत अनुमान लगाकर श्रवण कुमार की हत्या की। श्रवण कुमार को हिरन समझकर तीर मार दिया, जिससे श्रवण कुमार के माता-पिता की, पुत्र वियोग के दुःख में मृत्यु हुई। बताने का तात्पर्य यह हैं कि गलतियाँ सभी से हो सकती हैं इसलिए सभी क्षमा के पात्र हैं।

कई बार ऐसा होता है कि आप छोटी-छोटी घटनाओं में सामने वाले को क्षमा कर पाते हैं मगर बड़ी घटनाओं में क्षमा नहीं कर पाते। बड़ी घटनाओं में भी आप दूसरों को क्षमा कर पायें इसलिए आपको सही ढंग से क्षमा करने की कला सीखनी चाहिए। छोटी-छोटी घटनाओं में जब आप क्षमा करने का अभ्यास करेंगे तो थोड़ी बड़ी घटनाओं में भी दूसरों को क्षमा कर पायेंगे। सीधे बड़ी घटनाओं पर छलाँग न लगायें।

बड़ी घटनाओं में यदि आप सामने वाले को क्षमा नहीं कर पा रहे हैं तो इसका अर्थ यही हुआ कि उस घटना में आप उसे सज़ा देना चाहते हैं या उसकी गलतियों के बारे में सोच-सोचकर खुद को सज़ा देना चाहते हैं। अतः पहले यह देखें कि क्या छोटी घटना में आप दूसरों को क्षमा कर पा रहे हैं? उसके बाद यह देखें कि क्या क्षमा करने की आवश्यकता है? अपने आपसे सवाल पूछें कि क्या मेरी समझ वैसी हुई है, जहाँ पर मैं तेज क्षमा* कर पाऊँ? इन सभी सवालों के जवाब पाकर आपको हर घटना में अपनी समझ (चेतना) का स्तर बढ़ाना है।

आज आप बड़ी घटनाओं में क्षमा नहीं कर पा रहे हैं तो ठीक है मगर आपकी मनोभूमिका ऐसी हो, जिससे आप घटना को तेज क्षमा के दृष्टिकोण से देख पायें। क्षमा करने का अर्थ आपको सामने वाले से कुछ भी नहीं कहना है, ऐसा नहीं है। सामने वाला भविष्य में वही गलती न दोहराये इसलिए जो बताने योग्य है, वह उसे जरूर बतायें। उसे यह समझ तथा प्रशिक्षण दें कि आगे इसी

** तेज क्षमा सज़ा और क्षमा दोनों से परे है। जिसमें सत्य की समझ होगी, सत्य का ज्ञान होगा और जो यह जानता है कि क्षमा माँगने वाला कौन है, गलती किससे हुई है, वही तेज क्षमा कर पायेगा।*

तरह के प्रसंग में आपने उसे बतायी हुई बातों पर विचार करके व्यवहार करना चाहिए। उसे कहें, 'आप जब यह कर रहे हैं तो इन-इन बातों पर आप नहीं सोचते हैं इसलिए आपसे यह गलती होती है।' इस तरह के वार्तालाप द्वारा आप सामने वाले को क्षमा करते हुए उसके बरताव में परिवर्तन ला सकते हैं।

आपको जिस तरह से क्षमा करना सीखना है, उसी तरह से सामने वाले से क्षमा माँगना भी सीखना है। अगर सामने वाला आपको क्षमा नहीं कर पा रहा है तो वह भविष्य में कभी आपको क्षमा नहीं करेगा, ऐसा न समझें। वह इस वक्त आपको क्षमा नहीं कर रहा है तो ऐसी अवस्था में आपको उसकी 'नहीं' को 'अभी नहीं' समझना चाहिए। सामने वाला जब कहे, 'मैं तुम्हें क्षमा नहीं कर सकता' तब आप कुछ समय के बाद फिर से उससे क्षमा माँगें। ऐसा करने से पूरी संभावना है कि समय की मरहम लगने के बाद, आपके क्षमा माँगने के सही तरीके की वजह से, वह आपको क्षमा कर दे। ऐसा करने से सामने वाले का भी फायदा होने वाला है। आपको क्षमा इसलिए भी माँगनी है ताकि वह इंसान भी नफ़रत से बाहर आ जाय। क्षमा माँगने के पीछे आपका उद्देश्य प्रेम होना चाहिए।

कई बार ऐसा होता है कि क्षमा करने तथा क्षमा माँगने के कुछ समय बाद वापस नफ़रत के विचार आने लगते हैं। ऐसे समय पर याद करें कि आप क्या भूल गये हैं? आपको ऐसा क्या याद आया था, जिस वजह से आप सामने वाले को क्षमा कर पाये थे? आप इस वक्त क्या भूल गये हैं, जिस वजह से नफ़रत वापस आ रही है? आपको क्षमा करने के लिए जो समझ मिली है, वह समझ अगर याद करें तो आप आसानी से उस नफ़रत से बाहर आ जायेंगे।

क्षमा करने से आनंद मिलता है और क्षमा पाने से भी आनंद मिलता है। दोनों ही स्थितियों में आनंद मिलना अनिवार्य है। क्षमा मिली तो भी आपको अच्छा लगेगा और किसी को आप क्षमा कर पाये तो उस वक्त भी आपको अच्छा ही लगेगा। खुश इंसान हमेशा क्षमाशील होता है।

क्षमा न कर पाने की स्थिति में अपने आपसे ये सवाल जरूर पूछें कि 'गलती किससे हुई है, उससे आपका क्या रिश्ता है? कौन क्षमा करना चाहता है? और किसे बुरा लग रहा है?' सामने वाले ने गलती की है तो क्या वहाँ समझ नहीं थी, उसे जानकारी नहीं थी? उसके द्वारा क्या अनुमान लगाया गया था? ये सवाल पूछकर इन सभी पहलुओं पर ईमानदारी से मनन करें। इस तरह घटना और आपने की हुई क्षमा दोनों आपके विकास का कारण बनेंगी, आपसे अपनी पूछताछ (आत्मनिरीक्षण) करवायेगी। क्षमा, क्षमा करने वाले को अपने अनुभव (स्वभाव) की याद दिलायेगी।

क्षमा करने की प्रक्रिया में पहले कदम पर आपके अंदर यह समझ होनी चाहिए कि सामने वाले के गलती करने पर आप उसे क्षमा करेंगे तो आप पहले खुद नकारात्मक भावना से मुक्त हो जायेंगे। क्षमा पाने से सामने वाला मुक्त हो या न हो, यह दूसरी बात हैं किंतु सामने वाले को क्षमा करके आप तो जरूर मुक्त हो जाते हैं।

आपने अगर क्षमा नहीं की तो आपके अंदर विचारों की उथल-पुथल चलती रहेगी। आप ऐसे ही मौके की ताक में रहेंगे कि कब सामने वाले को उसकी गलती का अहसास करवाया जाय, उसे मजा चखाया जाय, उसे नीचा दिखाया जाय। बिना वजह आपका ध्यान ऐसी ओछी बातों में लगा रहेगा। आप जब उन लोगों से मिलेंगे, जिनसे आप खफा हुए हैं तब आपका ध्यान वर्तमान में न रहते हुए भूतकाल की यादों में रहेगा।

केवल क्षमा न करने की वजह से आप वर्तमान से दूर हो जाते हैं। वर्तमान सच्चाई है इसलिए वर्तमान में जीने के लिए क्षमा करना सीखें। हर घटना में अपने आपको जाँचें और अपनी समझ बढ़ाते हुए सामने वाले को क्षमा करके अपने आपको मुक्त करें।

जीवन में कुछ नकारात्मक घटनाएँ ऐसी होती हैं, जिन्हें भुलाने की कला हमें सीखनी है। उन घटनाओं को याद करके हम बेवजह परेशान होते रहते हैं,

दु:खी होते रहते हैं, मन में अपराध बोध और नफ़रत की भावना को पनपने देते हैं। ऐसी घटनाओं को याद करके कोई फायदा नहीं है बल्कि हम और भी बीमार हो जाते हैं।

हमारे अंदर छिपी द्वेष, नफ़रत और ईर्ष्या की भावना प्रसंगों के अनुसार सामने आती है। उदाहरणार्थ बचपन में आपके किसी रिश्तेदार ने आपको जंगली, गधा या नालायक कह दिया हो तो आज तक आपको वह बात याद आती है। फिर कभी वह रिश्तेदार आपके सामने आता है तो आपको तकलीफ होती है। उस रिश्तेदार को आज याद भी नहीं होगा कि उसने आपको बचपन में कुछ गलत कहा था मगर उसे देखते ही आपको वह घटना याद आती है और आपके अंदर की नफ़रत जाग उठती है। रिश्तेदार के जाने के बाद भी आप काफी समय तक नफ़रत की ज्वाला में जलते रहते हैं। मगर अब उस घटना को भुलाकर आपको चाहिए कि आप उस रिश्तेदार को माफ कर दें। वरना जीवन में जब भी आपका उस रिश्तेदार से सामना होगा तब आप ऐसे ही परेशान होते रहेंगे।

इसी तरह ऐसी कोई भी घटना जो आपको भूतकाल में की गयी गलती की याद दिलाती है तो आपके मन में अपराध बोध जागता है और आप अपने आपसे ही नफ़रत करने लगते हैं। घटनाएँ याद आना गलत नहीं है पर उसके साथ अपराध बोध व नफ़रत की भावना याद आना तकलीफदायक है। फिर उन्हीं घटनाओं को बार-बार याद करके आप परेशान और दु:खी होते हैं। आप अनचाहा बोझ अपने सिर पर उठाये हुए जीवन जीते हैं।

कुछ लोग कहते हैं कि हम तो किसी से नफ़रत नहीं करते और न ही हमें कोई अपराध बोध है। मगर घटना होने पर उनके अंदर नफ़रत कहाँ से आती है? इसका अर्थ है, नफ़रत उनके अंदर ही थी। नफ़रत में उन्हें अपना इलाज करना है, न कि सामने वाले का। दवा की जरूरत उन्हें है, न कि दूसरों को।

एक इंसान को देखकर अलग-अलग लोगों में अलग-अलग भावनाएँ उत्पन्न होती हैं। जैसे एक इंसान को देखकर किसी को क्रोध आता है, किसी को

डर, किसी को प्यार, किसी को खुशी, किसी को दया, किसी को नफ़रत, किसी को ईर्ष्या तो किसी को द्वेष होता है। अगर आपके मन में किसी के प्रति नफ़रत का भाव आता है तो वह नफ़रत का भाव आपके अंदर है, न कि सामने वाले की वजह से है। आप सामने वाले को गलत समझकर उसे सुधारना चाहते हैं और सारा दोष उसे देते हैं। आप इस खुशफहमी में जीते हैं कि वह जब सुधरेगा तभी मेरे जीवन में आनंद आयेगा। जब कि समझ यह होनी चाहिए कि *'मुझे सामने वाले को नहीं सुधारना है बल्कि अपने आपमें बदलाव लाना है, दुनिया नहीं, स्वयं को बदलना है।'* आप यह जितनी जल्दी जान जायेंगे, उतनी जल्दी नफ़रत व अपराध बोध से मुक्त होंगे। अपने मन में गलत भावनाएँ रखकर न जाने कितनी मानसिक और शारीरिक पीड़ाओं को हम आमंत्रित करते हैं।

आप उन चीजों से दूर भागते हैं, जिन्हें आप देखना या सुनना पसंद नहीं करते। जैसे कुछ लोगों को गंदगी देखना पसंद नहीं है तो कुछ लोग खून नहीं देख पाते हैं। कुछ लोग भिखारी, बीमार, दुःखी और रोते हुए बच्चे नहीं देख पाते। कुछ लोग ऊँची आवाज, गाड़ी के हॉर्न की आवाज, कुत्तों के भौंकने की आवाज पसंद नहीं करते। यही नहीं बल्कि कुछ लोग अपनी बुराई, अपने प्रियजनों की बुराई या किसी राजनेता, पसंदीदा अभिनेता या अभिनेत्री की बुराई नहीं सुन पाते। इस तरह आप जीवन के केवल एक ही पहलू को स्वीकार करते हैं। अच्छी बातें स्वीकार करते हैं और बुरी बांतों को अस्वीकार करके उनसे दूर भागते हैं। स्वीकार-अस्वीकार, दुःख-सुख के इस खेल में आप डोलते रहते हैं। यह संघर्ष इंसान के साथ जीवन के अंत तक चलता रहता है।

सच्चाई यह है कि दुःख की वजह से सुख की कीमत है। दुश्मन की वजह से दोस्त की कीमत है। दुःख को निकालेंगे तो सुख भी खतम हो जायेगा। मृत्यु निकालेंगे तो जीवन भी समाप्त हो जायेगा। कोई बेईमान है तो ईमानदार की कदर है इसलिए सिक्के के दोनों पहलुओं को स्वीकार करना सीखें ताकि दूसरों को क्षमा करना आसान हो जाय।

क्षमा की क्षमता कैसे बढ़ायें

आगे शिविरार्थियों की सुविधा के लिए क्षमा करने की प्रणाली थोड़े में लिखी गयी है। इस विषय को विस्तार से जानने के लिए आप *'प्रेम से प्रेम, नफरत से मुक्ति'* पुस्तक पढ़ सकते हैं। एकांत में आप 10 से 20 मिनट अकेले, शांत और आराम से कुर्सी पर बैठें या लेटकर भी यह प्रयोग कर सकते हैं।

बचपन में इंसान योग्य-अयोग्य की परख न रखने की वजह से कई बार अपने माता-पिता को भी नफरत की निगाह से देखता है। बचपन की यादें उसे हरदम बड़े होने पर भी परेशान करती रहती हैं। इसलिए इस प्रयोग में सबसे पहले अपने माता-पिता को अपनी आँखों के सामने लायें। उन्होंने शायद कभी आपको डाँटा या मारा हो। कभी आपके भाई या बहन को आपसे ज्यादा प्यार दिया हो, कभी आपको कहीं जाने से या किसी से मिलने से रोका हो या आपके मित्र को कुछ कहा हो, जिस कारण आप अपने माता-पिता से अब तक नाराज हैं तो उन घटनाओं को एक-एक करके सामने लायें। उस वक्त की समझ, डर अथवा अज्ञान के अनुसार आपके माता-पिता ने जो भी किया सही किया, ऐसा समझें और उन्हें माफ करें।

जब भी इंसान जो कुछ करता है, वह उस वक्त की उसकी समझ व जानकारी के अनुसार करता है। इसलिए यह समझ रखें कि जो भी हुआ वह उस वक्त की समझ से उनके द्वारा हुआ, अब ऐसा नहीं है। आज की समझ के अनुसार आप उन्हें माफ करें। आज आपकी समझ अलग है। आज की समझ से उस घटना को देखें तो वह घटना उतनी बुरी नहीं लगेगी, जितनी उस वक्त लगी थी। मन ही मन अपने माता-पिता से कहें, *'मैं आपसे प्रेम करता हूँ, मैं आपको माफ करता हूँ, आप भी मुझे माफ करें।'*

कभी आपके भाई-बहन ने आपकी चुगली की हो और आपको मार पड़ी हो, उनकी इस्तेमाल की हुई पुरानी चीजें आपको मिली हों, उन्होंने आपको मारा हो या आपका अपमान किया हो तो उन सब घटनाओं को एक-एक करके अपने सामने लायें। आपके भाई-बहन ने उस वक्त जो कुछ भी आपके साथ किया, वह सब वे अपनी उस वक्त की समझ अनुसार कर पाये अन्यथा वे आपके शुभचिंतक हैं।

इंसान जब-जब, जो-जो करता है, वह सब उस वक्त की परिस्थिति (डर, अज्ञान, बेहोशी) अनुसार होता है। ऊपर दी गयी समझ के अनुसार भाई-बहन द्वारा हुई गलतियों को देखेंगे तो क्षमा की क्षमता बढ़ेगी। अब पुरानी सभी बातों के लिए अपने भाई-बहन को माफ करें। मन ही मन अपने भाई-बहन से कहें, *'मैं आपसे प्रेम करता हूँ, मैं आपको माफ करता हूँ, आप भी मुझे माफ करें, इसी में सबका भला है। अब मैं नफरत के बंधन से मुक्त हुआ हूँ और आपको भी इससे मुक्त करता हूँ।'*

इस तरह आप क्षमा रूपी गंगाजल से नफ़रत के बंधन से मुक्त हो जायेंगे। वे भी आपकी नफ़रत से मुक्त हो जायेंगे। ऐसा प्रयोग करके, दूसरे नफ़रत से मुक्त हों या न हों आप तो मुक्त हो ही जायेंगे।

इसी तकनीक के द्वारा आप अपने हर रिश्ते को, फिर वह रिश्ता चाहे दादा-दादी, नाना-नानी, चाचा-चाची, मौसा-मौसी, मित्र, डॉक्टर, शिक्षक, पुलिस, पड़ोसी के साथ ही क्यों न हो, क्षमा करें।

यह प्रयोग करने के बाद अपने आपसे सवाल पूछें कि क्या आप अपने आपको और दूसरों को माफ कर पाये? *दूसरों को माफ करना यह अहसान दूसरों पर नहीं बल्कि अपने आप पर है।* दूसरों को तथा स्वयं को भी क्षमा करें।

गन्ने की मशीन में गन्ना डालने से उसकी मिठास पहले उस मशीन को मिलती है और बाद में किसी और को मिल सकती है। अगर गन्ने की मशीन में पत्थर डाले जायें तो सबसे पहला नुकसान मशीन का होगा और बाद में किसी और का हो सकता है। जब आप अपने मन में किसी के प्रति नफ़रत रखते हैं तो आप पहले अपना नुकसान करते हैं क्योंकि आप अपनी मशीन (शरीर) में नफ़रत के पत्थर डाल रहे हैं। जब आप किसी की गलती नहीं भूलते और उन्हें माफ नहीं करते तब आप खुद ही अंदर जलते और कुढ़ते रहते हैं। इसलिए आप स्वयं को और दूसरों को माफ करके खुद पर अहसान करें।

जिन लोगों को आप माफ करना चाहेंगे, उन लोगों के नामों की सूची बनायें। चाहे तो सबसे ऊपर अपना नाम लिखें। यदि आप होलसेल में (एक साथ) सबको माफ नहीं कर सकते तो हर दिन एक-एक करके पीछे बतायी गयी तकनीक के अनुसार, सभी को माफ करें।

DAY 27

दूसरों में सदा गुण देखें क्योंकि
जिस गुण पर आप ध्यान देते हैं,
वह गुण आपमें आने लगता है।

अध्याय 27

रिश्तों और विचारों का रिश्ता

जीवन का नियम और रिश्तों में विकास

एक राजा अपने राजमहल की खिड़की से रोज सुबह बैठे-बैठे एक लकड़हारे को काम पर जाते हुए देखा करता था। वह लकड़हारा सवेरे-सवेरे जंगल से लकड़ियाँ काटने के लिए रोज राजमहल के नजदीक से गुजरता था। वह हर सुबह ठिठुरती ठंढी में जंगल में लकड़ियाँ काटने के लिए जाता था। लकड़हारे को सुबह जाते हुए देखकर राजा के मन में उसके प्रति दुःख का भाव जागता था। शाम को जब लकड़हारा घर लौटता था, उस समय भी राजा उसे देखा करता था परंतु शाम के समय राजा के भाव लकड़हारे के प्रति बिलकुल विपरीत होते थे। राजा के मन में शाम को लकड़हारे के प्रति घृणा और बुरे विचार आते थे! यह रोज का अवलोकन राजा की दिनचर्या हो गयी थी।

राजा को आश्चर्य होता था कि एक ही इंसान के प्रति उसके विचारों में इतनी विभिन्नता क्यों है? काफी सोच-विचार के बाद राजा ने अपने बुद्धिमान मंत्री को बुलाकर लकड़हारे के प्रति अलग-अलग विचार आने का कारण जानना

चाहा। मंत्री ने राजा से अनुरोध किया कि उसे दो दिन का समय दिया जाय। दो दिन बाद वह इसका उचित उत्तर राजा को जरूर देगा।

इसके आगे की कहानी पढ़ने से पहले थोड़ी देर इस कहानी के बारे में सोचें कि इस कहानी द्वारा क्या बताने का प्रयास किया जा रहा है। राजा को एक ही इंसान के प्रति अलग-अलग विचार क्यों आते थे? यही रहस्य आपको जानना है। यदि आप यह कहानी वास्तव में समझ पा रहे हैं और अपने जीवन में उतार पायेंगे तो आपको यह पुस्तक दुबारा पढ़ने की जरूरत नहीं होगी।

कहानी में आगे मंत्री साधारण वेष में उस लकड़हारे के घर गया। मंत्री ने लकड़हारे से कुशल मंगल पूछा तथा उसके काम-धंधे के बारे में उससे बातचीत की। लकड़हारे ने अपना हाल-चाल ठीक बताया और कहा कि धंधे से उसका किसी तरह गुजर-बसर होता है। यहाँ तक मंत्री को सब कुछ सामान्य लगा और उसे कोई खास बात नजर नहीं आयी। बातचीत के दौरान मंत्री ने लकड़हारे के घर में एक बंद कमरा देखा। मंत्री को उत्सुकता महसूस हुई कि उस बंद कमरे में क्या होगा? मंत्री के सवाल पूछने पर लकड़हारे ने बताया कि उस कमरे में वह चंदन की लकड़ियाँ इकट्ठा कर रहा है। वे लकड़ियाँ वह किसी विशेष उद्देश्य से इकट्ठा कर रहा है। मंत्री के पूछने पर रहस्य खुला कि लकड़हारा सोचता था राजा की मृत्यु के उपरांत अंतिम संस्कार के समय चिता बनाने के लिए ढेर सारी चंदन की लकड़ियों की जरूरत पड़ेगी। उस समय वह उन लकड़ियों को दुगुने-चौगुने मूल्य में बेचेगा तो उसे लकड़ियों की मुँहमाँगी अच्छी खासी रकम मिल जायेगी।

लकड़हारे का जवाब सुनकर मंत्री को पूरी कहानी समझ में आ गयी कि राजा को लकड़हारे के प्रति सुबह संवेदनापूर्ण, सहानुभूतिपूर्ण और शाम को घृणापूर्ण विचार क्यों आते हैं। उस मंत्री ने लकड़हारे से कहा, 'तुम्हें इन लकड़ियों के दुगने-चौगुने मूल्य आज ही प्राप्त हो सकते हैं। राजा एक चंदन का महल बनाने की योजना बना रहे हैं, जिसके लिए ढेर सारी चंदन की लकड़ियाँ चाहिए। तुम

अपनी सारी लकड़ियाँ कल ही मुँहमाँगी कीमत पर बेच सकते हो। ये लकड़ियाँ बेचने के लिए तुम्हें राजा की मृत्यु का इंतजार नहीं करना पड़ेगा। तुम ऐसा मत सोचो कि राजा के मरने पर ही ये लकड़ियाँ मुँहमाँगी कीमत में बेची जा सकती हैं। ये लकड़ियाँ तो कल भी मुँहमाँगी कीमत में बेची जा सकती हैं।'

मंत्री की बातें सुनकर लकड़हारे की आँखें आनंद से चमक उठीं। मंत्री ने उससे पूछा, 'यदि तुम चाहो तो राजा के समक्ष मैं यह प्रस्ताव पेश कर सकता हूँ।' उस प्रस्ताव के लिए लकड़हारा तुरंत तैयार हो गया।

अगले दिन शाम को जब राजा ने राजमहल की खिड़की से लकड़हारे को गुजरते देखा तब उसके प्रति राजा के मन में बुरे विचार बिलकुल नहीं आये। राजा को आश्चर्य हुआ कि आज लकड़हारे के प्रति उसे घृणा के भाव क्यों नहीं आये! राजा बार-बार यही सोच रहा था कि 'लकड़हारे के प्रति घृणापूर्ण विचार आज क्यों समाप्त हो गये?' राजा ने आगे सोचा, 'अवश्य मंत्री ने कुछ तो किया होगा वरना यह चमत्कार कैसे होता।'

क्या आप यह बात समझ सकते हैं? क्या लोगों के प्रति हमारे विचार, हमारा रवैया एक दिन में बदल सकता है? इंसान के विचारों और रिश्तों में क्या रिश्ता है? इसका जवाब बिलकुल सरल है।

विचारों का विज्ञान यह बात आसानी से बता सकता है। विचारों का विज्ञान समझना सभी के लिए बहुत ही महत्त्वपूर्ण है क्योंकि यह विज्ञान बिना रुके सतत् काम करता रहता है। यह विज्ञान समझना आपके रिश्तों में बहुत बड़ा बदलाव ला सकता है। आप अपने रिश्तों में प्रेम, घृणा, डर, तुलना आदि क्यों महसूस करते हैं, इसका जवाब विचारों का विज्ञान आपको दे सकता है।

इंसान और विचारों का रिश्ता

इंसान और विचारों का रिश्ता चार पायदानों पर काम करता है। पहली पायदान पर आपको विचारों का रहस्य समझना है। दूसरी पायदान पर आपको

विचारों की निगरानी कैसे करनी है, यह समझना है। तीसरी पायदान पर आपको खुद के विचारों के प्रति होश जागृत करना है और चौथी पायदान पर जीवन के महत्त्वपूर्ण नियम को समझना है।

पहली पायदान - विचारों का रहस्य

विचारों का विज्ञान बताता हैं कि हमारे विचारों का संप्रेषण (ट्रांसमिशन) विश्व में हमेशा होता रहता है तथा जिसके बारे में विचार किया जाता है, वह व्यक्ति भी उन विचारों के तरंगों की रिकॉर्डिंग करता रहता है। जब हम काम करते हैं तब भी विचारों का संप्रेषण और विचारों की तरंग पकड़ने का काम होता रहता है। काम करते हुए इंसानों के मस्तिष्क में कई विचार चलते रहते हैं। नीचे दिये गये कुछ उदाहरणों द्वारा आप विचारों के इस रहस्य को गहराई से समझ पायेंगे।

1) आपने कई बार देखा होगा कि बच्चों से प्यार करने वाले लोगों के प्रति बच्चे आकर्षित होते हैं। ऐसा क्यों होता है? जो इंसान बच्चों से प्यार करता है, उसे यह कहने की जरूरत नहीं पड़ती कि 'बच्चों मेरे पास आओ, मैं तुमसे प्यार करता हूँ।' बच्चे स्वाभाविक रूप से उस इंसान की तरफ आकर्षित होते हैं क्योंकि उनका अर्धचेतन मन प्यार करने वाले इंसान द्वारा प्रसारित किये गये संकेत प्राप्त करता रहता है। बच्चों में बिलकुल दिलचस्पी न लेने वाले और बच्चों से लगाव रखने वाले इंसान की अगर आपने तुलना की तो आप देखेंगे कि बच्चों को उनमें दिलचस्पी न होने वाले लोगों के प्रति बिलकुल आकर्षण नहीं होता।

2) आपने कई बार इस बात का भी अनुभव किया होगा कि बस या ट्रेन में सफर करते समय सामने बैठे इंसान के प्रति आपमें अचानक घृणा या कभी-कभी अमित्रता का भाव पैदा होता है। इस तरह के भाव आने का कारण विचारों का संप्रेषण ही होता है।

3) यहाँ तक कि जानवर भी ये वैचारिक संकेत प्राप्त करने के लिए संवेदनशील

होते हैं। आपने देखा होगा कि जो इंसान कुत्तों से प्यार करता है, वह जहाँ जाता है, वहाँ कुत्ते खुशी से उसके चारों ओर चक्कर लगाते नजर आते हैं।

4) अच्छे बरताव के बावजूद भी आपके मित्र और रिश्तेदार आपके लिए अच्छे नहीं हैं, यह संकेत आप कैसे पकड़ पाते हैं? इसका अर्थ केवल बाहरी बरताव से हम अपने रिश्तों को नहीं सुधार सकते। प्रेम, करुणा और आनंद के विचारों द्वारा ही हम रिश्तों में नयी रोशनी ला सकते हैं।

इन उदाहरणों द्वारा आप यह रहस्य समझ चुके होंगे कि *'हमारे विचार ही रिश्तों में सफलता या असफलता के लिए जिम्मेदार हैं।'* यदि आपका जनसंपर्क ठोस है, अच्छा है तो वह आपके विचारों की वजह से है। यदि लोग आपसे कटे-कटे रहते हैं तो यह स्थिति भी आपके विचारों की वजह से ही है।

विचारों के इस रहस्य पर काम करना आपके रिश्तों में सुधार लाने के लिए एक बहुत ही महत्त्वपूर्ण कदम हो सकता है। अपने विचारों में सामने वाले के लिए प्रेमभाव जगायें। अपने मन में सामने वाले को देखकर यह कहें, *'मैं तुम्हें पसंद करता हूँ क्योंकि....................।'* जवाब में अनेक उत्तर आपके मन में उस इंसान के प्रति उत्पन्न हो सकते हैं। जैसे कि

1) मैं तुम्हें पसंद करता हूँ क्योंकि तुम अच्छे हो, हर चीज सलीके से इस्तेमाल करते हो।

2) मैं तुम्हें पसंद करता हूँ क्योंकि तुम हमेशा वक्त पर पहुँचते हो।

3) मैं तुम्हें पसंद करता हूँ क्योंकि तुम सभी से प्रेम से पेश आते हो।

4) मैं तुम्हें पसंद करता हूँ क्योंकि तुम अपनी सेहत का खयाल रखते हो।

5) मैं तुम्हें पसंद करता हूँ क्योंकि तुम सीखने और सिखाने में रुचि रखते हो।

6) मैं तुम्हें पसंद करता हूँ क्योंकि तुम सुंदरता से बातचीत कर सकते हो।

7) मैं तुम्हें पसंद करता हूँ क्योंकि तुम नम्र वाणी में बात करते हो।

8) मैं तुम्हें पसंद करता हूँ क्योंकि तुम साफ-सफाई का सदा ध्यान रखते हो।

9) मैं तुम्हें पसंद करता हूँ क्योंकि तुम काम करने के लिए सदा तैयार रहते हो।

10) मैं तुम्हें पसंद करता हूँ क्योंकि तुम सुंदर लिखाई में डायरी लिखते हो।

11) मैं तुम्हें पसंद करता हूँ क्योंकि तुम फोन पर सभी से आदर सहित बात करते हो।

12) मैं तुम्हें पसंद करता हूँ क्योंकि तुम बच्चों को हरदम मदद करते हो।

13) मैं तुम्हें पसंद करता हूँ क्योंकि तुम लोगों के जन्मदिन याद रखते हो तथा उन्हें उपहार देते हो।

ऊपर दिये गये जवाब कुछ उदाहरण थे, यह जानने के लिए कि हम सामने वाले में कैसे गुण देखें, जिससे उस इंसान के प्रति हमारे मन में आदर, प्रेम और पसंदगी का भाव उत्पन्न हो।

अपने विचारों को बदलने की विधि सीखकर विचारों के विज्ञान का लाभ लें। विचारों का यह रहस्य आपके मानने या न मानने से काम नहीं करता बल्कि सतत् काम करता रहता है। आपकी यह जिम्मेदारी है कि यह रहस्य समझते हुए उसे जीवन में उतारें। जिन रिश्तों में असुरक्षा, अपराधबोध या कपट जैसी कोई भी नकारात्मक भावना काम कर रही है तो वह हमारे विचारों की वजह से हो रही है। यह बाते समझते हुए आगे के पायदान पर विचारों की निगरानी करना सीखें।

दूसरी पायदान - विचारों की निगरानी

दूसरे पायदान पर आपको अपने विचारों की सवारी को अपने कारखाने तक ले चलना है। हर इंसान अपने दिमाग में एक कारखाना चलाता है, जिसमें विचारों का उत्पादन होता है। अपने मस्तिष्क के उस कारखाने में जाकर देखें कि आप कौन से विचार उत्पन्न कर रहे हैं। आप जो बनाते हैं, उसी की तो बिक्री कर सकते हैं। क्या आप सघन, ठोस, अच्छे, एक दिशा में लक्ष्य की ओर चलने

वाले, सभी के लिए प्रेम युक्त और आनंदित विचार (हैपी थॉटस्) पैदा कर रहे हैं या बदले की भावना से बुरी कामना के विचार उत्पन्न कर रहे हैं? इस बात का हमेशा ध्यान रखें कि आप निम्न कोटि के उत्पादन से बेहतर लाभ नहीं पा सकते।

अगर आप शुभकामनाओं के विचारों, सकारात्मक और अच्छे विचारों का उत्पादन कर रहे हैं तो निश्चय ही आपको उनसे कई गुना लाभ प्राप्त होगा। किंतु यदि आप बुरी कामना के घृणित विचार उत्पन्न कर रहे हैं तो उसी प्रकार के फल की वापसी आपको कई गुना बढ़कर मिलेगी। यही बात एक छोटी सी कहानी द्वारा याद रखें।

एक लड़का अपनी माँ से ऊबकर एक पहाड़ पर गया। वहाँ पर अपनी माँ को याद करके वह गुस्से में जोर से चिल्लाया, 'मैं तुमसे घृणा करता हूँ...।' उस पहाड़ पर हर शब्द की प्रतिध्वनि (एको) सुनायी पड़ती थी, यह उस लड़को को पता नहीं था। उस लड़के ने जब खुद के शब्दों की प्रतिध्वनि कई बार सुनी कि 'मैं तुमसे घृणा करता हूँ... मैं तुमसे घृणा करता हूँ...' तब वह डर गया। उसे लगा वहाँ कोई राक्षस है, जो मुझे मार डालेगा। डर के मारे वह घर भागकर वापस आया। घर आकर उसने अपनी माँ को राक्षस के बारे में बताया। उसकी बातें सुनकर माँ समझ गयी कि माजरा क्या है। माँ ने उसे आग्रह किया कि 'बेटा, तुम मुझे उस पहाड़ पर ले चलो, मैं उस राक्षस को ठीक करूँगी।'

पहाड़ पर जाकर माँ ने लड़के से कहा, 'अब तुम जोर से चिल्लाकर यह कहो, *मैं तुमसे प्यार करता हूँ।*' बेटे ने यही किया। इस वाक्य की भी प्रतिध्वनि उस पहाड़ से कई बार आयी कि *'मैं तुमसे प्यार करता हूँ... मैं तुमसे प्यार करता हूँ।'* दोनों ने प्रेम की आवाज की प्रतिध्वनि बार-बार सुनी। बेटा यह आवाज सुनकर खुश हो गया। उसे बड़ा आश्चर्य हुआ कि राक्षस कहाँ चला गया। तब माँ ने बेटे को समझाया कि 'बेटे, *हम जो कुदरत को देते हैं, कुदरत वही हमें कई गुणा बढ़ाकर वापस देती है। यदि तुम प्रेम चाहते हो तो प्रेम देना सीखो। राक्षस हमारे*

अंदर ही होता है। उसे मारने के लिए हमें अपनी भावनाओं को बदलना चाहिए। भावनाओं को बदलने के लिए अपने विचारों को बदलें और विचारों को बदलने के लिए अपने वाक्य बदलें। यही कुदरत से माँगने का सही और असरदार तरीका है।'

अब आप विचारों के विज्ञान को काफी हद तक समझ चुके होंगे तो आइये अब यह देखें कि उस राजा के साथ क्या हुआ, जो लकड़हारे को देखकर उलझन में पड़ गया था। हर सुबह जब लकड़हारा राजमहल से गुजरता था तो राजा को उसके लिए दुःख होता था क्योंकि उस समय लकड़हारे के मन में राजा के प्रति कोई दुर्भावना नहीं थी। वह अपने आपको गरीब मानकर अपनी जीविका कमाने के विचार से जंगल जाता था। वह अपनी तुलना राजा जैसे धनी व्यक्ति से नहीं करता था। उसे लगता था कि 'राजा तो राजा है, बड़ा आदमी है, वह अपने महल में आराम से बैठ सकता है लेकिन लकड़हारा घर पर नहीं बैठ सकता। सुबह चाहे कितनी भी ठंढ क्यों न हो, उसे तो अपना काम करने के लिए, जीविका चलाने के लिए, लकड़ी काटने जंगल जाना जरूरी है।' राजा हर सुबह उस गरीब को जंगल जाते देखता था तो उसका अर्धचेतन मन लकड़हारे के विचारों की तरंग प्राप्त करता था। उसके प्रत्युत्तर में राजा का मस्तिष्क लकड़हारे के प्रति अपने आप अच्छे विचार निर्माण करता था।

दिन ढलने के बाद शाम को क्या होता था, यह भी समझें। हर शाम विचारों का अलग ही नाटक हुआ करता था। वही लकड़हारा शाम को चंदन की लकड़ी का बोझ लेकर घर लौटता था मगर राजभवन से गुजरते वक्त उसके मन में अलग ही विचार होते थे। क्या आप कल्पना कर सकते हैं कि उस गरीब लकड़हारे के मन में अब कैसे विचार उत्पन्न होते थे? वह सोचता था कि अब तक उसने काफी मात्रा में चंदन की लकड़ियाँ इकट्ठी की हैं। वे लकड़ियाँ राजा के मरने के बाद वह अच्छी कीमत लेकर बेचेगा, इससे उसे अच्छी आमदनी होगी, उसकी गरीबी दूर होगी, घर में सबके लिए वह कुछ न कुछ कर सकेगा।

कहानी के इस भाग में इस बात पर भी ध्यान दें कि लकड़हारे की राजा के साथ कोई बातचीत नहीं होती थी लेकिन मन के अर्धचेतन स्तर *(Subconcious Level)* पर विचारों का संप्रेषण (प्रसारण) होता था और उन्हें प्राप्त भी किया जा रहा था। लकड़हारे के इन विचारों के बदले राजा के मन में भी उसके प्रति दुर्भावना और घृणा विकसित हो रही थी।

मंत्री ने लकड़हारे के घर जाकर उसके विचारों में परिवर्तन यह बताकर किया कि 'वह ऐसा क्यों सोचता है कि चंदन की लकड़ियों की अच्छी कीमत राजा के मरने के बाद उनकी चिता के लिए बेचने पर ही प्राप्त होगी। वे चंदन की लकड़ियाँ तो राजा द्वारा बनवाये जाने वाले 'चंदन-महल' के लिए आज भी ऊँची कीमत पर बेचकर प्राप्त की जा सकती है।'

दूसरे दिन शाम को वापस आते समय लकड़हारे के मन में राजा के प्रति कोई दुर्भावना नहीं थी। अब उसके मन में राजा द्वारा बनवाये जाने वाले विशाल चंदन-महल के विचार थे कि 'राजा बड़े अमीर हैं, जो चंदन का महल बनवाने के लिए उसे चंदन की लकड़ियों की ऊँची कीमत दे सकते हैं।' दूसरी तरफ राजा के मन में लकड़हारे के प्रति होने वाले दुर्भावना और घृणा के विचार भी गायब हो गये।

इस कहानी द्वारा यह रहस्य खुलता है कि विचारों का विज्ञान किस प्रकार काम करता है। आप खुद के रिश्तों के बारे में जो सोचते हैं, उसका असर आपके आस-पास के लोगों पर होता है और आपके रिश्तेदार आपके बारे में जो सोचते हैं, उसका भी असर आप पर होता है। विचारों के इस विज्ञान को समझना और उस पर काम करना ही रिश्तों को और बेहतर बनाने का मौका है। इस मौके का पूरा फायदा उठायें।

तीसरी पायदान - विचारों में होश का महत्त्व

प्रकृति का नियम है कि इंसानी दिमाग कभी भी बेकार नहीं रहता है। वह

कुछ न कुछ सोचता ही रहता है, ताकि वह हमेशा व्यस्त रह सके। रात हो या दिन, गलत हो या सही, खुश हो या नाराज, अच्छा हो या बुरा, इंसान का दिमाग सोचता ही रहता है। जिस प्रकार का कच्चा माल आपके दिमाग के कारखाने को मिलता है, वैसा ही उत्पादन वह करता है। यदि आप जागरूक हैं- चेतनावस्था में हैं और चाहते हैं कि आपको अच्छी वस्तु मिले तो आपका कर्तव्य है कि अच्छे विचारों का कच्चा माल अपने दिमाग को दें। जब आप दूसरों के प्रति अच्छे विचारों का निर्माण करेंगे तब निःसंदेह वैसे ही अच्छे विचार आपको कई गुना बढ़कर प्राप्त होंगे।

कुछ रिश्तों को लेकर आपके मन में ऐसा भी सवाल होगा कि 'सामने वाला मेरे बारे में बुरे विचार रखता है तो मैं उसके बारे में अच्छे विचार क्यों रखूँ?' सामने वाले के विचार कैसे भी हों आपको हमेशा अच्छे विचार ही रखने हैं क्योंकि आपके विचारों के साथ चौथी पायदान पर दिया गया जीवन का नियम सतत् काम करता है। यह नियम ही आपके विचारों का फल आप तक पहुँचाता है। आखिरी पायदान पर जीवन के इस नियम को समझें।

चौथी पायदान - जीवन का नियम

विचारों के विज्ञान के आखिरी पायदान पर जीवन के इस नियम को समझे बगैर यह विज्ञान अधूरा है। यह प्रकृति का नियम है, उसे आप अस्वीकार नहीं कर सकते, उसको आप अनदेखा नहीं कर सकते। जीवन का नियम कहता हैं कि *'जो बीज आप डालते हैं, उन्हें कुदरत हजारों गुना ज्यादा बढ़ाकर वापस करती है।'* यह जीवन की आदत है, प्रकृति का स्वभाव है।

जिस तरह जमीन में बोया हुआ एक छोटा सा बीज, उसी तरह के हजारों बीज पैदा करने के काबिल होता है, उसी तरह कुदरत इंसान द्वारा डाले गये विचारों के बीज पर भी काम करती है। बिना बीज बोये आप इच्छित फसल प्राप्त नहीं कर सकते। जब आप खुशी से इच्छित वस्तु के बीज बोयेंगे तभी आपको

कुदरत उसका फल हजार गुना बढ़ाकर दे पायेगी। इसलिए यदि आप शुभकामनाएँ चाहते हैं तो दूसरों को शुभकामनाएँ दें, प्यार चाहते हैं तो दूसरों को प्यार दें। यदि आप इज्जत चाहते हैं तो दूसरों की इज्जत करना सीखें।

यह प्रकृति का अटूट नियम है, जो निरंतर काम करता है। जरा सोचें कि यदि आप दुर्भावना, घृणा, दुर्व्यवहार और आलोचना के बीज बोते हैं तो आप किस चीज की फसल काटेंगे? इसलिए अच्छी फसल पाने के लिए खुद के विचारों के प्रति सावधान रहें और अपने सोचने की वृत्ति पर ध्यान दें। यदि आपके विचार करने का तरीका अच्छे परिणाम देने वाला नहीं है तो तुरंत ऐसे विचार बदलें। नकारात्मक विचार बदलकर अच्छे विचार रखना शुरू करें, जो आपके हित में है। विचारों को बदलने के लिए अपने वाक्यों को जानबूझकर सकारात्मक करें। अपने मन में बार-बार कहते रहें, *'मुझे लोगों से प्रेम है... मैं सभी के साथ नम्र स्वर में बात करता हूँ... यह आसान है... मेरे इस व्यवहार से सभी खुश हैं... सभी मुझे पसंद करते हैं... मुझे किसी की आलोचना करने की जरूरत नहीं है... मेरा काम लोग बिना डाँटे करते हैं... हर इंसान में कोई न कोई गुण होता ही है... मैंने गुणों को देखना सीख लिया है... लोगों की अच्छाइयाँ बताने से वे पूरी क्षमता से सहयोग करते हैं... इसलिए मैं सदा लोगों की अच्छाइयाँ देखूँगा और उन्हें बताऊँगा... सभी लोग अच्छे हैं, नेक हैं... मुझे लोगों से प्रेम है, मुझे लोगों से प्रेम है... '*

ऊपर दी गयी प्रणाली से आप अपने वाक्य बदलकर विचार बदल सकते हैं। जो लोग अपने आपको विचार बदलने में असमर्थ समझते हैं, उन लोगों के लिए यह विधि प्रभावकारी परिणाम लाती है।

क्या आपने कभी यह सोचा हैं कि तूफान क्यों आते हैं? मौसम-वैज्ञानिकों के अनुसार जहाँ व्हैक्युम, शून्य या रिक्तता बन जाती है, जहाँ हवा का दबाव कम होने लगता है, वहाँ दबाव की कमी के कारण तूफान आता है। कुदरत कभी

भी शून्य या रिक्तता (कमी) पसंद नहीं करती इसलिए उस क्षेत्र-विशेष का खालीपन भरने के लिए वह कई गुना हवा की पूर्ति करती है। वेग पूर्वक आने वाली हवा को हम अपनी भाषा में तूफान कहते हैं। इसी तरह यदि आप शुभकामनाओं का तूफान चाहते हैं तो कृपया जीवन के इस नियम को समझें और सकारात्मक विचार रखने में कंजूस न बनें। शुभकामनाएँ, प्रेम, आनंद, दौलत आदि सकारात्मक तरंगें औरों को देकर अपने चारों ओर रिक्तता का सृजन करें। फिर देखें कि इनसे इच्छित सकारात्मक तरंगों का तूफान हर दिशा से आपकी ओर आना शुरू हो जायेगा।

यदि ऊपर बताया गया नियम आपकी समझ की सीमा के परे है और यदि आप खुद को इस नियम में विश्वास करने योग्य नहीं पाते तो आपके लिए यह परामर्श है कि आप इसका प्रयोग के तौर पर कुछ समय के लिए अभ्यास करें। विशुद्ध रूप से इस नियम का पहले अभ्यास करें और फिर इसे मानें। इस नियम को आँख बंद करके स्वीकार न करें। यदि आप एक या दो महीनों तक इसका प्रयोग करते रहे तो आपको इसके इस्तेमाल से होने वाले फायदे दिखायी देंगे और आप यह बात भी समझ पायेंगे कि जीवन का नियम खुद-ब-खुद चलने वाला नियम है। इस नियम का इस्तेमाल करके आप अपने रिश्ते बेहतर बना सकते हैं।

DAY 28

जो इंसान सत्य जानता है,
उसकी सोच एक परिवार तक ही सीमित नहीं होती।
वह सभी को हेलिकॉप्टर के (उच्च)
दृष्टिकोण से देखता है। उसके लिए
सारा विश्व एक परिवार है।

अध्याय 28

लोगों से रिश्ते अच्छे कैसे बनें

जैसी दृष्टि, देहभाषा, प्रार्थना - वैसा संसार

रिश्तों में नयी रोशनी लाने के लिए, लोगों से रिश्ते अच्छे बनाने के लिए एक छोटी सी सलाह काम कर सकती है, *'हम केवल अपना नज़रिया बदलें, फिर देखें दुनिया के नजारे।'* अपना नजरिया बदलकर ही हम रिश्तों में नयी रोशनी ला सकते हैं। दूसरों को बदलने का जिंदगीभर प्रयास न करते रहें। अपने नज़रिये को देखें, परखें, फिर लगे तो उसे बदलें।

जिस रंग की ऐनक हम पहनते हैं, उसी रंग की दुनिया हमें दिखायी देती है। अगर हम किसी इंसान को पीले रंग की ऐनक से देखेंगे तो हमें वह पीला दिखायी देगा, वह हमें कमजोर दिखायी देगा। हम उसे डॉक्टर के पास ले जाना चाहेंगे लेकिन आप जानते हैं कि डॉक्टर के पास किसे जाना चाहिए? किसे अपना नज़रिया बदलना चाहिए?

कई बार हम दूसरों को बदलने में समय खर्च करते रहते हैं, जब कि हमें अपने बदलाव के लिए समय बचाना चाहिए। कई बार हम बाकी लोगों को सुधारने में लगे रहते हैं, उनकी गलतियों को देखते रहते हैं, जब कि हमें आत्मविकास

की जरूरत है। *अगर हमने अपनी ऐनक (दृष्टि) बदली तो दुनिया की सारी चीजें एक साथ बदल जायेंगी।*

अब हमें यह तय करना चाहिए कि अपने रिश्तेदारों को देखने के लिए हम अपने मन की आँखों पर कौन सी ऐनक पहनें ? हम अपनी आँखों पर यदि पारदर्शी ऐनक पहनेंगे तो हमें जो जैसा है, वैसा ही दिखायी देगा यानी केवल सत्य दिखायी देगा।

रिश्तों के नजरिये निराले

हमारे जीवन में हमेशा अलग-अलग प्रकार के लोग आते हैं। जीवन में आने वाला हर इंसान हमारे मन में अलग-अलग भावनाएँ उत्पन्न करता है। इन भावनाओं के आधार पर हम यह तय करते हैं कि उस इंसान के साथ हमें किस प्रकार का व्यवहार करना चाहिए। किसी भी इंसान के साथ हमारा व्यवहार इस बात पर निर्भर होता है कि आज तक वह हमें कितनी बार मिला है और उससे मिलने के बाद हमारे साथ क्या-क्या घटनाएँ हुई हैं। अगर उसके मिलने के बाद हमारे साथ सकारात्मक घटनाएँ हुई हैं तो उसके प्रति हमारा व्यवहार हमेशा सकारात्मक होता है और ऐसी घटनाओं का संदर्भ लेकर हम उसके प्रति अपने मन में एक कल्पना, एक छवि बनाते हैं।

एक बात तो हम सभी ने जरूर देखी होगी कि किसी भी इंसान से सभी एक जैसा व्यवहार नहीं करते। हम अगर अपने बारे में सोचें तो हम भी सभी से एक जैसा व्यवहार नहीं करते और न ही सभी हमारे साथ एक जैसा व्यवहार करते हैं। हर इंसान सभी से अलग-अलग व्यवहार करता है। कोई हमारे साथ बहुत अच्छा व्यवहार करता है तो दूसरे ही पल वह किसी से बुरा व्यवहार करते हुए दिखायी देता है। कईबार तो हमें यह भी अनुभव आता हैं कि हम जिसे अच्छा समझते हैं, उसी के बारे में कुछ लोग गलत बातें करते हैं।

किसी बड़े कार्यालय में वहाँ के वरिष्ठ अधिकारी को देखकर कुछ लोगों

के मन में नकारात्मक विचार उठते हैं। कुछ लोगों की सोच तो यहाँ तक जा पहुँचती है कि 'वरिष्ठ अधिकारी आज काम पर ही न आये तो अच्छा है' मगर इसी अधिकारी के घर जाकर देखा जाय तो क्या नजारा होगा! शायद उसकी कोई राह देखता होगा। शायद उसका बेटा पिता के साथ रहने के लिए, आपके बॉस (अपने पिता) को ऑफिस से छुट्टी लेने के लिए कह रहा होगा।

हर एक को हर इंसान अलग-अलग दिखायी देता है क्योंकि उनकी भूमिका हर एक के प्रति अलग-अलग होती है। जैसे उद्योग कार्यालय में एक इंसान अधिकारी है तो वही घर में किसी का पति है, पिता है, भाई है या बेटा है। अब जैसे-जैसे उस इंसान की भूमिका बदलती है, वैसे-वैसे उसका बरताव भी बदलता है। उस बरताव के कारण कोई उन्हें प्यारा कहता है तो कोई उन्हें कठोर कहता है, कोई मदद करने वाला कहता है तो कोई मजाकिया कहता है। इंसान तो वही होता है लेकिन हम उसे जिस नज़रिये से देखते हैं, वह हमें वैसा दिखायी देता है। इसका अर्थ हमारा नजरिया ज्यादा महत्त्वपूर्ण है।

किसी भी इंसान के बारे में कोई भी राय बनाने से पहले अपने आपसे पूछें कि *'मैं जैसे उस इंसान के बारे में सोच रहा हूँ, क्या वह इंसान वाकई वैसा है अथवा क्या वह सभी को वैसे ही दिख रहा है या यह सिर्फ मेरी नासमझी (मान्यता) है?'* यह एक सवाल हमारे अंदर की पीड़ा, उन तकलीफों और परेशानियों को जो हमें लोगों के अजीब व्यवहार के फलस्वरूप झेलनी पड़ रही हैं, एक साथ खतम कर सकता है। फिर हम सामने आने वाले हर इंसान को अपने पूर्वाग्रह से नहीं बल्कि नये नजरिये से देख पायेंगे। हम अगर अपना नज़रिया, नकारात्मक भावना (काला चश्मा) बदल देंगे तो पूरी दुनिया हमारे लिए आज से ही बदल जायेगी।

प्रार्थना से दूसरों में परिवर्तन कैसे लायें

आपके साथ रहने वाले रिश्तेदारों के बारे में अगर आपके विचार सकारात्मक

हैं तो आपको उनसे शक्ति मिलेगी, उनसे उत्साह मिलेगा। आपके विचार यदि नकारात्मक हैं तो आपसे आपकी शक्ति छिन जायेगी। नकारात्मक विचार आपके उत्साह का शोषण करते हैं।

जिनके साथ हम दिनभर रहते हैं, जो हमारे घर वाले हैं, कार्यालय में सहकर्मी हैं, जहाँ भी हम काम करते हैं, उन सभी के बारे में हमारे विचार नकारात्मक तो नहीं हैं ? रिश्तों में नयी रोशनी लाने के लिए हम इस बात पर सदा सजग रहें। हर सुबह जब भी उठें तो अपने मन में कहें, *'आज मेरी वजह से कुछ लोग आनंदित होने वाले हैं। मुझसे आज जो भी मिलेगा मैं उसकी चेतना बढ़ाने का कारण (निमित्त) बनूँगा।'*

जिस तरह के विचार हमारे अंदर चलते हैं, उसी तरह से हमारी बॉडी लैंग्वेज* (देहभाषा) प्रकट होती है। देहभाषा सामने वाले इंसान के अंतर्मन को तुरंत समझ में आती है। नकारात्मक देहभाषा तुरंत लोगों में खिंचाव, सिकुड़न और नफ़रत पैदा करती है। सकारात्मक देहभाषा सभी के अंतर्मन को इस तरह प्रभावित करती है कि सभी रिश्ते सहयोग की भावना से भर जाते हैं। जैसे ही हमारे विचार बदलते हैं, वैसे ही हमारी क्रियाएँ भी बदलती हैं। ये सब सूक्ष्म तरीके से होता है, जिसका हमें पता भी नहीं चलता है। इसलिए अपनी देहभाषा को बदलने के लिए अपने विचारों को दिशा दें, लोगों के लिए प्रार्थना करें।

जिनमें आप परिवर्तन चाहते हैं, उनके लिए प्रार्थना करें। प्रार्थना ऐसी हो कि आपका जो बॉस, मित्र, पड़ोसी, रिश्तेदार इत्यादि हैं, 'उन्हें जो चाहिए वह मिल जाय। उनके मन की सभी कामनाएँ पूर्ण हो जायें और उनकी सेहत अच्छी हो जाय। वे प्रतिदिन शारीरिक और मानसिक रूप से शांत रहें। उनका आर्थिक विकास हो जाय।' इसी के साथ यह भी प्रार्थना करें कि 'उन्हें हर दिन आनंद मिले, उन्हें हर दिन खुशियाँ प्राप्त हों और उनकी जो भी चाहते हैं, वे पूर्ण हो जायें।'

आपने अपने वरिष्ठ अधिकारी के लिए प्रार्थना करनी शुरू की तो उसका परिणाम तुरंत आपके विचारों पर भी हुआ। जब हमारे विचार बदलते हैं तब हमारी वाणी भी बदलनी शुरू होती है और सिर्फ वाणी ही नहीं बल्कि बॉडी लैंग्वेज यानी देहभाषा भी बदलने लगती है।

जिसके लिए आप सुबह-शाम प्रार्थना कर रहे हैं, उसके बारे में आपके शरीर की भाषा नकारात्मक बातें कर ही नहीं सकती, वह तो सकारात्मक बातें ही करेगी। आपकी सकारात्मक बातें सामने वाले का अंतर्मन पकड़ लेता है। फिर वह भी उसी तरह अर्थात सकारात्मक रूप से पेश आने लगता है।'

सभी के लिए प्रार्थना करने से ऐसा ही चमत्कार होता है, ऐसा ही होना चाहिए। पिताजी हों या वरिष्ठ अधिकारी, पति हो या पत्नी, पड़ोसी हो या सास, हर जगह आपको ही पहले बदलकर सबको बदलना है। यह बदलाव सबके लिए प्रार्थना करने से आता है। प्रार्थना करने से आपको दिखायी देगा कि आपके साथ काम करने वाले लोग अपने आप बदल रहे हैं। आपकी तरफ देखने की, आपके साथ बातें करने की उनकी जो पद्धति है, वह भी बदल रही है।

यदि आप कर्मचारी हैं और अपने वरिष्ठ अधिकारी से परेशान हैं, यदि आप बहू हैं और सास से परेशान हैं, यदि आप सज्जन हैं और अपने पड़ोसी से परेशान हैं, यदि आप विद्यार्थी हैं और अपने शिक्षक से परेशान हैं या अगर आप शिक्षक हैं और विद्यार्थी से परेशान हैं तो इन सभी अवस्थाओं में यह नितांत आवश्यक है कि आप अपनी देहभाषा को प्रार्थना की शक्ति से सही कर लें। देहभाषा यदि दोषपूर्ण है तो वह गलत संप्रेषण करती है। देहभाषा यदि सही है तो वह दुनिया बदलती है।

अगर पृथ्वी का हर जीव फिर वह चाहे पति हो या राष्ट्रपति, रिश्तेदार हो या किरायेदार, मित्र हो या अजनबी अपने विचार बदलकर एक-दूसरे के लिए प्रार्थना करे तो सभी रिश्तों और देशों से नफरत मिट सकती है।

DAY 29

जो रिश्ता हमें बदल दे,
हमारे अंदर परिवर्तन लाये,
हमें रूपांतरित करे
वही 'तेज रिश्ता' है।

अध्याय 29

वह रिश्ता बनायें जो आपको बदले

गुरु-शिष्य रिश्ता

कुछ रिश्ते ऐसे होते हैं जो बेहोशी में बनते हैं। जैसे 'मैं हिंदू हूँ, मुसलमान हूँ, यह मेरा भाई है, यह मेरी बहन है।' ये रिश्ते बनने के बाद इंसान कभी उन रिश्तों के बारे में नहीं सोचता कि ये रिश्ते क्यों बनाये गये हैं? किस लक्ष्य को ध्यान में रखकर बनाये गये हैं?

पुराने समय में बालविवाह की प्रथा थी, जिसमें बच्चों की कम उम्र में शादी करवा दी जाती थी। इस प्रथा के पीछे मान्यता यह थी कि बेहोशी में पति-पत्नी का रिश्ता बन जाय तो फिर कभी भी तलाक लेने की भावना उनके मन में नहीं आयेगी। बचपन में जिसे आपने अपना भाई मान लिया, उसे जीवनभर भाई ही कहते हैं, जिसे अपनी बहन मान लिया, उसे जीवनभर बहन ही कहते हैं। इन रिश्तों में कोई कभी भी तलाक नहीं माँगता तथा कोई यह नहीं कहता कि 'मुझे यह भाई नहीं चाहिए, यह बहन नहीं चाहिए, ये पिताजी नहीं चाहिए, यह माँ नहीं चाहिए।'

इस तरह बचपन में रिश्तों की डोर में बँधे पति-पत्नी के अंदर भी ऐसी भावना पनपे इसलिए बालविवाह की प्रथा बनायी गयी थी। बेहोशी में बने हुए रिश्तों के अपने लाभ होते हैं। बेहोशी में बना हर रिश्ता इंसान के जीवन में उतना ही काम कर सकता है, जितना एक बेहोश चीज कर सकती है।

खून के रिश्ते बेहोशी में बन जाते हैं लेकिन एक रिश्ता मन के होश में रहते, जागृत अवस्था में बनता है। यह रिश्ता पति-पत्नी या मित्र का हो सकता है। इस रिश्ते में पति-पत्नी मन से एक-दूसरे को अपना मानते हैं। इस कारण उनमें समझ और स्वीकारभाव होता है।

महाजागरण में बना रिश्ता आपको बदलता है

बेहोशी और मन के होश के अलावा एक रिश्ता ऐसा है, जो महाजागरण में बनता है। यह रिश्ता आपको पूरी तरह से बदल देता है। यह रिश्ता है गुरु-शिष्य का रिश्ता।

बाकी रिश्ते आपको बदलते नहीं हैं क्योंकि आप मान्यताओं, महत्त्वाकांक्षाओं से उलझा हुआ जीवन जीना चाहते हैं, जीते हैं और उसके लिए आपके रिश्तेदार आपको सहयोग भी करते हैं। यदि आप फिल्म देखने जाना चाहते हैं तो आपके रिश्तेदार या मित्र आपको फिल्म दिखाने में सहयोग करते हैं। आप नया व्यापार करना चाहते हैं, नयी दुकान खोलना चाहते हैं तो उसमें भी वे आपका सहयोग करते हैं। बेहोशी और होश में बना हर रिश्ता आपकी सहायता करता है लेकिन आपको रूपांतरित नहीं कर सकता। ये रिश्ते घृणा, नफरत, ग्लानि, अहंकार, क्रोध, वासना और लालच में हमारा सहयोग करते हैं लेकिन हमें बदलते नहीं हैं।

बेहोशी या मन के होश में बने रिश्तों में जो प्रेम है, वह निष्काम, निःस्वार्थ या तेज प्रेम* नहीं है बल्कि शर्तों वाला प्रेम है। ऐसे रिश्तों में निष्काम प्रेम हो भी नहीं सकता क्योंकि इनमें ऐसी भावना रहती है कि 'मैंने तुम्हारे लिए इतना सब कुछ किया है, अब तुम मेरे लिए यह-यह करो। अगर मैंने तुम्हारा जन्मदिन याद

रखा है तो तुम्हें भी मेरा जन्मदिन याद रखना ही है।' यदि ऐसा न हो पाया तो रिश्तों में अनबन हो जाती है, रिश्ते टूट जाते हैं। रिश्तों का टूटना ही यह दर्शाता है कि रिश्ता बना ही नहीं था।

बेशर्त रिश्ता

महाजागरण में बने रिश्ते में इस तरह की कोई बात नहीं होती है कि 'मैंने तुम्हारे लिए कुछ किया है तो तुम्हें भी मेरे लिए कुछ करना ही पड़ेगा।' इसलिए इस रिश्ते में यह अनिवार्य हो जाता है कि इंसान अपने आपको बेशर्त बदल दे। बाकी रिश्तों में लोग इस तरह शर्त रखते हैं कि 'हमारे घर में शादी है, आपको जरूर आना है, यदि आप नहीं आये तो आपके घर की किसी शादी में हम भी नहीं आयेंगे।' महाजागरण के रिश्ते में इंसान किसी भी प्रकार की कोई शर्त नहीं रख सकता क्योंकि यह गुरु-शिष्य का बेशर्त रिश्ता है।

महाजागरण में बने रिश्ते में यदि कोई इंसान आपको अपने घर आमंत्रित करता है और आप किसी कारणवश उसके घर नहीं जा पाये तो वह आपसे बना रिश्ता तोड़ नहीं देगा। वह आपके सामने घर आने के लिए कोई शर्त नहीं रखेगा क्योंकि उसका रिश्ता बेशर्त है। इस रिश्ते में शर्त के लिए कोई स्थान नहीं है।

एक इंसान के कई सारे रिश्तेदार उससे इस वजह से नाराज होते हैं कि वह उनके घर में हुईं शादियों में नहीं जा सका। उसके रिश्तेदार उससे कहते हैं कि 'तुम तो हमारे साथ रिश्ता ही नहीं रखना चाहते।' हालाँकि उस इंसान के मन में सभी रिश्तदारों के प्रति प्रेम की भावना है मगर किसी कारणवश वह शादी में नहीं पहुँच पाया। उसके रिश्तेदार उसके प्रेम को समझ ही नहीं पाते। उस इंसान का हर एक के साथ बेशर्त रिश्ता है लेकिन उसके रिश्तेदार ऐसा रिश्ता नहीं बना पाते। उसके रिश्तेदार मात्र एक शरीर के साथ रिश्ता पकड़ रहे हैं, जब कि वह इंसान हर रिश्ते में उस परम शक्ति (सेल्फ, स्व साक्षी, ईश्वर, अल्लाह, परमेश्वर) का ही दर्शन कर रहा है।

खून का रिश्ता शरीर के साथ शुरू होता है, भाव का रिश्ता मन से शुरू होता है और सेल्फ का रिश्ता महाजागरण से शुरू होता है। इस रिश्ते में इंसान अपने आपको पूरी तरह से बदल सकता है क्योंकि वह जान जाता है, 'मैं कौन हूँ?' *जो रिश्ता हमें बदल दे, हमारे अंदर परिवर्तन लाये, हमें रूपांतरित करे, वही 'तेज रिश्ता' * है।*

मनुष्य जन्म मिलने के लिए सबसे पहला रिश्ता माँ के साथ बनता है, माँ के गर्भ में, जिसे समाधि का रिश्ता भी कहा जा सकता है। इंसान माँ के गर्भ में समाधि का अनुभव करता है परंतु वहाँ अज्ञान होता है। जन्म लेने के बाद दूसरा रिश्ता बनता है खून का, जैसे - पिताजी, भाई, बहन, चाचा, चाची... इत्यादि। तीसरा रिश्ता मित्र का होता है, जहाँ इंसान अपने मित्र, अपना जीवन साथी खुद चुनता है। उसका आखिरी रिश्ता गुरु के साथ होता है, जहाँ फिर से समाधि की अवस्था मिलती है। इसी रिश्ते को सबसे बड़ा रिश्ता कहा गया है क्योंकि यहाँ भक्त गुरु के संग जागृत अवस्था में समाधि का अनुभव करता है। इसलिए इस रिश्ते में गुरु-शिष्य के बीच सर्वोच्च आकर्षण भी होता है।

गुरु-शिष्य के रिश्ते में आकर्षण क्यों होता है

दो चीजें जब पूर्ण रूप से विपरीत होती हैं तब सबसे बड़ा आकर्षण पैदा होता है। जब सबसे बड़ी माँग करने वाला कोई हो और दुनिया का सबसे बड़ा दानी आ जाय तब उनके बीच कैसा रिश्ता होगा, कैसा आकर्षण होगा? हालाँकि हर विपरीत रिश्तों में ऐसा नहीं होता। जैसे चोर और पुलिस दो विपरीत रिश्ते हैं मगर वहाँ चोर पुलिस से दूर भागता है और पुलिस चोर के पीछे भागता है।

कुछ रिश्तों में जो आकर्षण होता है, वह उतना नहीं होता। जैसे कोई दे रहा है और कोई ले रहा है। कोई सब्जी दे रहा है और कोई सब्जी ले रहा है तो उन दोनों के बीच में बहुत कम आकर्षण होगा। वहाँ इंसान सोचेगा कि यह सब्जी वाला नहीं मिला तो दूसरा मिल जायेगा, दूसरा नहीं मिला तो तीसरा मिल जायेगा, तीसरा भी नहीं मिला तो और बहुत सारे सब्जी बेचने वाले मिल जायेंगे।

जैसे कोई कहे कि 'मुझे आम चाहिए' तो आम माँगने और देने वाले आम लोग मिल जायेंगे।

जब कोई कहे कि 'मुझे अंतिम सत्य चाहिए - जिसके लिए हम इस पृथ्वी पर आये हैं, वह सत्य चाहिए' तो यह सबसे बड़ी माँग है। इस कारण ही गुरु-शिष्य का रिश्ता सर्वोच्च दानी और सर्वोच्च याचक* का होता है।

सत्य याचक यानी जो सिर्फ सत्य की ही माँग करता है। उसे गुरु से माँग करने में कोई झिझक नहीं होती है, कोई हिचकिचाहट नहीं होती है, जैसे अन्य रिश्तों में होती है। रिश्ते-नातों में कुछ अनबन हुई तो लोग एक-दूसरे से बोलना बंद कर देते हैं। सालों-साल एक-दूसरे से बात नहीं करते हैं। सिर्फ हिचकिचाहट की वजह से कोई पहल नहीं करता और अहंकार के कारण झुक नहीं पाता। अहंकार की वजह से लोग सोचते हैं कि 'पहले वह कुछ बोले तो फिर मैं बोलूँ। उसने बोलना बंद किया है तो मैं कैसे बोलना शुरू करूँ? शुरुआत तो वही करेगा।' इस तरह अहंकार इंसान को हमेशा झुकने से रोककर रखता है।

फिर लोग जब मनमुटाव दूर होने के बाद बोलने लगते हैं तब वे सोचते हैं कि 'अरे इतने साल क्यों इंतजार किया? क्यों इतना समय बरबाद किया? बोलचाल शुरू करने से जो आनंद आ रहा है, वह बहुत पहले आ सकता था।'

गुरु सबसे बड़े दानी हैं क्योंकि जब तक सत्य की माँग करने वाला सच्चा याचक (भक्त) नहीं मिलता तब तक उन्हें भी सत्य देने की उत्सुकता नहीं होती। गुरु-शिष्य, सत्य देने वाला और सत्य माँगने वाला, दोनों ही तरफ समान आकर्षण तैयार होता है इसलिए इस रिश्ते को सबसे महत्वपूर्ण रिश्ता, तेजरिश्ता कहा गया है। ऐसा रिश्ता जो हर रिश्ते के परे है। इस रिश्ते को समझने के लिए काफी समय लगता है। जब समय के साथ गुरु-शिष्य का रिश्ता समझ में आता है तब इंसान सभी दु:खों व माया से बाहर आता है।

बाहरी जगत में चारों तरफ लोग माया के आकर्षण में उलझकर रह गये हैं।

टी.वी पर लगातार माया के विज्ञापन प्रसारित होते हैं। उन विज्ञापनों द्वारा माया बता रही है कि 'प्यास लगे तो कभी भी पानी न पीयें, प्यास लगे तो ठंढा पीयें, इससे प्यास बुझती है।' ठंढा यानी फलाँ-फलाँ ठंढा पेय। माया कभी भी सत्य नहीं बताती। माया का प्रचार व प्रसार विज्ञापनों व फिल्मों द्वारा लगातार चल ही रहा है, उसमें रुकावट नहीं आती। लोगों को माया का आकर्षण* गलत नहीं लगता, उसे देखने में उन्हें कोई झिझक नहीं होती। शरीर में जो वृत्तियाँ और संस्कार बैठ गये हैं, बचपन से मन की जिस तरह की संयोजना (प्रोग्रामिंग) हुई है, उसे माया जल्दी लुभाती है, उसे माया के प्रति बड़ा आकर्षण होता है। इस आकर्षण को तोड़ने के लिए, माया से खुद को बचाने के लिए, तेज रिश्ता काम करता है।

गुरु-शिष्य के रिश्ते को रामकृष्ण परमहंस और स्वामी विवेकानंद के रिश्ते से समझें। उन दोनों में कैसा आकर्षण था? विवेकानंद को सत्य जानने की जिद सवार थी। वे हर एक से जाकर यही सवाल पूछ रहे थे कि 'क्या आपने ईश्वर को देखा है?' जब विवेकानंद गुरु परमहंस के पास गये तब उन्होंने विवेकानंद के सवाल का जवाब 'हाँ' या 'ना' में नहीं दिया। उन्होंने सीधे विवेकानंद की गर्दन ही पकड़ ली और कहा, *'अब मैं तुम्हें ईश्वर दिखाता हूँ, मैंने ईश्वर देखा है या नहीं, यह बताने वाली बात ही नहीं है।'* विवेकानंद के अंदर सही जिज्ञासा उठी थी। जब उन्हें सबसे बड़े दानी और ज्ञानी गुरु परमहंस मिले तब उनके जीवन में सत्य प्रकट होना शुरू हुआ।

वैसे ही संत ज्ञानेश्वर और संत निवृत्तिनाथ हैं, मीरा और रोहिदास हैं, गुरुनानक और गुरु अंगद हैं। जब भक्त के अंदर अंतिम सत्य पाने की प्यास जगती है तब अंतिम ज्ञान देने के लिए गुरु को उनके जीवन में आना ही पड़ता है। गुरु के आते ही शिष्य से शक्ति और भक्त से भक्ति - दिव्य भक्ति निकलती है।

गुरु ज्ञान देने से पहले शिष्य से कुछ तैयारी करवाते हैं, ठीक उसी तरह जैसे बीज बोने से पहले जमीन को तैयार किया जाता है। जमीन में सीधे बीज नहीं डाले

जाते। अगर जमीन पथरीली है तो पहले उस जमीन से सारे पत्थर निकाल दिये जाते हैं। फिर जो अनावश्यक घास-फूस आ चुकी है, उसे निकाल दिया जाता है। उसके बाद उस जमीन को पानी देकर उसकी मिट्टी को नरम किया जाता है। मिट्टी नरम होने के बाद ही जमीन खोदकर उसमें बीज डालने की व्यवस्था की जाती है। ये सब करने के बाद ही जमीन तैयार होती है।

जिस चीज के लिए आप ग्रहणशील (पात्र) होते हैं, *वह चीज आपके जीवन में आने ही वाली है।* जब कोई कहता है कि 'मुझे नौकरी नहीं मिल रही है' तब उससे पूछा जाता है कि 'क्या आप नौकरी के लिए तैयार हुए हैं?' क्योंकि जितनी ज्यादा आपकी तैयारी होगी, उतना बड़ा काम आपके पास आने वाला है, यही कुदरत का नियम है। आपकी तैयारी होने के बाद कोई भी इंसान उस नौकरी को आपके पास आने से रोक नहीं सकता। जब तक नौकरी नहीं मिलती तब तक उस समय में आपको अपने शरीर को तैयार करना है, अपने गुण बढ़ाने हैं, अपनी क्षमता, समय प्रबंधन की कला और एकाग्रता बढ़ानी है। जो भी आवश्यक बातें सीखनी जरूरी हैं, वे सब बातें नौकरी मिलने से पहले सीख लें।

हृदय से गुरु की पहचान हो

गुरु-शिष्य का रिश्ता हृदय का रिश्ता होता है इसलिए गुरु की पहचान हृदय से होनी चाहिए। शुरू-शुरू में यह पहचान बुद्धि से होती है मगर बाद में हृदय से होती है। जब हृदय से पहचान होती है तब तुरंत बंधन खुलने लगते हैं। जैसे एक इंसान सिगरेट पीते हुए जा रहा हो और सामने से उसका वह रिश्तेदार आ जाय, जिसे वह बहुत आदर करता है तो क्या वह सिगरेट पीता रहेगा?

सिगरेट पीने वाले इंसान ने पहले अपने रिश्तेदार को पहचाना नहीं होता है इसलिए वह सिगरेट पीना जारी रखता है। फिर वह रिश्तेदार उसके सामने आकर खड़ा हो जाता है तब अचानक उसकी पहचान होने पर तुरंत वह इंसान सिगरेट फेंक देता है।

रिश्तेदार की पहचान होने पर तुरंत सिगरेट फेंक दी जाती है क्योंकि उस रिश्तेदार के प्रति आदर है, प्रेम है। अगर यह आदर नहीं होता तो सिगरेट नहीं फेंकी जाती। गुरु-शिष्य के रिश्ते में आदर, प्रेम, विश्वास और पहचान बढ़ने से आप हर पैटर्न से मुक्त हो पाते हैं।

यहाँ पर सिगरेट का अर्थ है पैटर्नस्, गलत आदतें, वृत्तियाँ। पैटर्नस् की वजह से इंसान सिकुड़कर जीता है और अपनी असली पहचान खो देता है। गुरु की पहचान से इंसान का हृदय प्रेम के लिए खुलता है। जब हृदय खुलता है तब उसे मालूम पड़ता है कि वह बंद था। कुछ लोगों को मरते वक्त पता चलता हैं कि 'इतने दिनों से हमारी साँस चल रही थी, हमने कभी साँस पर ध्यान ही नहीं दिया था।' मरने के पहले गुरु से ज्ञान प्राप्त करेंगे तो आपको पता चलेगा कि आपकी कभी मृत्यु नहीं होती।

DAY 30

जीवन में बदलाव लाकर बदलाव
को स्वीकार करें।
शुभचिंतक बनाना सीखें,
बदला लेना भूल जायें।

अध्याय 30

ईश्वर से रिश्ता कैसे बनायें

ईश्वर से बात करने का रचनात्मक तरीका

इंसान का सबसे पहला रिश्ता ईश्वर के साथ होता है। सुबह उठते ही वह ईश्वर के सामने सिर झुकाता है, फूल चढ़ाता है। मगर यदि उसे होश है तो ईश्वर के सामने फूल समर्पित करते वक्त वह अपने आप से पूछेगा कि 'यह मैं क्या कर रहा हूँ? कौन सा रिश्ता सुधार रहा हूँ? इस रिश्ते में क्या प्रार्थनाएँ हों? कैसे सुधार आये? ईश्वर और इंसान के बीच में क्या दरार आ चुकी है? कौन सी लालच... मोह की दीवार आ गयी है? वह कैसे टूटे, कैसे बेशर्त प्रेम तैयार हो?' इस तरह इंसान और ईश्वर के रिश्ते में सुधार होगा तो बाकी रिश्तों में भी सुधार आ सकता है वरना केवल बेहोशी में ईश्वर के सामने फूल रखे गये तो यह केवल कर्मकाण्ड ही रहेगा, इससे रिश्तों में नयी रोशनी नहीं आयेगी।

जब भी किसी ने पहली बार पतंग उड़ायी होगी तो क्या सोचकर उड़ायी होगी? पहली बार पतंग उड़ाने वाले के अंदर एक ही विचार होगा, *'ईश्वर के साथ संवाद (Communication with God) हो'*। वह बहुत रचनात्मक इंसान रहा

होगा, जिसने पहली पतंग उड़ायी होगी। ईश्वर के साथ वार्तालाप तो अंदर ही होता है मगर बाहर का कर्म उसमें मदद करता है। सभी लोग आसानी से अपने अंदर ईश्वर से संवाद नहीं कर पाते हैं। उनका मन इधर-उधर भागता रहता है इसलिए कुछ कर्मकाण्ड बनाये जाते हैं। जैसे - ऐसा-ऐसा दीया जलायें ... इस-इस तरह के वस्त्र पहनें ... इस तरह नहाकर इस आसन (व्रजासन, पद्मासन) में बैठें ... इस मुद्रा में बैठें ... इस तरह से हाथ ऊपर करके प्रार्थना में बैठें। ये सब कुछ वह भाव निर्माण करने के लिए किया जाता है, जो हमारे मन को ईश्वर के साथ संवाद करने के लिए एकाग्र करे क्योंकि ईश्वर की आवाज सूक्ष्म है, जो जल्दी सुनायी नहीं देती, इंसान उस आवाज को जान नहीं पाता। एकाग्रचित्त होकर ही वह ईश्वर से संवाद साध पाता है।

पतंग उड़ाने वाला इंसान उस पतंग के बहाने यही कहना चाहता है कि 'मैंने ईश्वर के साथ संवाद शुरू कर दिया है।' ईश्वर ऊपर है, इस धारणा के साथ पतंग बनायी गयी, उड़ायी गयी कि अब हम पतंग के सहारे ईश्वर के नजदीक पहुँच गये हैं। वह पतंग इंसान की ईश्वर के लिए पहली फीडबैक थी। अलग-अलग रंगों की पतंगें - लाल, हरी, नीली, पीली, रंगीन अभिव्यक्ति हैं, जो ईश्वर के प्रति हमारी अपनी अवस्था को बयान करती हैं।

हम ईश्वर से जो भी प्रार्थना कर रहे हैं या हमारी जो माँग है, वह इस पतंग द्वारा दर्शायी जा रही है। सबसे छोटी प्रार्थना क्या हो सकती है, 'हेल्प' यानी मदद। जब कोई जहाज डूब रहा होता है, किसी की दोस्ती या कोई रिश्ता टूट रहा होता है तब हमें मदद चाहिए होती है। जिस तरह जहाज डूब रहा होता है तो एक धूएँ का रॉकेट आसमान में छोड़ा जाता है। ऊपर आसमान में जाते हुए धूँएदार रॉकेट को दूर से देखकर यह संकेत मिलता है कि वहाँ मदद की जरूरत है। इसी तरह जब पतंग ऊपर जाती है तब वह ईश्वर को याद दिला रही है कि नीचे मदद की जरूरत है।

पतंग उड़ाने से हमारा संपर्क ईश्वर के साथ हो रहा है, यह विश्वास पतंग उड़ाने वाले को होना चाहिए। यही विश्वास बड़ा काम करता है। जिसने पहली बार इस विश्वास के साथ पतंग उड़ायी कि 'मेरा संवाद ईश्वर के साथ हो रहा है, मेरा रिश्ता ईश्वर से है' तब उसके अंदर ईश्वर के प्रति विश्वास प्रकट हुआ। हर एक का विश्वास प्रकट (रिलीज) होना चाहिए। विश्वास प्रकट (प्रसारित) करने के लिए ही बाहर के कर्मकाण्ड बनाये गये हैं। पतंग उड़ाने का यह संकेत है कि 'मैंने जो पतंग उड़ायी है, उससे मैंने ईश्वर को सब कुछ बता दिया है, अपनी बात उधर पहुँचा दी है। अब जो होना है, उधर से होगा अब निश्चिंत होकर बैठना है।' इस तरह ईश्वर के सामने हमने अपना काम कर दिया, हमारा रोल खतम हुआ। हमने प्रार्थना कर दी। अब बाकी वहाँ से जो होना है, होगा। वह उसका काम है। इससे इंसान निश्चिंत हो सकता है।

त्योहारों के बहाने ये सब होता है तो उसका फायदा लिया जाय। रिश्तों में जब सभी लोग समझ (अंडरस्टैण्डिंग) से जीयेंगे तब यह नहीं कहेंगे कि 'तिळ गुळ घ्या आणि गोड-गोड बोला' यानी 'तिलगुड लें और मीठा-मीठा बोलें।' फिर वे कहेंगे, 'तिळ गुळ घ्या आणि नेहमी सारखे बोला या मौन मध्ये बोला।' अर्थात 'तिलगुड लें और हमेशा की तरह बोलें, मौन की भाषा में बोलें।' जहाँ समझ खो जाती है, वहाँ पर 'गोड-गोड बोला' कहना पड़ता है या 'स्माइल प्लीज' कहना पड़ता है। जब लाफिंग क्लब खोलने पड़ते हैं तब जाकर लोग हँसते हैं। वरना तो लोग हँसने का कारण ढूँढते हैं, उन्हें हँसने के लिए कारण चाहिए। हमारे अंदर जो चैतन्य* (सेल्फ) है, उसे हँसने के लिए किसी कारण की आवश्यकता नहीं पड़ती।

हँसते-हँसते अब *A,B,C,D* को आप नये ढंग से सीखें। *A,B,C,D* वर्णमाला में *I* पहले आता है और *U* बाद में आता है तो अब उनका पुनःसंयोजन करें, उसे बदलें और *U* को पहले लायें। अहंकारी इंसान जब *U* को पहले लायेगा तब वह *I, I* (मैं-मैं) के जहर से मुक्त होगा।

U को रिश्तों में पहले लायें यानी *U* (तुम) सबसे पहले आये। नयी वर्णमाला में *A* की जगह पर *U* को लायेंगे तो ऊपर बताया गया काम होगा। यह पढ़कर कोई नाराज हो सकता है कि ऐसी कैसी *A,B,C,D* जहाँ ए की जगह पर यू को रखा गया है, जो वर्णमाला में काफी बाद में आता है।

पहले *U* फिर *B* यानी 'तुम बनो (*U B*)।' *C* के बाद फिर I डालेंगे तो होगा *U,B,C.I.D* यानी तुम बनो सी.आय.डी.। *C.I.D* में *C* पर क्रिसमस, *I* पर ईद और *D* पर दीवाली होगी। अब सभी धर्म साथ में मिलकर उत्सव मनायेंगे। इस तरह सभी रिश्ते और सभी धर्म एक साथ आ जायेंगे। सभी धर्मों के बीच काँच की दीवार टूट जायेगी।

जैसे पहले ही बताया जा चुका है, काँच की दीवार केवल परिवार में होती है ऐसा नहीं है बल्कि पड़ोसी के साथ भी होती है, दो समाजों, दो देशों के बीच में भी होती है, दो धर्मों के बीच में भी काँच की दीवार होती है, ये सभी काँच की दीवारें टूटनी चाहिए।

वर्णमाला को *U,B,C.I.D* से शुरुआत करने से पहले कोई इसे स्वीकार नहीं करेगा। वह कहेगा, 'यह बोलने में थोड़ा कठिन लग रहा है।' मगर याद करके देखें कि जब आपने पहली बार ए.बी.सी.डी. बोली थी तब वह भी कठिन लगी थी। फिर उसे कई बार आप बोलते रहे, दोहराते रहे तो वह आसान लगने लगी। उसके बाद यह इतना आसान होने लगता है कि नींद में भी कोई पूरी ए.बी.सी.डी. बता सकता है। इसी तरह यू.बी.सी.आय.डी. भी पहले थोड़ा सा अटपटा, थोड़ा सा कठिन लगेगा मगर बाद में आसान लगने लगेगा।

यह अक्षरों में हेर-फेर समझने के लिए केवल एक उदाहरण है कि हमें कैसे नया बदलाव लाना है। हम अपने जीवन में बदलाव को स्वीकार करें और नया सोचें। जहाँ-जहाँ रिश्तों में कोई दिक्कत है, परेशानी है, तनाव है तो उस तनाव को हटाने के लिए त्योहारों से लाभ लें। हम जो भी कर्मकाण्ड करें या पतंग उड़ायें तो

उसके पीछे सही समझ रखें। अगर आप ईश्वर से सही वार्तालाप (प्रार्थना) करते हैं तो आपको उच्चतम मदद मिल सकती है। सभी रिश्ते आपके शुभचिंतक बन सकते हैं क्योंकि आपका लक्ष्य बहुत बड़ा है। आपको ही उच्चतम विकसित समाज बनाना है। जहाँ पर लोगों को रिश्तों की समझ है, वहाँ पर लोगों को त्योहारों, मज़हबों, धर्मों, संप्रदायों का आशय मालूम है। उन्हें यह भी पता हैं कि सभी उत्सवों के पीछे एक ही मकसद है आज़ाद होना। आज़ादी के बाद ही उच्चतम विकसित सोसायटी या समाज में सारे त्योहार असली समझ अनुसार मनाये जा सकेंगे। आप उनका लाभ और आनंद लेंगे और यह कहेंगे कि *'अब कुछ और नया निर्माण किया जाय, रिश्तों में नयी रोशनी लायी जाय, एक और नया शिविर लिया जाय तो अच्छा है।' क्या आप इसके लिए तैयार हैं?*

इस पुस्तक के पठन या सेल्फ शिविर करने के बाद आप अपने अभिप्राय (विचार सेवा) इस पते पर भेजें : Tej Gyan Foundation,
Pimpri Colony Post office, P.O. Box 25,
Pune- 411017. Maharashtra (India).

सुनहरा नियम

परिशिष्ट

समाज के साथ संबंध - सुनहरा नियम

जो आप हैं

सभी जानते हैं कि इंसान एक सामाजिक प्राणी है। समाज में रहकर ही वह विकास करता है। लेकिन आज समाज हम किसे कहें ? किसी जाति को समाज कहें या किसी संप्रदाय को समाज कहें ? समाज को इन तत्त्वों से परे रखना चाहिए। उच्चतम समाज चेतना के उच्च स्तर से ही बन सकता है।

समाज शब्द का अर्थ यहाँ व्यापक रूप से लिया गया है। इसमें आपका परिवार तो आया ही, इसके साथ-साथ आपके पड़ोसी, रिश्तेदार, आपका बॉस, आपके कार्यालय में काम करने वाले लोग, आपके मित्र और हितचिंतक सभी आ गये। हम अगर चाहते हैं कि हमारे सामाजिक संबंध सुधर जायें तो हमें सुनहरे नियम को जानना होगा और उसका उपयोग शुरू करना होगा। ऐसा करने से हमारे सामाजिक संबंध सचमुच अच्छे हो सकते हैं।

यह गोल्डन रूल- सुनहरा नियम गुरुनानक, जीज़स, मोहम्मद, कृष्ण, बुद्ध, महावीर सभी ने बताया है लेकिन उसका असली अर्थ हम तक पहुँचते-पहुँचते खो गया है। उनमें से कुछ शब्द लुप्त हो गये हैं। जो शब्द लुप्त हुए, वही असली ज्ञान था, वही अर्क था, शुद्ध था, संपूर्ण था। वह लुप्त ज्ञान आज फिर से प्रकट हो, यह आवश्यक है। अगर वह लुप्त ज्ञान हमें वापस मिला तो यह सुनहरा नियम सही तरीके से काम करेगा।

सुनहरा नियम यानी गोल्डन रूल यह समझा गया है कि 'लोगों के साथ ऐसा व्यवहार करें, जैसा आप चाहते हैं, लोग आपसे करें।' यह तो सभी लोग समझ सके। आप यदि चाहते हैं कि लोग आपके साथ आदर से बात करें तो आप लोगों को आदर दें। यदि आप चाहते हैं कि लोग आपकी बातें सुनें तो आप भी लोगों की बातें सुनें। यदि आप चाहते हैं कि लोग आपकी मदद करें तो आप भी लोगों की मदद करना शुरू कर दें। यह बहुत आसान और तर्कयुक्त लगता है। लेकिन इसमें कुछ छूटी हुई कड़ी है, जिसकी वजह से लोगों को सही परिणाम नहीं मिल रहा है। वास्तविक सुनहरा नियम, गोल्डन रूल यह था, यह है...

'लोगों के साथ ऐसा व्यवहार करें,
जैसा आप चाहते हैं कि लोग आपसे
जो आप हैं, व्यवहार करें'

इस नियम का अर्थ है कि आप लोगों के साथ वैसे ही व्यवहार कर रहे हैं, जैसे कि वे शरीर ही हैं। अगर राजा के साथ लोग ऐसे व्यवहार करें, जैसे वह भिखारी है तो उस राजा को क्या करना चाहिए? वह उनसे वैसे ही व्यवहार करेगा, जैसे वह चाहता है। वह लोगों की गलत मान्यता में अपना असली स्वरूप नहीं भूलेगा। वह राजा बनकर ही अपनी प्रजा का खयाल रखेगा।

अपने आपको जान लेने के बाद सामने वाले को भी आप उसी तरीके से देखने लगें, जानने लगें तो सुनहरा नियम काम करने लग जायेगा क्योंकि यह

नियम सभी के लिए उपयुक्त है। यह इतना सुंदर, सहज, सरल नियम है लेकिन इसका असली आशय आज खो चुका है।

इस नियम को समझने के लिए हमें पहले यह जानना होगा कि 'मैं कौन हूँ?' और 'मैं जो हूँ' लोग उसके (मेरे) साथ व्यवहार कर रहे हैं तो वह कैसा होना चाहिए। यदि मैंने अपने आपको पहचान लिया है तो मैं बता सकता हूँ कि 'मेरे साथ ऐसे-ऐसे व्यवहार करें।' वरना कोई किसी से कहे कि 'तुम बड़े स्मार्ट हो' तो सामने वाला बहुत खुश होता है और यदि उसे कहा जाय कि 'तुम मूर्ख हो' तो उसे बड़ा दुःख होता है। ऐसा क्यों होता है? क्योंकि हमने अपने आपको नहीं जाना है। जब हमने अपने आपको ही नहीं जाना तो सामने वाले को कैसे जानेंगे?

सुनहरा नियम न जानने की वजह से हम हमेशा दूसरों से कुछ न कुछ उम्मीद लेकर ही जीवन जीयेंगे। उम्मीदें पूरी हुईं तो हम खुश होंगे वरना हमारे साथ दुःख संपूर्ण जीवन चलता रहेगा।

यहाँ पर आपको समझ में आयेगा कि 'मैं स्मार्ट नहीं, मूर्ख नहीं, बुद्धि नहीं, मन नहीं, हैपी नहीं बल्कि हैपीनेस हूँ।' जब आपको यह पहचान होगी तब आपका व्यवहार दूसरों के साथ भी सही समझ के साथ ही होगा। सामने वाले को यह ज्ञान नहीं है या है, इससे आपको कोई फर्क नहीं पड़ेगा। आप उसे समझ के साथ ही प्रतिसाद देंगे क्योंकि वह वास्तव में कौन है, यह आपको मालूम है।

'लोगों के साथ ऐसा व्यवहार करें, जैसा आप चाहते हैं कि लोग आपसे जो आप हैं, व्यवहार करें', इसका अर्थ असल में इंसान जो है, वह जानकर उसके साथ व्यवहार करें। इंसान शरीर नहीं है तो उसके अंदर बोलने वाला कौन है, यह जब आपको ज्ञात होगा तब आपका व्यवहार सही होगा।

सुनहरा नियम पढ़कर एक पल आपको लगेगा कि यह बहुत कठिन है, यह शायद हमसे नहीं होगा लेकिन जब आप इसका उपयोग करेंगे तब आपको यह नियम सहज लगने लगेगा क्योंकि वह आपका स्वभाव है। अपने ही स्वभाव

अनुसार जीने के लिए किसी को कोई कष्ट नहीं करना पड़ता है। जब हम अपने स्वभाव के विपरीत काम करते हैं तब हमें बार-बार सुनहरा नियम याद करना पड़ता है।

सुनहरा नियम बुद्धि एवं मन नहीं मानते लेकिन हृदय से तो हमें लगता है कि यही सुनहरा नियम सत्य है। इसका अर्थ ही यह हुआ कि वे बातें हमें अंदर कहीं छू रही हैं। आज तक हम जो नहीं थे उसके बारे में बहुत कुछ सोचते आये हैं मगर आज पहली बार हमें हम जो हैं, उसके बारे में सोचना है। *(अपने आपको जानने के लिए पढ़ें तेजज्ञान फाउण्डेशन द्वारा प्रकाशित पुस्तक 'ईश्वर कौन मैं कौन' और 'संपूर्ण ध्यान'।)*

जब हमारी बेहोशी टूटेगी तब हमें स्वयं का ज्ञान होगा तब सुनहरे नियम के अनुसार जीवन जीना बहुत आसान होगा। रिश्तों में यह नियम आपको बहुत काम में आने वाला है। इस नियम पर काम करके आपके रिश्ते अच्छे होंगे, आपके रिश्तों में मधुरता एवं प्रेम बढ़ेगा। आपके द्वारा सबके लिए आदरयुक्त व्यवहार होगा। आपको जीवन में सभी का सहकार्य मिलेगा।

आज यह सुनहरा नियम प्रकट रूप में पूर्ण होकर सामने आया है कि *'लोगों के साथ ऐसा व्यवहार करें, जैसा आप चाहते हैं कि लोग आपसे **जो आप हैं,** व्यवहार करें'* और इस नियम में यही वे महत्त्वपूर्ण शब्द (जो आप हैं) थे, जिनके लुप्त होने की वजह से लोगों को उसके परिणाम नहीं मिल रहे हैं।

अपने आपको जानने के लिए, **जो आप हैं,** महाआसमानी शिविर* में भाग लें। महाआसमानी शिविर में असली अध्यात्म और सीधा सत्य तीन भागों में बताया जाता है - 1) हर क्षण वर्तमान में जीना, वर्तमान यानी न भूत का बोझ, न भविष्य की चिंता 2) 'मैं कौन हूँ' यह अनुभव से जानना 3) तेजज्ञान प्राप्ति की अवस्था में स्थापित होना।

महाआसमानी शिविर द्वारा खोजी को अहम् के भ्रम से छुटकारा मिल

जाता है। इसके अतिरिक्त वेद और उपनिषद में बताये गये सभी सत्य भी अनुभव से समझ में आने लगते हैं। फिर वे चाहे भगवत्गीता हो या बाइबिल हो, कुरान हो या गुरुग्रंथ साहेब हो या अन्य कोई धर्मग्रंथ हो।

बहुत से लोग अलग-अलग जगहों पर सत्संगों में विभिन्न संतों के प्रवचनों का श्रवण कर रहे हैं तो उन्हें यह गलतफहमी हो जाती है कि वे सत्य सुन रहे हैं। परंतु सत्य के बारे में सुनना और सत्य सुनना, ये दो अलग बातें हैं। इसलिये सालों-साल कई बातें जानते हुए भी लोगों के जीवन में परिवर्तन नहीं होता।

'जो आप हैं', जानने लिए आये हुए सभी खोजियों को महाआसमानी शिविर दिया जाता है। यह शिविर साल में दो या तीन बार दिया जाता है, जिसका लाभ हजारों खोजी उठाते हैं। यह शिविर चेतना की दौलत बढ़ाने के लिये सत्य के हर प्रेमी को करना अनिवार्य है तथा दुःख से पीड़ित हर रोगी को लेना आवश्यक है। महाआसमानी शिविर में ईश्वरीय ज्ञान प्राप्ति (सेल्फ रियलाइजेशन) के बाद आप वह नहीं रह जायेंगे, जो आप आज हैं। आप नकली आनंद से दूर असली आनंद के मार्ग पर चलने लगेंगे।

महाआसमानी ज्ञान पाने की तैयारी हर खोजी अपने नजदीक के तेजस्थान पर कर सकता है। आप महाआसमानी शिविर की तैयारी फाउण्डेशन में उपलब्ध पुस्तकों, सीडी और कैसेटस् के श्रवण द्वारा कर सकते हैं। इसके अलावा आप टी.वी. और रेडिओ पर प्रवचनों का लाभ भी ले सकते हैं मगर याद रहे, ये पुस्तकें, कैसेटस्, टी.वी., रेडिओ के प्रवचन शिविर का परिचय है, तेजज्ञान नहीं। आप तेजज्ञान का आनंद महाआसमानी शिविर में भाग लेकर ले सकते हैं।

महाआसमानी शिविर में भाग लेने के लिये आप छः दिवसीय महानिवासी शिविर में भाग लेकर भी (जहाँ आपको यहाँ आकर रहना होता है), अपनी सत्य की खोज पूर्ण कर सकते हैं। महानिवासी शिविर में तुरंत अपना स्थान आरक्षित करने के लिये संपर्क करें - 09423580436, 09423580438.

पूना (पिंपरी) सेंटर : विक्रांत कॉम्प्लेक्स, तपोवन मंदिर के नजदीक, पिंपरी, पुणे-411 017. फोन : 020-27411240, 27412576 दिल्ली सेंटर :बी 1, पंचशील एनक्लेव, न्यू दिल्ली, फोन :09810026674

स्थान : महाआसमानी शिविर की तैयारी नीचे दिये गये स्थानों पर करवायी जाती है। पूना, सांगली, कोपरगांव, बार्शी, सातारा, जलगांव, अहमदाबाद, कोल्हापुर, नासिक, अहमदनगर, औरंगाबाद, जूनागड़, बारामती, मालेगाव, मुंबई, नागपुर, दिल्ली, हैदराबाद, भोपाल, रायपूर, चेन्नई, आस्ट्रेलिया।

तेजज्ञान द्वारा प्रकाशित पुस्तकें पढ़कर आप महाआसमानी शिविर की तैयारी घर बैठे भी कर सकते हैं। कुछ पुस्तकों के उदाहरण नीचे दिये गये हैं, जो आपको ज्ञान ग्रहण करने और आपके विकास में मदद करेंगी। ये पुस्तकें आपके जीवन के हर पहलू में नयी रोशनी लायेंगी, जैसे प्रस्तुत पुस्तक ने आपके रिश्तों में नयी रोशनी लायी है।

संपूर्ण लक्ष्य : इस पुस्तक का लक्ष्य है कि संपूर्ण विकास कैसे करें और आप संपूर्ण लक्ष्य कैसे पायें। आपकी राह में आने वाली बाधाएँ, आपके लिये विकास न करने का बहाना न बनकर आगे बढ़ने की सीढ़ी बनें।

यह पुस्तक विशेषतः विद्यार्थियों तथा सफलता पाने की इच्छा रखने वालों के लिये अति आवश्यक है। इसे छः खंडों में विभाजित किया गया है - संपूर्ण विकास, शारीरिक, मानसिक, आर्थिक, सामाजिक और आध्यात्मिक विकास। इस पुस्तक का यही लक्ष्य है कि आप इसके ज्ञान द्वारा जल्द से जल्द संपूर्ण लक्ष्य पायें। इस पुस्तक द्वारा स्वयं विकास से, स्वयं बोध प्राप्त करें *(Self Development to Self Realization)*। दोनों को मिलाकर मिलता है 'संपूर्ण लक्ष्य'।

स्वसंवाद का जादू : इस पुस्तक में पढ़ें - अपना रिमोट कंट्रोल कैसे प्राप्त करें, उत्तम स्वसंवाद कैसे करें, स्वसंवाद से विचारों को दिशा कैसे दें, हर दिन नये स्वसंवाद का लाभ कैसे लें, जीवन के विविध क्षेत्रों में और हर घटना में स्वसंवाद

का जादू कैसे काम करता है? यदि आपको अपने विचार शुभ व सकारात्मक रखने हैं और अपने स्वसंवाद बदलने हैं तो यह पुस्तक आपकी मार्गदर्शक बनेगी। 'स्वसंवाद' बदलने से आप अंदर से बदल जाते हैं, यही स्वसंवाद का जादू है। स्वसंवाद का रहस्य जानते ही आप दुःखों के चक्र से मुक्त हो जायेंगे।

मृत्यु उपरांत जीवन : मृत्यु एक ऐसा विषय है जिसके बारे में हर इंसान के मन में हर तरह के सवाल होते हैं और वे सवाल न सुलझने की वजह से वह हमेशा डर-डरकर जीता है। इस पुस्तक में मृत्यु उपरांत जीवन पर समग्र रूप से और वैज्ञानिक आधार पर मार्गदर्शन दिया गया है। मौत मौका है या धोखा, यह जानने तथा मृत्यु का डर विलीन करने के लिए इस ग्रंथ का लाभ लें।

संपूर्ण जीवन रहस्य : 'संपूर्ण जीवन रहस्य' इस पुस्तक में जीवन के पाँच महान रहस्यों को उजागर किया गया है। यदि आपने इन पाँचों रहस्यों का लाभ लिया तो आप अपने जीवन के कार्यों में चमत्कारिक परिवर्तन देखेंगे। यह पुस्तक आपके लिये एक ऐसा अवसर है, जिसके लाभ से आप अपने जीवन में प्रेम, पैसा और परमेश्वर प्राप्त कर पायेंगे।

बच्चों का विकास कैसे करें : इस पुस्तक में पढ़ें - बच्चों की परवरिश में माता-पिता के लिए 9 शक्तिशाली संदेश, 7 सकारात्मक पायदान, 3 महत्त्वपूर्ण सुझाव। बच्चों से वार्तालाप कैसे करें, बच्चों को जिम्मेदार कैसे बनायें, हम बच्चों के लिए आदर्श कैसे बनें, ये सब इस पुस्तक के पठन द्वारा जानें।

प्रार्थना : यह पुस्तक पढ़कर आप भी प्रार्थना की उच्च अवस्था प्राप्त कर सकते हैं। आप जीवन में जो पाना चाहते हैं, वह प्राप्त कर सकते हैं क्योंकि प्रार्थना एक अद्‌भुत शक्ति है। यह शक्ति हर इंसान में, हर वक्त काम कर रही है। प्रार्थना कैसे, क्यों, कब, कहाँ, किस आसन पर, किस भाव से, किन शब्दों में करनी चाहिये? प्रार्थना के आवश्यक अंग क्या हैं? प्रार्थना में आने वाली रुकावटें क्या हैं? तथा अपनी प्रार्थना को कैसे प्रभावकारी बनायें? इन सभी सवालों के जवाब इस पुस्तक में आ चुके हैं, जो जानना हर इंसान की जरूरत है।

कर्मात्मा और कर्म का सिद्धांत : इस पुस्तक में पढ़ें - कर्म की परिभाषा, कर्म न करना भी कर्म है, कार्य-कर्म-क्रिया, कर्म के तीन मुख्य प्रकार, कर्म का बल अभी और यहीं, कर्म और फल की उलझन, कर्मात्मा, शुद्ध और अशुद्ध कर्मात्मा, कर्म बंधन के तीन कारण, कर्म करें फल की इच्छा क्यों न करें, फल का त्याग कैसे करें, कर्मयोगी बनने का मार्ग, संस्कार और वृत्तियों से मुक्ति कैसे पायें, पुराने कर्म कैसे भोगें, समझ - सबसे महान कर्म, फल ईश्वर को समर्पित कैसे करें, हर कर्म सेवा कैसे बने, गुरु की मदद से कर्म बंधन से मुक्ति कैसे पायें और स्वसाक्षी होकर तेजकर्म कैसे करें... इत्यादि।

प्रेम से प्रेम, नफरत से मुक्ति : यह पुस्तक आपको प्रेम से प्रेम करना सिखाती है और नफरत से मुक्ति दिलवाती है। इस पुस्तक द्वारा आप यह जान सकते हैं कि असली प्रेम की पहचान किस तरह की जाय? प्रेम में त्याग, समझौता और डर का क्या स्थान है? प्रेम की अग्निपरीक्षा क्या है? तेज प्रेम* और अतेज प्रेम में क्या अंतर है? वेलेंटाइन डे का असली अर्थ क्या है? ग्रहणशील कैसे बनें? प्रेम और अध्यात्म क्या है?

The मन : इस पुस्तक में पढ़ें - कैसे बने मन सुमन, अमन, नमन और अकंप, मन को सदा स्वस्थ तथा शुद्ध कैसे रखें, मन की कमजोरियाँ क्या हैं, मन को कुसंग में जाने से कैसे बचायें, मन को सत्यावी विचार और एकाग्रता का प्रशिक्षण कैसे दें, मन को कौन सा लक्ष्य दें, मन को निःस्वार्थ सेवा, भक्ति और प्रार्थना में कैसे लगायें, मन को प्रकाश में कैसे लायें, मन को रचनात्मक कार्य में कैसे लगायें, मन के ग्यारह प्रकार कौन से हैं, किस मन से मुक्ति पायें, मन को जिताकर जीतने का आखिरी मार्ग कौन सा है?

Subscribe to "Oneness", a free consciousness elevation newsletter at www.tejgyan.com

एक अल्प परिचय

तेजगुरु सरश्री तेजपारखीजी

तेजगुरु सरश्री की आध्यात्मिक खोज उनके बचपन से प्रारंभ हो गयी थी। अपने आध्यात्मिक अनुसंधान में लीन होकर उन्होंने अनेक ध्यान पद्धतियों का अभ्यास किया। उनकी इसी खोज ने उन्हें विविध वैचारिक और शैक्षिणिक संस्थानों की ओर अग्रसर किया।

सत्य की खोज में अधिक से अधिक समय व्यतीत करने की प्यास ने उन्हें अपना तत्कालीन अध्यापन कार्य त्याग देने के लिये प्रेरित किया। जीवन का रहस्य समझने के लिये उन्होंने एक लंबी अवधि तक मनन करते हुए अपना अन्वेषण जारी रखा जिसके अंत में उन्हें आत्मबोध प्राप्त हुआ। आत्मसाक्षात्कार के बाद उन्हें यह अनुभव हुआ कि सत्य के अनेक मार्गों की लुप्त कड़ी है - समझ *(understanding)*।

सरश्री कहते हैं कि सत्य के सभी मार्गों का प्रारंभ अलग-अलग प्रकार से होता है किंतु सबका अंत इसी 'समझ' से होता है। 'समझ' ही सब कुछ है और यह 'समझ' अपने आपमें संपूर्ण है। अध्यात्म के लिये इसी 'समझ' का श्रवण ही पर्याप्त है।

हॅपी थॉट्स कार्यक्रम देखें व सुनें

- हर रोज रात 10.30 बजे जी जागरण चैनल पर 'नित्य श्रवण योग'
- सोमवार से शुक्रवार दोपहर 3.00 बजे आस्था चैनल पर तेजगुरु सरश्री द्वारा प्रवचन
- हर मंगलवार, सुबह 9.15 से 9.30 रेडिओ विविध भारती, एफ एम पूना पर प्रवचन
- हर बुधवार, सुबह 8.55 रेडिओ एम. डब्ल्यू. पूना, तेजज्ञान इनर पीस अ‍ॅण्ड ब्यूटी कार्यक्रम

नोट : उपरोक्त कार्यक्रमों के समय बदल सकते हैं इसलिए समय पुष्टि (confirm) अवश्य करें।